흙 위를 걸으며

흙 위를 걸으며

발행일	2018년 11월 14일

지은이	에테르 김		
펴낸이	손 형 국		
펴낸곳	(주)북랩		
편집인	선일영	편집	오경진, 권혁신, 최예은, 최승헌, 김경무
디자인	이현수, 김민하, 한수희, 김윤주, 허지혜	제작	박기성, 황동현, 구성우, 정성배
마케팅	김회란, 박진관, 조하라		
출판등록	2004. 12. 1(제2012-000051호)		
주소	서울시 금천구 가산디지털 1로 168, 우림라이온스밸리 B동 B113, 114호		
홈페이지	www.book.co.kr		
전화번호	(02)2026-5777	팩스	(02)2026-5747

ISBN	979-11-6299-403-0 03810 (종이책)	979-11-6299-404-7 05810 (전자책)

이 도서의 국립중앙도서관 출판예정도서목록(CIP)은 서지정보유통지원시스템 홈페이지(http://seoji.nl.go.kr)와
국가자료공동목록시스템(http://www.nl.go.kr/kolisnet)에서 이용하실 수 있습니다.
(CIP제어번호 : CIP2018035337)

(주)북랩 성공출판의 파트너

북랩 홈페이지와 패밀리 사이트에서 다양한 출판 솔루션을 만나 보세요!

홈페이지 book.co.kr • **블로그** blog.naver.com/essaybook • **원고모집** book@book.co.kr

흙 위를 걸으며

에테르 김

북랩 book Lab

타타타

나는 전생(全生)의 달빛이었다.
밤마다 한 사내의 고뇌를 훤하게 비추어 주었다.

나는 현생(現生)의 공부였다.
밤마다 한 사내의 고뇌를 훤하게 읽어 주었다.

나는 내생(來生)의 공(空)이었다.
밤마다 한 사내의 고뇌를 훤하게 비워 주었다.

양심
선언한다

에테르   그동안 신의 이미지는 위엄 있고 신비스럽고, 전지전능했기에, 인간을 비롯한 모든 이에게 천국 지옥을 가리고, 재고, 판단해서 보내고, 지진, 화산 폭파, 전쟁 등등을 일으키며 절대 권력을 쓸 것처럼 위협했지만, 지금 그대에게 양심 선언하는 거다. 신은 그대가 하는 만큼만 하고 할 수 있을 만큼만, 꼭 그뿐만이라고 양심 선언한다.

에테르 김   난리 났네요, 난리 났어요.

에테르   그러게 완전 난리 났군.

에테르 김   완전 뒤통수 맞은 기분입니다.

에테르   그러게 왜 그랬어!

에테르 김   뭘요?

에테르   왜 가만 있는 나를 그런 존재로 여겼냐고, 그대들이 그런 거 아니라고 말하고 싶지?

에테르 김   당근이죠.

에테르   신은 그대가 아는 꼭 그만큼, 그대가 할 수 있는 꼭 그만큼만, 더도 말고 덜도 말고 신은 그대보다 뛰어날 수도 뒤처질 수도 없는, 그대는 나보다 뛰어날 수도 뒤처질 수도 없는, 나는 모든 존재들에게도 그러고 있으며 그들이 보듬어 주는 그대로 그리됨에 보듬어지고 있다. 그러므로 그대는 전지전능할 수밖에 없지 않느냐, 신만큼 하니 축하한다. 전능자야.

에테르 김   하이고, 고맙수다. 쩝!

에테르   그대가 찾아 헤매는 신은 아무리 그래봐야 그대의 의식 수준에 딱 들어 맞는 신일 수밖에 없지 않겠어? 그러니 먼저 허황된 생각부터 고치렴. 그게 좋을 게다. 아니면 스스로 차원을 높이렴. 나도 그리될 테니, 신은 그 차원의 자리에 있을 수밖에 없으니 내가 너라면 그리하겠다. 신은 보듬는 존재라서 그래. 똑같으니깐 보듬을 수밖에 없거든. 보듬으니 똑같지. 그러니까 그대가 이해하렴. 아님 말고 다른 신을 찾아보든가. 그래도 내가 나타나 줄 수밖에 없지만.

에테르 김 허무하군요.

에테르 왜?

에테르 김 신에 대한 기대가 완전히 무너졌거든요.

에테르 기대가 없는 그 자리야.

에테르 김 네? 뭐가요?

에테르 안타깝구나, 오히려 그 반대여야 하거늘, 신에 대한 위엄의 개념을 인간의 개념만큼 다운시키니 오히려 나를 대하기가 껄끄러워지는 거냐? 하긴 진실은 냉정한 법이지. 현실은 늘 식상해서 그러려니 하고 넘어가지. 그래서 더 감동적인 뭔가가 필요하고, 내 심심함을 채우기 위해 드라마, 영화, 음악, 책, 컴퓨터, 스마트 폰, 연예인, 스포츠, 심지어는 전쟁 등등에 열광해야 하니, 감정을 먹고 사는 것들이라 어쩔 수 없지만. 이 감정 덩이들아.

에테르 김 키키. 그거 말 되네요.

에테르 김수환 추기경이나 법정스님은 사실 평범해서 그러려니 하고 넘어가야 하는 성인들인데.

에테르 김 내친김에 어디 다 얘기해 봅시다.

에테르 그럽시다. 호기심은 이끌림을 낳고, 이끌림은 체험을 낳고, 체험은 현실을 낳지. 뜻을 품으면 그 뜻과 함께 내려놔 버려. 신에게 복종하라는 뜻이야. 그러면 나처럼 가벼워져서 된다, 안된다의 버거움을 초월하게 되지, 복종하는 순간 그대도 나처럼 바보가 될걸. 흐흐. 지능 없는 상태는 이루어진 상태니까 나는 이미 모든 그대들의 의식이 되어 있는 상태야. 그래서 이곳을 알아차리면 의식들은 하나고 그 의식들을 뜻 품은 의식들과 일체가 된 곳에 들어갈 수가 있는 거지.

에테르 김 어떻게 우주가 창조되었나요? 태초는 굉장했겠죠? 빅뱅 바로 전, 작은 점 상태로 우주가 뭉친 상태의 밀도는 어마어마했을 거 같아요.

에테르 말해 주렴, 내게도. 어떻게 창조되었는지.

에테르 김 히~

에테르　나는 창조성이 없으므로 내가 빛이고 모두는 빛이라는 생각은 모두가 갖는 최고의 착각이다. 굳이 설명하자면 나는 스스로 있음이고, 그대들 또한 스스로 있음인데, 있음이라는 본질의 뜻은 근원도 존재할 수 없다. 그러므로 존재라는 주장 또한 착각일 뿐이다. 그리 생각해 보니 빅뱅을 주장할 수 있겠니?

에테르 김　당신이 나를 창조하지 않았다고요?

에테르　그래.

에테르 김　그럼, 나나 당신이나, 그러니까 우주는 이렇게 창조되어 이렇게 생생하게 있는데요? 이렇게 우주가 있잖아요.

에테르　어디에 있어?

에테르 김　여기 있잖아요.

에테르　신은 그대들이 창조했고 그대들은 내가 창조했다고 하더구나. 이것이 내가 알고 있는 유일한 창조라고 정의된 그대들의 주장이다. 그러므로 나는 그대들에게 감사로 보듬고 있는 것이다. 신이 창조성이 있다면 창조할 게 남았고 그러므로 지금 현실은 창조가 덜 된 미완성임을 스스로 인정하는 꼴이 되니, 그 신은 판단하는 신이고 지능을 갖춘 한계를 갖는 신이다. 한계는 또 누군가가 있게 했다는 것인데 절대적인 신을 창조한 그 무언가가 또 있다? 흠~

이것은 대단한 궁금증을 갖게 하겠구나. 그러나 나는 그런 궁금증을 갖출 수 없으므로, 그러므로 정답을 확장시켜 놓고 알려고 하는 그대의 궁금증 자체가 정답이라고 해두자고 하면 답이 되겠니, 안 되겠니? 제발 이렇게 빌게 모르는 것을 앎으로 확정시켜 놓아야 하는 식의 앎, 그러므로 나는 몰라 물어 보지 마. 그냥 스스로 느껴보라. 모른다고 느껴보라. 그러면 그대들도 이런 나를 이제는 이해할 수 있을 거야.

기도 좀
들어주세요

에테르 김 기도 좀 들어주세요. 안 들리세요? 아니면 도도하신 건가요? 전능하신 분이 그깟 것들도 잘 안 들어주시나요? 그래야 인간들로부터 경이롭게 여겨지고, 함부로 무시당하지 않는다고 여겨지고, 존경받는다고 여기시나요?

에테르 신은 듣지 않는다. 결코. 들을 귀는 신에게는 존재하지 않는다. 듣지 않으니 들어주지도 않지.

에테르 김 웃겨~ 다 들었잖아요? 내 생각들 다 듣고 계시면서.

에테르 듣는 게 아니다. 이미 다 들어 버렸을 뿐이지. 더 이상 다를 게 없거늘, 무엇이 새롭다고 듣겠는가. 굳이 새로운 거라고 한다면 그대들의 착각이지.

그대들의 착각은 늘 새롭다고 해줄게.

에테르 김 허이고, 고맙군요.

에테르 그러니 아서라. 신에게 간청함을 거두라고 전하고 싶다만, 역시 그대가 알아서 판단할 일이다. 그대들이 판단은 잘하니 신은 다 주었을 뿐이다. 다 준 이가 듣고자 귀를 달고 있을까? 들을 필요가 있을까? 이건 들어주고 저건 정성이 약해 안 들어주고. 이 정도면 들어주지 않을까? 정성이 좀 약한가? 기도를 바꿔 볼까? 백일기도면 되겠지? 하늘도 감동하게 기도해야지. 이러하게 판단하는 것은 그대들이지 신은 아니다. 그러므로 달라는 것을 굳이 들을 필요가 없다. 신은 그런 불필요성을 갖추지 않는다. 저급함을 초월했다. 그러고는 그대가 원하는 만큼만 머물러 준다. 그대의 그 뜻만큼만 확인시켜 준다. 모든 행위는 그대 스스로 확인되고 있음을 알라. 그게 이로울 테니. 그게 전능이다. 전능이라야 그리해 줄 수 있는 거지, 내가 그대라면 엄청 원하겠다.

다 공짜니, 그대들은 그저 다 받았기에 확인만 하면 된다. 그것이 유일한 신의 법칙이다. 신이 그대들에 대해서 다 안다는 것은 기껏해야 지금까지의 그대들 행적일 뿐, 그것 또한 그대가 기억하는 한도 내에서다. 앞으로 어떤 행위를 할지 모르지 않는가. 물론 다 창조된 행위일 뿐이지만 그대들이 하는 행위라고 해 봐야 광활한 무한대의 허공에 이리저리 날려 다니는 먼지 하나의 행위와 다를 게 전혀 없으니, 아예 그냥 내려놓고 살아라. 신은 시간을 갖지 않는다. 그러므로 아직 안 들어주고 있다면 시간을 갖게 됨이다. 신은 공간을 갖지 않는다. 기도발이 세고 약하다는 식의 공간 논리는 오직 그대들의 상황 인식 놀이에 불과하다. 상황에 따라서 이루기 어려운 게 있고 쉬운 게 있을 뿐이다. 그 또한 그대들이 상황에 맞게 필요를 두기 때문일 테고.

에테르 김 내면을 울리는 단어에 대하여, 뭐 없을까요? 신에게 더 직접적으로 접촉해서 바로 이룰 수 있지 않을까 해서요.

에테르 영혼은 자유자재를 뜻한다. 그런데 육이라고 하는 생각에 읽힌다. 자유자재로 육의 생각에 반응하고 싶으나, 그리되어도 육이 따르지를 못한다. 육 생각은 영혼이 드러낸 존재다. 생각이 뜻을 품으면 그것을 다 주었다고 알려주나 육이 그것을 잘 이해하지 못한다. 영혼·육이 일체될 때 비로소 자유자재를 갖는 신선이 된다.

에테르 김 영혼·육이…… 좀, 난해한데요?

에테르 영은 공통된 하나의 상태로 크기도 없고, 아무것도 정의됨이 없는 순수 우주다. 허공과 물질 모두를 아우르며, 늘지도 줄지도 않고, 위아래 시간 공간도 아닌 절대상태. 혼은 그대들이 정자 난자 상태에서부터 미묘한 움직임까지도 몸이 짓는 찰나의 그 묘한 행위도 빠짐없이 지어진 것들이 순수 에너지화되어 몸과 일체된 상태이다. 영에 가까운 상태다.

그대들이 돌아가신 분을 봤다, 귀신을 봤다 하는 것이 혼, 그것이나, 혼은 잠깐씩만 형상을 보여줄 뿐 영과 달라붙은 상태로 내 몸 지음의 모든 정보라 보면 좋겠다. 그대가 죽으면 혼도 영이 되어 버린다. 언젠가 누군가가 그대를 끝없이 그리워하면 그와 일체되어 형상을 보여주기도 하나 혼은 그대가 지었다 해도 이제는 순수 에너지로서 누구라고 할 수 없는 경지가 되어 버린 상태다. 구분도 없다가 잠시 신비스럽게 드러낼 수는 있을 뿐이다.

에테르 김 햐~

에테르 그런데 설마, 이 말을 믿는 건 아니겠지? 원시 의식아.

에테르 김 믿어요.

에테르 알아서 해.

그대들의 의식은
오직 신에게로이다

에테르　그대들의 의식은 오직 신에게로이다. 신으로의 의식은 스스로의 답답함을 알게 된다. 모름이 갖는 자유를 벗어나서는 또 다른 모름은 답답함뿐, 어떻게 그대들은 찰나로 드러내다 사라지는 의식에 앎을 담으려 하는가, 의식에는 앎을 모름으로 모름을 앎으로 갖게 되거나, 그대들이 가리키는 앎은 너무도 광대할 뿐, 그 실체는 의식도 인정하지도 못하면서 오직 의식에 담으려고만 하느냐. 의식 중에 뇌의 두드림은 아무것도 할 수 없는 생각이고 몸 여러 곳의 두드림은 각자의 개별적 존재일 뿐이다. 양심적인 그대의 의식이 그대로 드러나는 게 신이다. 그대의 의식은 무조건 양심이다. 이름하여 의식이라 했을 뿐 그 의식은 양심이다. 의식의 차원을 알고서도 들여다볼 뿐, 그곳에 닿지 못한 그대 의식이여, 늘 고달플 게다. 그대들은 한 번도 그러한 초월적인 용기를 가진 적이 없노라. 다 내려놓았을 때 드러나는 신비한 능력은 진리를 휘두르는 용기이거늘. 그대도 용감해보라. 선과 악을 사랑과 두려움을 초월한 자명함을. 그대는 그곳을 보았지. 신은 스스로 생각할 수 있다. 생각 안 하는 게 아니다.

신은 생각이라는 개념을 두지 않는다. 고로 생각이 없고 다만 그대들의 의식차원을 그대로 인정할 수만 있다. 그대는 고도로 높은 차원을 의식한 적이 있다. 나는 늘 거기에도 있을 수밖에 없다. 내가 그대들로 하여금 나를 알게 하는 것이 결코 아니다. 그대들이 나를 알아차림만 존재한다. 깨어 있으라는 뜻은 여러 생각에 들지 말라는 것이다. 그러한 생각은 오히려 살아 있는 듯하나 죽은 생각이다. 생명을 갖지 못하고 현실감이 없으며, 그러기에 유령처럼 찰나로 나타났다 사라지기를 반복한다. 한 생각에 몰입할 때 그 생각은 생명을 갖고 현실이 된다. 그 몰입은 그야말로 의식을 초월한 초의식이라 할 것이며, 신으로 머묾의 차원을 갖게 됨이다.

어느 한 생각은 그 차원이 정해짐이 아니며, 그 생각 안에서 뜻대로 생각의 현실화를 부리게 된다. 고도로 집중된 몰입의 상태에서는 의식 자체가 초의식으로서 몸 또한 현실 에너지화하는 강력함이 있다. 이 상태에서는 뜻이 즉각적으로 알아차림이라. 몸의 병을 빠른 속도로 치유하기도 한다. 그대들은 하나의 신 의식을 나눠 쓰고 있다. 각자의 의식수준에 맞게 이 의식에 만족 못 하는 자는 더 높고 깊숙한, 은밀한 곳을 찾는다. 그들은 성공하기도 하지만 대부분은 지금 여기까지만 알고 마친다.

그대들은 하나의 의식일 뿐이다. 다른 생각을 할 수 없다. 상황에 따라서 맞추어진 생각이 일어날 뿐 식물이든 동물이든 인간이든 서로 다른 의식으로 있을 수 없다. 의식은 진리로 드러난 현실이다. 오직 지금만이며 지금 잘려나가는 나무인가 죽임을 당하는 동물인가 죽이는 사람인가는 시공을 초월한 지금 하나의 의식이 여러 형태를 띠는 것이다. 죽인 자와 죽임을 당한 자가 같은 지금을 일체로 공유함이라. 그러므로 죽인 자는 곧 죽임을 당한 자요, 살리는 자는 살림을 받는 자가 되는 것이다. 어린애가 어디 있더냐. 그대들은 성스러운 신으로 지어진 드러남이다. 남이 어디에 있더냐.

에테르 김 남을 위한 기도는 헛기도가 되겠군요?

에테르 그렇지. 기도를 할 때는 나를 위한 기도를 해라. 그것이 가장 기도발이 강하다.

에테르 김 어떻게요?

에테르 내 자식, 내 반려자, 내 부모 형제가 잘되게 해 주세요! 내 기도를 들어주셔서 감사합니다! 예수의 이름으로 기도드립니다! 이리 분명히 들어주셨다고 인정해 버렸다. 잘되게 해달라는 간청은 기도로서는 참으로 위험한 것이다. 간청하는 상태는 스스로 부족함을 인정하는 꼴이니 그 꼴을 그대로 받게 될 수 있고 기도 중에는 더 꼴이 사나워지게 되니 오히려 더 사나운 꼴이 되고 마니.

에테르 김 더 사나워진다는 의미는 뭐예요? 겁나서 기도하기 두려울 거 같은데.

에테르 기대를 거는 상태의 기도는 그대로의 현실만 주더라도 그것은 기도의 응답을 받지 못한 꼴이니 실망이 되는 것이다. 그러므로 꼴만 더 사나워지는 거지. '언제쯤 내 기도가 응답을 받으려나?' 이러면서 이것이 지금 그들은 잘 안 되었으니 잘 되게 해달라고 말하고 있는 것이다. 이것은 위험하다. 그들을 바라보는 내 입장이 잘 안 됐었다는 인정이다. 그들을 바라보는 내 의식은 심히 불편하다는 인정이다. 그리고 들어주셔서 감사하다는 끝맺음은 불편을 계속 주셔서 감사하다는 뜻이 되어 버린다. 기도를 들어주는 신은 그저 그 뜻만을 인정해 버린다. 그러므로 그들을 바라보는 내 의식은 갈애로 가득할 뿐이다. 그들과는 전혀 상관없이 그래도 그들을 위해 헛기도한 내 의식에 만족함일 뿐이다.

에테르 김 그럼 어떻게 기도할까요? 오직 나만을 위해서요?

에테르 응, 그래야지. 이렇게 해라. '다 잘된 그들을 바라보고 흐뭇해하는 나로 있게 해 주셔서 감사합니다.' 이것은 엄청난 기도발로서 결국은 내가 잘되어서 그들을 돕고 그들도 결국은 잘되어서 내가 흐뭇해한다는 뜻이다. 모든 기도는 오직 나를 위할 수밖에 없다. 이 뜻을 잘 헤아렸다면 앞으로는 '너를 위해 기도하겠어'라는 말을 삼가라. 그들을 진정으로 위한다면 말이지. 그 말에 기뻐하는 자들은 그대 의식 정도에 감사하는 저급한 의식이고 기도해 주겠다는 그대는 상대를 감동시켜서 실속을 챙기겠다는 얄팍함인데 그도 모르고 있을 뿐이다.

에테르 김 흠……. 안타깝네요.

에테르 그러게 말이다.

에테르 김 기도를 하면서 이룬 자들은 수도 없이 많아요. 그들도 똑같이 간청의 기도를 했는데 그래도 이룬 것은 왜인데요?

에테르 그들은 하나를 품고 기도의 긴 여정을 겪었다. 그러다 어느 순간 놔 버렸다. 오직 모르고 놔 버렸지만 아무튼 놔 버렸다. 기도가 얼마나 무겁고 버거운지 기도 중에 그만 놔 버리게 되는 것이다. 그때 이루어진 것이다. 쥐도 새도 모르게라는 말뜻이 이것이다. 기도한 자신도 모르게 이루어진 것이다. 그것은 놔 버렸을 때였다.

에테르 김 나를 해치려는 어떤 부적이나 주문들 때문에……:

에테르 그들의 강력한 주문도 그대의 앎이 마련해 주는 지혜를 건드리려면 힘들 것이다. 우주가 있고 은하, 태양계, 지구, 나, 이렇게 생각하는 것이 나보

다 우주가 태초라 여기게 한다. 나를 알기 전에는 지구도 태양계도 은하
도 우주도 알 수 없다. 여기에는 먼저와 나중이 없다. 늘 지금만이 있을
뿐이다.

에테르 김 돈을 쥐고 있는 것도 신이 해줄 수 있는 거죠? 기도하면 들어줄 거라 믿
어요.

에테르 나는 그대의 기도를 거부해 본 적이 한 번도 없다. 신에게 거부하는 법칙
따위는 없기 때문이다. 다만 돈을 더 많이 벌게 해 달라는 기도는 인간
이 인간에게, 즉 인간끼리 하는 것이 훨씬 더 확실하고 강력하다. 신이
본질일 때는 바보인데, 형상, 특히 인간을 갖다 보니까 신통력이 생겨 버
렸다. 생각, 감정, 오감 이런 게 진화되면서 온갖 인과법칙을 쏟아 내고
있지. 이런 신통력은 보이고자 애쓴 결과물들이다. 신에게 돈 벌게 해 달
라고 기도하는 것보다는 사장에게 취업시켜 달라고 무릎 끓고 애걸하는
것이 훨씬 빠르고 더 직접적이다. 아니면 은행을 털든가. 강도, 도둑질 이
런 것이 더 빠르고 더 확실하다. 좋은 제품을 창조해서 팔든가 맛있는
음식을 팔든가. 돈 벌 수 있는 방법은 인과의 법칙에 다 들어 있다. 그러
니 기도를 인간에게 하는 것이 더 빠르다.

이러한 것이 『시크릿』이라든가 하는 책에 나와 있다. 끌어당김의 법칙이
그것이다. 내 입장에서 보면 천박하기 그지없으나 그 법칙은 아주 확실
하다. 다만 도둑질이나 강도보다는 더 느리지만 더 안전하다. 그리고 더
많이 벌 수 있다.

에테르 빛, 오염, 밤을 보라. 니들이 발전이라는 것은 스스로 빛을 내는 가장 가
깝고 쉬운 일에는 관심이 없고.

에테르 김 왜 그럴까요?

에테르 낸들 아니. 다만 귀찮아서겠지. 자기를 들여다본다는 것이 얼마나 밋밋
한 것이니. 누군가가 잘한다고 해야 기분 좋으니 기도나 명상을 할 때도
옆 사람들을 의식해서 멋진 멘트로 잘 다듬어 기도하지 않느냐. 누가 보
는 것을 의식해서 명상에 들고 보지 않으면 심심해서 의욕이 없으나 누
가 본다고 하면 의욕을 내서 잘 하잖느냐. 보여 주기 위한 결과물들이니
어쩔 수 없이 밖으로, 밖으로 가여운 것들 모든 내면을 현상으로 바꾸어

야 질색이 풀리니 현상에서만 위안을 삼을지니. 그러하는 그대는 가여운 존재다.

연예인이나 스포츠 스타들이 그 대표적인 예로다. 인과법칙은 주는 자가 있으면 받는 자가 있다. 돈을 받으면 잃은 자가 있다. 그래서 신의 경지에 이른 자는 이 법칙에 관여하지 않는다. 편해하지 않기 때문이다. 그러나 받은 자도 반드시 그에 상응하는 대가를 어떠한 방법으로든 받는다. 이것이 인간들이 만들어 놓은 인과의 법칙이다. 신은 그저 줄 뿐이데.

에테르 김 대부분 잘사는 나라도 있잖아요.

에테르 그 대신 다른 나라의 기근이 들어선다. 의식은 인간에게만 적용되는 것이 아니다. 물길을 막으면 그 물길은 다른 길을 찾아 흐르기 마련이다. 자연생태 파괴도 그 원인을 상당 부분 차지한다. 이것이 자연에서 인과법칙을 갖는 현상이다. 왜냐면 떨어져 있는 의식은 하나도 없기 때문이다. 이를 깨달은 선각인들은 왜 남을 해하는 마음을 두려고 하지 않는지를 이해할 수 있을 것이다. 누군가가 돈을 번다면 잃은 사람들이 생기기 마련이다. 만유인력의 법칙이 이런 것이다. 다 같이 잘 살 수 있는 방법은 있으나, 그 법칙은 밋밋하여 재미를 느낄 수 없을 것이다. 울고 웃고 기쁘고 슬픈 일이 감정의 역할인데 이를 가만히 두면 인간이 아니라 신이다. 참으로 재미없는 세상이 될 것이다.

그대들이
나를 낳았다

에테르 좋다, 나쁘다 판단할 수는 있어도 감정을 두지 않을 수는 있다. 그러다 보면 좋다, 나쁘다도 초월하게 된다. 오감으로 느끼게 되는 모든 감정들은 그대들이 스스로 판단할 수 있는 무한의 극치다. 그러나 오감에 초점을 강하게 두는 것은 오히려 현실을 부정하게 되는 결과를 초래한다. 오감으로 전해 오는 결과들이 생각을 갖게 되고 이 생각들이 현실이라 여겨지게 된다. 그러나 오감으로 들어오는 것들은 순전히 내 결과로 지어진 현상들이다. 사실 나는 그대를 대하지 않는다. 그대들이 나를 좋아할 뿐이다.

에테르 그런 거 같긴 해요.

에테르 그대들이 정해 놓은 경지로 나는 그저 대해졌을 뿐이다.

에테르 김 그 경지를 내가 가지고 있는 거죠?

에테르 그래. 누구나 기본적으로 가지고 있는 거다. 정확히 말하면 그 경지로 지어졌다.

에테르 김 누구나 그 경지를 알고 싶어…….

에테르 그러니 일단 가만있어 봐. 그대는 드디어 깊은 맛을 알게 되리니. 마음도 마음이 아니고 오감도 오감이 아니고 생각도 생각이 아니게 될 거야. 마음이 다 오감이다. 생각이 다라고 해 놓았을 뿐이다. 그런데 이 설정도 설정이 아니라는 것을 알아차린 이놈은 무엇인가? 그놈도 그놈이라고 스스로 설정되었을 뿐이지만, 그 설정됨이 어디 있느냐? 돈이 있으니 차도 사게 되고 그러므로 돈이 있으면 더 좋은 집도 그 외 많은 것들을 하게 되더라. 그러니 돈이 있어야 한다고 말한다. 그러나 내가 진실로 진실로 그대와 그대들에게 말하노니 그대들은 돈을 추구하는 게 아니다. 그대들은 더 많고 높은 경지의 착각을 추구한다. 돈은 현상계에서 인과법칙으로 창조된, 이 착각을 자유자재로 부리는, 있는 듯이 보이는 최상승의 왕이다. 그것은 그대들끼리의 약속이며 이 약속은 결국은 편리의 필요를 넘어서게 되었고 명예와 권력을 다스리며 자존심의 잣대로 들어서는 필요로 진화했다. 현상계의 법칙을 깨우친 성인들은 하나같이 물질 소유를 멀리했다. 그 멀리함에는 자유가 있기 때문이다.

돈의 창조자들은 돈의 지혜로 인해 노예로 전락했다. 그대는 들으려는 귀보다는 판단하려는 의식이 더 출중하다. 신이 과연 그대의 기도를 들어줄까? 신은 들어주는 존재가 아니라, 들어준 존재다. 신이 인간처럼 의식으로 판단하는 기준을 갖는다면, 그대들의 기도를 들어줄지 안 들어줄지 판단하기 전에 그대에게 원하는 돈을 주면 다른 곳의 돈이 끌려왔으므로 다른 이는 돈을 잃게 된다. 우주의 모든 것은 나타났다 사라지기를 반복한다. 그러나 이것 또한 맞다 할 수 없다. 왜냐면, 나타났다 사라졌다는 그대들의 의식에 그리 잡힐 뿐이지, 오직 하나로만 이루어진 이 절대계가 어떻게 분리를 갖고서 이것과 저것이 시차를 두고 나타났다 사라지고 하겠는가! 그것은 그대들 자아로 당정 지어진 자아법칙의 근기로서 판단되어졌을 뿐, 나는 그러한 적이 전혀 없었으므로 이 상태만을 유지할 수 있을 뿐이다.

에테르 김 근데요, 기도할 때 이 잡념들은 어떡하죠? 없애고 순수상태로 들기가 쉽지 않거든요.

에테르 기도는 스스로를 있게 함을 알게 하는 가장 순수한 실체의 현실이다. 근데, 기도에 들 때 잡스러운 생각들이 금세 들다가 '안 돼!' 하고 집중했다지만, 다시 잡생각들이 들곤 한다. 기도와 상관없는 것들이 기도를 늦추게 되는 것은 확실하다. 먼저 기도할 때 품은 뜻으로 바로 들지 마라, 고요를 먼저 찾으라. 무개념의 꿈보다는 선택하여 꾸는 더 선명한 개념들로 하여 뜻으로 서서히 향하라. 이리 몰입하렴.

그대가 어떠한 일에 몰입해 있을 때는 참으로 순수하더라.

그때는 잡스러운 여러 감정들이 사라지고 참 정신만이 있어서, 생각이라고 하는 이놈은 늘 결과물을 드러내 줄 뿐 어떠한 창조도 할 수 없다. 그저 창조됨을 확인하는 존재로서 있을 뿐이다. 자아의 현 상황을 알게 해 줄 뿐이다. 꽃이 예쁜 것은 자기가 자기를 피우고자 해서 자기를 피웠기 때문이 아니다. 동물은 자기가 자기의 행위를 하면서 자기가 자기라는 뜻도 세우지를 않는다. 유일하게 인간만이 자기를 속이고 돈을 택할 줄 아는 위대한 비겁함을 합법화해서 스스로 감동을 갖는다. 그대는 늘 시끄럽게 조잘거리지.

에테르 김 네? 오히려 말수가 적은 편인 걸요.

에테르 그대의 내면은 중심이 잡히지 않아서 방황하는 단어와 영상들로 늘 분주하다. 얼마나 어지럽게 재잘대는지 그대는 잘 알 것이다. 그 재잘거리는 말은 생각들이 밖으로 나오는 단어가 되어 밖으로 나오는 단어들을 가리기 위해서 무단히도 불편해하더구나.

에테르 김 흠······.

에테르 그대들은 나를 신으로 여기나, 신은 그대들을 어머니 아버지로 여긴다고 할게.

에테르 김 말도 안 돼요.

에테르 기억하시라. 그대들이 나를 낳았고, 그대들이 나를 기르고 있으니, 길러진 대로 나는 그대들을 알 것이다.

에테르 김 흠······.

에테르 그래, 그대들의 의식은 바로 그 '흠'이다. 내가 알기론 그대는 영적 카리스마다.

에테르 김 히~ 고맙군요. 그 말은 너무 신묘합니다.

에테르 내게서 대화를 이끌어 낸 그 비범함을 나는 너무도 잘 보듬고 있다.

에테르 김 황당하기도 하군요, 저는······.

에테르 그 황당함을 찬양하고 갓 태어나 자라는, 고추를 달랑거리며 그 순수함 속의 위를 아장거리며 걷던 모습을 나는 생생히 기억한다. 그때보다 높은 경지는 없었다. 점차 오감에 물들어 가는 현상들에 취해서 잃어 가던······.

에테르 김 법칙, 그러니까 우리의 상호관계는 어떤 건가요? 알 듯 모를 듯합니다.

에테르 신은 그대들이 이름 지어 준 최상승의 단어일지니, 그래 신이라고 해두자. 신은 생각을 갖지 않는다. 그 이유는 생각할 게 없기 때문이다.

에테르 김 생각도 못하는 존재를 우리들이 믿고 있다?

에테르 　그래도 신은 생각으로 드러난다. 그대들의 의식이 생각이며 생각은 찰나로도 쪼개지기 어려운 미묘한 흔들림으로 변화를 뜻한다. 한 번에 한 가지만을 생각할 수 있으나, 그 하나의 생각에 하나만 표현되는 단점이 있다. 그러나 그 단점은 너무도 선명함을 갖는다. 그리고 그 선명함은 곧 바뀌기 때문에 힘을 갖기에는 다소 부족함이 있다.

　그대 중에 누군가 하나의 생각에 오래 머무를 수 있다면, 그는 신을 이루었다고 할 수 있으나, 생각은 한 생각에 머무른다는 것은 생각이 사라진다는 의미이기도 하다. 그러므로 그 생각과 비슷한 생각들로 그룹을 만들면 좋겠지. 그것 또한 쉽지만은 않다. 그대들은 삶 자체가 몰입이라 늘 몰입해 있으나, 이로움을 갖는 몰입이 어려운 이유가 되기도 한다. 아무튼, 신은 스스로를 드러내게 되는데 그것이 물질이며 물질은 현화된 의식이라고 보면 된다. 인간만이 의식이 있는 것이 아니다. 즉, 신은 더 선명하고 진화된 개념화를 한 것이다. 그러므로 신은 자신보다 더 극적인 자신을 갖게 된 것이다.

에테르 김 　이 고독한 고도의 고요 늘 듣게…….

에테르 　그래, 그대의 교훈이지. '이 고독한 고도의 고요 늘 듣게…….'

에테르 　그대들이 말하는 신이, 사실 전지전능은 신에게 맞지 않다.

에테르 김 　그건 또 무슨 말인가요? 또 불안해지네. 신이 전지전능하지 그럼 뭔데요?

에테르 　신은 알아야 할 것도 이루어야 할 것도 없다. 이미 다 이루어졌으니, 그대들이 하고 싶은 대로 주장하고 싶은 대로 이미 되어 있을 뿐이다. 할 게 더 있다면 생각 같은 의식을 갖고 판단해야 하나, 그러려면 생각해야 하는데 그건 생각화된 의식체라는 뜻이 된다. 내가 스스로 드러낸 존재가 만물의 모든 형상이며 그러므로 바로 그대들이다.

에테르 김 　흐흐흐. 내가 신이군요.

에테르 　그대들이 신이다.

에테르 김 　굳이 기도할 것도 없군요?

에테르 　그대 자체가 기도다.

에테르 김 　신은 전지전능하니까요.

에테르 　그대들이 생각하는 신은, 그대들의 의식으로 설명되어진 그러함으로서의 신이라 명해지고 단정되어졌으나 내가 말하노니 신은 결코 전지전능하지 않다.

에테르 김 무슨 말씀을 하시려고.

에테르 들어 봐. 전지전능한 존재는 그대들이다. 전지전능할 수 있는 존재들이 전지전능할 수 있기 때문이다. 참나인 본질은 전지전능할 것이 없다. 알 것도 할 것도 모를 것도 이룰 것도 없기 때문이다. 그러므로 전지전능은 그대들의 몫이며, 그대들의 영역일 수 있는 것이다. 그대들이 이루어 놓은 것을 보라. 하늘을 날고 순간 이동으로 대화를 하고, 멀리 있어도 서로를 바로 보기도 하며, 물속에서도 숨을 쉬고 못 할 것이 없어 보이나 그대들은 늘 부족함을 느낀다.

그 부족하다 여겨지는 부분이 전지전능을 일으키게 된다. 그대들 의식 하나하나들이 모여 이룬 문화를 보라. 우주로 나가고 그대들의 별을 폭파할 수도 있게 되었다. 그러나 그만큼 그대들은 두려움도 함께한다. 두려움 없이는 어떠한 발전 또한 이룰 수 없기도 하다. 그러나 알아차리라. 그대들은 내가 스스로 드러낸 존재임을. 그 모든 전지전능으로 이룬 것은 허락된 나의 인정을 알아차림으로 거둔 결실이다. 어느 것 하나 나를 거스르고 있는 것은 없다. 왜냐면, 그것은 내가 스스로 이루고 있는 것이므로 나는 나를 벗어나서 나를 이루게 할 수는 없다. 오직 나는 나를 스스로 알아차릴 뿐이다. 이것이 자아로서의 현상이 된 그대들이며 내가 나를 드러낸 전능이라 칭해 줄게.

에테르 김 당신을 어떻게 이해해야 되나요?

에테르 그대들의 의식, 즉 생각이 나와 같은 에너지다.

에테르 김 생각은 희로애락을 하게 되는데 신이 그런 에너지라고요?

에테르 응, 굳이 비유하자면 생각은 계단과 같다. 계단 하나하나가 모여 길고 짧은 계단을 만들어 가고자 하는 곳까지 이어 놓는다. '부정적이다, 아니다'라고 할 수 있는 것은 스스로 선택할 뿐이고, 어디에 놓인 계단이든 다 상황에 맞게 필요에 의해서 놓여져 있을 뿐이다. 그 한 생각은 끝이 있으나 또 비슷한 생각을 여러 개 만들 수 있다. 부정이든 긍정이든 생각은 그대의 현실이다. 어떤 생각의 습관일 뿐이다.

습관은 바꾸면 그만이고 생각이 일어나지 않은 자리가 본질의 자리와 같다며 생각을 에고라고 부르고 이를 부정하려 들지만, 아서라. 그대들은 의식상태 자체가 살아 있음의 증거라, 어떠한 행위를 하더라도 에고라 칭해진 생각이 일어나지 않을 수 없다.

생각이 나 자체이기 때문이다. 신성이요, 불성이요, 영이요, 참나요, 본질이요. 어차피 이 생각에서 무엇을 하든 찾아야 하며, 찾게 되므로, 그러하므로 이 전지전능한 생각을 이롭게 성스럽게 활용하면 되지 않느냐, 에고 놀음이니 이놈이 도둑이니 따위를 굳이 할 필요는 없다. 다만 몰입하면 뜻을 품은 생각이 흩어지지 않고 비슷한 꿈같은 영성을 지으니 빠르게 뜻을 알아차리게 된다.

참고하렴, 하긴 그대들이 살아 있는 것은 나라는 스스로에 몰입되어 있으니 이처럼 성스럽다 아니할 수 있겠는가만은.

그대들의 상상은
신을 초월한 지 오래다

에테르　틀리다 맞다라는 게 있을 수 있겠니? 틀리고 맞는 것을 창조한 신이 올
바른 신 같으냐? 누가 그대를 보고 틀렸다고 한다면, 그대는 틀린 생명
이 되는 것인가? 이 생각은 창조성이 전혀 없다. 다만, 의식이 창조하려
는 쓸데없는 불필요한 생각이냐, 이미 되어 있는 스스로의 상황을 생생
하게 보는 생각이냐의 차이뿐이다.

에테르 김　기도하면 다 들어주긴 하실 거죠? 그것만이라도 알았다고 해 주세요! 당
신의 형태 파괴적 신의 이미지가 불안하기만 해요. 누가 이런 신을 예상
이나 하고 있겠어요?

에테르　무슨 질문인지 안다. 기도는 신과 닮아야 한다. 그래야만 기도발이 가장
강력해진다. 신을 찾는 게 기도 아닌가? 그럼 당연히 신과 닮은 상태로
들어가야 하지 않겠는가! 그런 의미에서 기도는 신과 가장 닮은 상태일
것이다. 명상도 획일화된 기도라는 것을 잊지 마라. 신과 닮은 기도를 하
고 싶다면 말하려 하지 말고 들으려 하라. 신을 듣고자 하라, 기도를 드
리는 것은 그래봤자 인간적인 행위에 머물지만, 신의 뜻을 들으려는 자
세는 그 자세가 되어 있다는 뜻이다.

신은 들으려는 존재가 아니다. 뭐가 부족해서 그대들의 사연을 들으려
하겠는가. 그대들이 신의 음성을 들어야지 맞지 않는가. 건방지게 감히
신에게 말하고 그것을 들어주라고 하다니, 그런 원함은 이미 다 이루어
놓은 신을 믿지 못해서 조르고 윽박지르듯이 신을 협박하는 것이나 다
름없다. 못난 것들. 있음은 고요라. 고요를 은밀히 찾으면 될 것을 가만
히 있으면서 신이 그대들의 뜻을 알아서 갖다 바치기를 바라다니. 할 수
만 있다면 뒤통수라도 한 대 쥐어박고 싶구나! 그대들 생각에는 창조성
이 없다고 했지? 그런 생각으로 구하는 기도가 가당키나 하냐? 그러므
로 그대들의 기도는 들어지지 않는다.

에테르 김 에고, 미치겠네.

에테르 뭐 저 따위 신이 다 있나 싶은 게구나. 나는 늘 그대들을 찾아 놓았듯이 그대들도 나를 늘 찾아 놓아라. 필요할 때만 날 찾아 헤매지 말고 찾으려고 하면 멀어지는 존재가 그대들에게는 바로 신이 되어 있다.

에테르 김 관대하신 줄 알았는데.

에테르 신에게서는 일말의 관대함도 찾을 수 없을걸. 물론 그대들의 의식으로는 말이다. 사실 그대로 보듬고만 있는 것보다 더한 관대함이 있겠는가마는.

에테르 김 미래……

에테르 미래에는 뭐가 있을까 궁금하지?

에테르 김 그럼요.

에테르 늘 지금뿐이므로 미래는 없고 늘 호기심만 있다. 없기에 호기심만 있는 것이다. 미래는 지금 느끼는 그 궁금증일 뿐이기에 미래는 환상이 되는 것이다. 지금 의식이 그대의 환상이 되는 것이지.

에테르 김 확 깨게 하시네요.

에테르 환상은 중요한 생명수다. 의식을 갖는 탐구로서 신도 있게 하는 참으로 고귀한 징표가 아니겠는가. 그대들은 늘 미래를 그릴 것이다. 그러므로 없는 미래가 있는 듯이 그대들을 날마다 세워 놓는 것이다.

에테르 김 만약에 우주를 구성하고 있는 것 중 작은 것 하나라도 빠지거나 어긋나면 우주는 순식간에 붕괴한다더군요.

에테르 ……

에테르 김 아닌가요?

에테르 어떤 미친놈이 그러든?

에테르 김 헐~ 욕쟁이.

에테르 허언증쟁이들.

에테르 김 과학자들이 그랬다던데요?

에테르 나사 빠진 소리하고 자빠졌군. 아주 꼴값들 떨고 있어. 녹슬어서 어긋난다든? 아님 빠진 것은 우주 밖에다 버려진다든?

에테르 김 붕괴되는 그런 거 없겠죠?

에테르 우주가 어긋날 수도 있다? 나 지금 멘붕 상태다. 아무튼 그대들의 상상은 신을 초월한 지 오래다.

너희들에게서 신은 참 많이도 듣는다. 하긴 지금껏 지구를 거쳐 간 의식들과 지금도 70억이 넘는 의식들이 따로 분리된 듯이 자기를 알리고자 재잘거리니 얼마나 많은 이야기들을 만들어내겠니. 오직 하나라고도 해도 설명되지 않는 일체로 이리 많은 것을 드러낼 수 있다는 것은 신의 위대함이긴 해. 흐흐.

에테르 김 자랑도 잘하셔. 어찌 나랑 저리도 똑같은지.

에테르 그래? 키키.

에테르 김 그럼 빅뱅은 우주의 확장이 끝나면서 일순간에 축소해서 콩알 크기보다 작게 에너지가 응축했다가 다시 폭파해서 우주가 확장되고 또 별들이 생겨나고 생물도 생겨나고 하는 것……. 홈~ 이런 이론이 틀렸다는 겁니까?

에테르 홈, 지금 당장 그대가 서 있는 곳에다 표시를 하고 사방 어디로든 걸어가 보라. 그러면 그곳과 저곳의 거리는 멀어지지.

에테르 김 네.

에테르 그곳의 공간이 확장되든? 그래서 덩달아 너의 나라도 확장하고 그래서 지구도 확장하든?

에테르 김 아니죠. 저는 은하와 은하의 거리는 지금도 멀어지고 있고, 이것은 풍선을 예로 들어서 풍선에 점을 찍어 놓고 불면 점들은 거리가 멀어져서 그러므로 우주의 확장이 확인되는 거 아니냐는 것이죠?

에테르 성자들이 뭐라 그러든. 늘지도 줄지도, 많아지지도 적어지지도, 여기도 저기도 시작도 없으니 당연히 끝도 없지. 참으로 별 시답잖은 이론을 다 내놓는구나.

전지전능하면
얼마나 좋을까요?

에테르 김 전지전능하면 얼마나 좋을까요? 여기저기 마음대로 나타났다 사라지고, 은행금고에 들어가 필요한 만큼 한 십억쯤 훔쳐 집도 짓고ㅋㅋ

에테르 더 해 봐.

에테르 김 날아다니고, 어디든지 여행도 다니고, 먹고 싶은 것도 다 먹고, 베트남에 가서 점심으로 쌀국수 먹고, 간식으로 터키에 가서 케밥 먹고, 저녁은 프랑스에 가서, 후후, 레스토랑에서 우아하게 칼질하고 또⋯⋯.

에테르 그만~ 꿈도 야무지셔. 이미 그대의 의식이 전능이다. 생각으로 이루지 못하는 게 있던가. 생각은 완전품이다. 이 생각은 현실이다. 그리되었으면 하는 전제를 깔고 있는 생각이기 때문에 마음대로 생각하고 그 생각에 마음대로 실망하는 것이다.

에테르 김 그 생각이 물질로 바로 현실화되지 않잖아요?

에테르 물질은 결과들이다. 그대들의 생각으로는 어떠한 결과도 드러낼 수 없다. 물질화할 수 없다는 뜻이다. 이미 드러난 결과만을 생각할 수 있다.

에테르 김 부모 자식 간에는 영원불멸의 법칙이 관여되어 있는 듯하군요. 칠십이 되어도 아들은 여전히 아들이니.

에테르 자식이 아니라 독립된 인격체로 보고 그리 대해야지 소유는 아니지. 자식이라는 개념은 소유라고 여기게 만든다. 내 새끼, 그러므로 내 것이라고.

에테르 김 그럼 몇 살까지를 자식으로 봐야 할까요?

에테르 세 살 버릇 여든까지니까, 버릇 드는 세 살까지로 잡는 게 좋겠다. 우리 그렇게 잡자. 응?

에테르 김 허락할게요. 키키.

에테르 세 살부터는 습관을 갖추게 된다. 그 버릇은 인격이 될 테니 인격을 갖추면 비로소 독립된 하나의 인격체로 보아야지. 아빠의 정자 하나와 엄마의 난자 하나가 모여 분열이 일어나고 형체를 띠게 되나 엄마를 통해

밖에서 들어오는 영양분으로 형체를 이루게 된다. 그러므로 정자 난자로 시작되긴 했으나, 그 시작은 미약할 뿐 그 과정이 준 결과는 참으로 창대해졌다. 그리고 기존의 것들 또한 몇 개월이 지나고 나면 땀으로 똥으로 오줌으로 때로 침으로 열기로 손톱, 발톱 등으로 죄다 빠져 나가버리고 새로운 탄생을 쉼 없이 갖게 되는 것이다. 늘 조금씩 이런 과정을 쉼 없이 반복한다. 그러니 내 몸이 어찌 부모의 것이라고 말할 수 있겠는가.

늘 새롭게 태어나게 되는 것을. 그러므로 참 의식의 자녀로 봐야 옳지 않겠니? 엄마를 통해서만 나는 태어날 수 있다는 근거는 사실은 속설에 지나지 않는다. 형상으로서 어쩔 수 없이 오감이 주는, 감각이 갖는 느낌으로 형상만을 인정할 수밖에 없기에 내 새끼는 내가 낳았다고 여겨지게 되는 것일 뿐. 늘 그대는 태어나기도 전에 났었고 또 태어나고 있을 뿐이다. 물론 의식을 갖춘 인격체로.

에테르 김 그건 알아요, 9개월 정도면 그 전에 나를 이룬 세포는 완전히 새로운 세포들로 구성된 새로운 개체라는 것.

에테르 영계는 자연과 인간인 만물을 만들었으나 그중에서 인과법칙은 인간이 만들었다. 그중에서 돈은 최상승이요, 인간이 만든 돈이 지금은 인간을 낳게 한다. 종교, 문학, 정치 등은 성향에 따라 서로 다르게 행보를 하나 이들이 갖는 돈은 어느 누구도 차별을 두지 않고 두루 똑같은 방법으로 쓰이게 되었다. 돈은 그대들이 창조한 최상승이 되었다. 돈을 나쁘게 보지는 마라. 다만 그 돈을 갖는 순간 다른 이들은 돈이 줄어들었음이다. 그래도 그대들 모두가 부유하게 산다면 그만큼 무언가는, 자연은 그 대가를 치룰 것이다.

에테르 김 악과 싸워 이기겠죠? 늘 승리해야죠. 그래서 언젠가는 악이 없는 천국 같은 세상이 오겠죠.

에테르 글쎄다. 싸워서 이겨야하는 신이라? 나는 그 신이 부럽구나. 싸울 것이 있다는 것은 정말 재미있을 거야. 이겨야 할 존재가 아직 남아 있는 신이라면 급이 낮지 않겠니? 싸울 상대가 없는 존재, 그러므로 더 이상 싸울 일이 없는 신은 어떠니? 아마도 재미없어할 게다. 그대들의 의식에서는 세상은 재미로 이루어졌는데. 재미있다, 재미없다로.

에테르 김 예언서.

에테르 우주, 은하, 태양계, 지구라는 하나. 사계절, 늙음, 병듦, 동식물, 먹이사슬. 보라, 이 단순함을. 그리하므로 완벽한 시스템은 이러하니 연도와 날짜만 숫자화하면 예언이 맞춰진 듯해지지 않겠니?

그날이 그날이다. 늘지도 줄지도 크고 작고 많고 적음도 아닌 개념이 바로 우주인데, '크고 많고', '이것 저것', '있다 없다' 등으로 약속해 놓은 것이 그대들의 의식이다.

에테르 김 당신이 그리 알게 의식화시킨 거잖아요.

에테르 누가 뭐래? 그대가 나인 것을. 내가 그대이고 내가 그대들을 창조했듯이 그대들이 나를 창조했고 그대와 내가 시간차를 전혀 두지 않고 드러났음이다.

다스림은
어디서 오는데요?

에테르   이렇게 살아서 슬퍼할 수 있는 나는 영원히 슬픔을 초월한 그들에 비해 얼마나 값비싼 즐김을 갖고 있나. 이 많은 생각은 하나이면서 전능이다. 이 전능을 자유자재로 갖추려면 생각을 다스려라.

에테르 김   다스림은 어디서 오는데요?

에테르   의식에서 온다.

에테르 김   생각 내려놓음은 어디에서 오나요?

에테르   의식에서 온다. 생각은 창조성이 전혀 없다. 이미 창조된 것을 알아차릴 뿐이다. 그러므로 자유자재한 전능일 수밖에 없는 것이다.

에테르 김   내가 언제쯤 깨달을 수 있을까요?

에테르   부처를 만나면 부처를 죽이고, 조사를 만나면 조사를 죽일 용기가 그대에게는 아직 없어. 그러할 때 그 의식은 견성이니라. 용기가 아니라 견성이 될지니.

에테르 김   당신을 찾으려면 아니 가까움을 알아차리려면 의식 수준을 높여야죠?

에테르   차원.

에테르 김   아무튼……. 그래야 당신을 알기 쉽겠죠? 기가 좋은 산을 찾아가서 명상을 하고 도를 닦으면 아무래도 다른 사람들보다는 영성 지능이 높아질 거라 여겨집니다.

에테르   산의 기운을 받는다? 음…… 고작 해봐야 그대의 기운보다는 산의 기운에 의지하겠다는 것이로군.

에테르 김   산이 아무래도 집보다는 더 고요하고…….

에테르   그건 나도 잘 이해하지만, 그곳의 특별한 기를 받아야만 내 영성 지능을 높일 수 있다는 것 자체가 맘에 안 든다. 좋아 보이는 터에 절을 짓고 부처를 모셔야만 부처가 좋아할 거라는 착각을 갖고 있는 건 아닐 테다. 그건 그대들이 좋아라고 정해 놓은 것이지 싫다고 하지는 않는다. 그런 곳이어야 신비감을 더 갖는 것이 문제라면 문제겠지. 그런 곳이면 사람들이 모이기는 좋겠지.

의식이
중력이다

에테르   지구에 들어온 빛도 지구와 함께 자전하며 자신의 아버지인 태양 주위를 지구와 함께 공전하지. 예전의 당대 지식인들이 몰랐던 우주의 비밀을 이 시대 우리의 그대들은 알고 있다. 지구가 자전하고 태양 주위를 공전한다는 사실을 자연스럽게 배우지. 태양도 움직이고 지구와 그 행성들은 태양 주위를 돌며 함께 빠르게 나가고 있지. 빛은 일직선이 아니다. 일직선이면서 중력을 받으니 마음대로 반사되기도 하지.

에테르 김   부자 되고 싶은, 인간의, 욕, 망.

에테르   물질 또한 일체된 인과법칙이다. 누군가 많이 가지면 누군가들은 그만큼 잃기 마련이다. 부자가 천국 가는 것은 낙타가 바늘구멍 통과하는 것과 같다고 하는 성경은 그런 의미에서 인과법칙을 우회적으로 알리고 있는 것이다. 예수는 인과법칙을 정확히 이해하고 있었으리라. 아무쪼록 적당히. 비파를 적당히 조여야지 켤 수 있다는 싯다르타의 말을 이해하라. 물질이 없어도 문제일 수 있다. 그러니 이에 걸맞은 표현은 필요한 만큼만이 될 것이다.

에테르 김   이 시대에 태어난 사람들은 배부른 생각만 한다고 하더군요.

에테르   시대를 탓할 필요는 없겠지. 왜냐면, 그대가 그대를 이룬 원자나 에너지는 늘 있어 왔고, 그 시대의 사람이나 지금 사는 사람이나 똑같은 원자가 돌고 돌아서 형성된 형체에 지나지 않는다. 똑같은 사람이 똑같이 태어났을 뿐이다. 다만 체험이 다르다고 느낄 수 있을 뿐이다. 그 시대 어떤 이에게 억울한 죽임을 당한 이나 죽인 이는 서로 다르지 않으며 지금도 똑같이 태어나서 살고 있다. 한 순간도 머무름 없이 태어날 수밖에 없다. 그대들이 살고 있는 지구가 폭파한다 해도 그대들은 없어질 방도는 없으니 일어나는 생각들은 다스리는 것이지 잠재우는 것이 아니다. 분노, 화, 질투, 증오 등이 일어나면 잠재우라는 말은 참으로 살갑지 않다. 이러한 것들은 다스리는 것이 좋다. 어차피 일어나는 것이다. 내게 맞닥뜨려진 조건으로 인해서 풀어지는 것이 바로 생각이다. 그 상황에 맞게 일어난다. 일어난 생각을 의식한다는 것은 그 상황을 내게 이롭게 다스릴 수도 있다는 것이다. 분노 없는 삶은 없으며 그런 삶이 있다면 '왜 사니'라며 가엽게 여길 일이다. 희로애락은 악이다, 선이다로 단정 지어진 것이 아니다, 이것은 생명의 완벽한 패턴이다. 내게 이롭게 잘 다스릴 수 있다면 그것이 참 잘 알아차림의 지혜라 할 것이다.

에테르 김 네.

에테르 위아래는 하늘과 땅으로 이해하렴. 즉, 위는 보이지 않는 영역인 영성계, 땅은 보이게 된 영역인 물질계. 물질계는 하늘이 스스로 드러낸 영역이다. 그대는 어떠한 경우라도 자신의 의식을 초월해서 접할 수는 없다. 그대들 의식자 누구라도 스스로 갖춘 의식 내에서만 나를 대할 수 있을 뿐이다.

이것이 유일한 법칙이다. 의식 너머를 보았다고 하는 이들이 있으나, 그것 또한 초월의식을 담고 있었으되 알지 못하고 잠깐 체험된 것에 불과해서 착각이라고 오해된 부분이다. 의식의 차원은 시작도 끝도 갖지 않은 신비한 영역이다. 이것을 깨닫게 되면 성스러운 자로서 승승하리라.

그 초월적 존재가 신이라고 하고 신을 궁극적 존재로 여겨 숫자로 표시했을 때 100이라고 해 보자, 늘 100이라는 앎으로 대하고 있을 것이지만, 그대들의 의식은 1에서 3 정도의 의식을 갖추면 100을 대해도 1에서 3 정도 앎만을 체험할 수밖에 없는 것이다.

에테르 김 네.

에테르 이름까지 거명하면서 도움을 요청했는데 모른 체하면 참 지옥에 들 거다. 인간보다 동물들이 더 뛰어난 감각기관을 가지고 있는 종들이 많다. 지구의 자기장을 인간은 감각으로 알 수 없어 측정기를 사용하지만 동물 중에는 이를 감지하는 몸의 감각기능이 뛰어난 종이 많다. 그런데 인간은 이들보다 더 뛰어난 것이 바로 의식이다. 의식은 흔들림이다. 이 생각은 두드림을 갖는다.

그러나 이 생각은 변종을 일으키는 에너지다. 창조라고 주장되는 발명이 그 대표적인 예라고 할 수 있다. 이것들은 자연 그대로와 늘 대조를 이룬다. 인간의 위대하다고 여겨지는 의식의 진화는 변종이 가속화된 형상이다. 편리를 추구하는 변종은 그 대가를 꼭 받게 되어 있는 인과법칙인 것이다.

에테르 김 종교도요?

에테르 종교 또한 변종이다. 인간이 추구하는 것 중에 예외일 수 있는 게 있을까? 종교는 사랑으로 갖춘 두려움이 가장 큰 변종이다.

에테르 김 질투해요? 그게 뭐가 잘못됐는데요?

에테르 내가 언제 잘못됐다고 그러디? 너도 참 웃기는 의식 놈이다.

에테르 김 알았어요.

에테르 자연은 늘 주고 있었는데 그것에 만족 못한 그대들의 위대한 의식이, 조합으로 갖는 결과들이 이로움과 회의를 가질 수밖에 없다는 것이지. 신은 선이라 그저 좋기만 한 천국일 줄 알았는데 지옥도 갖추고 있더라는 말을 해 주는 거야. 편히 빨리 가기 위해 자동차를 만들긴 했는데, 저승에 빨리 보내는 역할도 동시에 함께 하라는 거야. 뭘 좀 알고 대들어라.

에테르 김 끙~

에테르 인간의 생각이 얼마나 시끄러운 줄 아냐? 에너지 파동이 그래봤자 같은 에너지일 뿐이지만 이 파동에 느낌이 실리면 생명 자체로서, 아니 물질 자체로서 늘 파동을 갖는다. 다만 이 파동에 실린 느낌으로 차별됨을 알 수 있는 것이다. 생물인지 무생물인지, 동물인지 식물인지, 초식동물인지 육식동물인지, 사람인지 아닌지를 파동에 실린 감정이 알려 준다. 그중에서 인간의 파동이 가장 혼잡스럽게 조잘대지.

에테르 김 조잘대긴 하죠.

에테르 책에 쓰여 있는 글과 이 글을 읽으려는 내 생각은 서로 일체시키려 하지만 그게 그리 녹록지만은 않다. 왜냐면 책의 글은 고정되어 변화를 갖기 어렵지만, 생각은 범사에 머무름 없이 변화를 갖는다. 이 변화를 고정시키려는 것이 글로 적혀 버리는 것이다. 생각은 글보다 초월적이다.

에테르 김 지구의 중력이 물질을 끌어당기고…….

에테르 그대는 지구와 다르다고 여기나 그대도 지구다. 지구의 중력은 그대의

　　　　　의식이다.

에테르 김 네?

에테르 　의식이 중력이다.

에테르 김 뭔 소리요?

에테르 　의식은 중력이라니깐?

에테르 김 중력을 아직까지 아무도 정확히 규정지어 준 사람은 없어요. 아직은 중력
　　　　　이 무엇인지 정확하게 밝혀지지 않았다고요.

에테르 　축하한다! 그대가 밝혔으니.

에테르 김 …….

에테르 　머무름 없음은 우주 본질이다. 이것이 바로 중력이다.

에테르 김 끌어당기는 것이요?

에테르 　누가 그래, 중력이 끌어당기는 것이라고?

에테르 김 누가 그러긴요. 그건 상식이죠. 그걸 모르는 사람이 어디 있어요?

에테르 　흠, 중력은 끌어당기듯이 밀어내듯이 좌우, 위아래, 앞뒤로도 정해진 힘
　　　　　의 세기를 갖지 않고 존재함이다. 그러니 끌어당기는 것이 중력이라 결
　　　　　론지어지는 것은 어폐가 있지 않겠니? 이것이 왜 머무름 없는지에 대한
　　　　　비밀의 해답이고.

에테르 김 그렇다면 중력은……?

에테르 　우주의 힘, 우주 자체다.

에테르 김 흠, 간단명료하군요!

에테르 　단순해. 이 단순함이 절대 법칙이지.

에테르 김 시공도 중력이겠군요.

에테르 　응, 존재로 놓고 보면.

에테르 김 중력의 다른 이름.

에테르 　그래.

에테르 김 흠.

에테르 　그냥 이름 붙이기지. 이름하여.

이루는
법칙

에테르   몸은 의식되어 있다. 모든 물질들 또한 그렇다. 이것은 순수 의식인 물질 의식이 들여다보는 순간 물질이 된다는 것이다. 파동이 물질화되어 보이는 것이다. 원자는 의식되지 않을 때는 파동일 뿐이다. 급하게 의식된 원자는 형태로 변질될 수밖에 없다 미세한 흐름은 의식에 사로잡히고 그 잡힘을 물질이라고 여기는 것이다. 그러나 원자는 사로잡힘에 대단한 불완전을 띤다. 그 폭발은 불완전함이 완전함을 띠는 현상이다. 본질로의 회귀다. 몸과 모든 물질은 의식으로 태어날 수밖에 없었고, 의식되어 있으므로 불완전성을 갖는다. 내가 있다고 여겨지는 이 몸은 늘 의식되어 있기 때문에 형상을 갖는 것이다. 그러니 그 다함이 있지 않겠니? 이것은 대단히 두려운 의식이다.

에테르 김   죽음?

에테르   그래, 죽음이라 하자.

에테르 김   의식이 완전한 답이군요.

에테르   그럴 수밖에 없잖니. 너의 의식에 느낌의 두드림인 생각이 없어지면 무엇도 의식할 수 없으니 끝 아니겠니? 물론 나라고 여기며 충실하고 있는 그대의 의식된 범위 내에서의 형상이 끝이긴 하지만.

에테르 김   점점 더 재미있어지는군요. 물론 이런 내용이 환상 놀이이긴 하지만요.

에테르   맞다. 환상 놀이, 진짜로 나를 믿는 건 아닐 테지? 환상으로 여기고 대하면 거칠 게 없지.

에테르 김   그래요. 바로 그겁니다. 아니면 진짜라고 여기고 있으면 나를 아는 사람들에 의해서 정신치료가 필요하다는 권고를 받을 수밖에 없으니 그냥 홀로그램처럼 대하니 편하군요.

에테르   그게 자유야. 얼마나 편하니.

에테르 김   보이는 이 모든 공간이 진짜가 아니라면서요?

에테르 보이냐?

에테르 김 공간요?

에테르 응.

에테르 김 보이는 거 아닌가요? 아닌가?

에테르 지랄한다.

에테르 김 또, 또.

에테르 드높은 물질화가 비물질을 보고 만지고 하는 게 가능이나 하냐? 물질은 비물질을 초월해 버린 상태로 '있다' 여겨지는 상태이니 없다고 여겨지는 것을 인정 안 하는 상태에 든 건데, 그러니 물질은 비물질을 느낄 수 없는 거야.

에테르 김 뭔 소리요, 대체?

에테르 환상게임이라고 해 놓고 있는 거 아닌가 하는 것은 뭔데?

에테르 김 키키. 그런가? 그래도 거리는 있잖아요?

에테르 없어.

에테르 김 있…… 어요.

에테르 없당께로.

에테르 김 여기서 서울 가려면 얼마나 먼데 그런 게 거리죠.

에테르 지금 손만 뻗어도 어디든 닿을 수 있어.

에테르 김 웃기지 마세요. 자, 뻗었어요. 서울이 안 닿네요?

에테르 그대의 의식의 방해 때문이야. 미리 거리를 다 계산해 놓고 뻗으면 무슨 소용이야.

에테르 김 공갈치지 마세요!

에테르 공갈? 참 정감 가는 단어야. 오랜만에 듣는다. 그래 바로 공갈로 대할 때가 의식됨을 초월한 초의식일 수 있지. 그때라야만이 공갈의 공간인 우주법칙을 이해할 수 있다. 거리가 없으니 순간 이동도 가능하지. 의식의 방해는 진실로 진실을 갖는 상태라서 이런 신통력을 방해하지. 진실은 그대들의 물질을 있게 하는 형상이지. 순간 이동은 순간 이동이 아니다. 그 자리에 있으면서 그 자리가 모든 자리라는 것을 깨달을 때 여기가 서울이구나, 부산이구나, 뉴욕이구나, 들판이구나, 백두산이구나, 화장실·

안방·은행 금고 등등.

에테르 김 말은 참 쉽죠잉~

에테르 웅, 쉽지. 그게 참이니깐. 스스로가 스스로를 의식하지 않을 때 그대의 진화된 이 형상은 순수파동을 갖게 된다. 왜냐면 무시당했기 때문에 더 이상 입자의 형체를 띨 필요가 없는 것이다. 그야말로 순수의식 상태다. 서울의 순수의식이 여수의 순수의식과 다르겠니? 본질은 크기라는 것이 없다. 그러니 그 상태에서 서울에 있다는 의식으로 돌아와 입자가 되면 즉시 서울 한복판에 들게 되지.

에테르 김 헐~ 대단한 공갈이다.

에테르 웅.

에테르 김 신선이 따로 없네요.

에테르 신선들의 신선놀음이 바로 이런 거야.

에테르 김 신선이 있어요? 봤어요?

에테르 말해 봐. 그대는 봤어? 봤다면 봤다고 말해 줄게.

에테르 김 캑!

에테르 잊어버렸구나, 그대는 그대 의식 수준 안에서만 알아차리게 될 수 있다는 것을. 그 알아차림이 바로 그대가 대단히 초월적으로 정해 놓은 신이라는 존재지.

에테르 김 저는 이런 거 전혀 몰랐거든요. 지금 가르쳐 주시고선.

에테르 이리된 것은 지금 그대 의식 차원이 알아차린 거야.

에테르 김 ……

에테르 그대들이 창조할 수 있는 것은 환상밖에 없지.

에테르 김 또 무슨 말씀을 하시려고.

에테르 그대들의 의식은 차가 있다고 생각하고, 시동을 걸고 운전을 해서 있다고 생각하는 직장에 출근하고, 있다고 여기는 직장 상사에게 깨지고, 있다고 생각하는 제품 개발에 몰두하고, 있다고 여겨지는 제품을 판매하고, 있다고 여겨지는 돈으로 있다고 여겨지는 술을 마시고, 있다고 여겨지는 마누라의 잔소리를 듣고, 있다고 여겨지는 가정으로 가서 있다고 여겨지는 내 자식들에게……

에테르 김 그만~ 그만요. 듣고 있으니 이상해져요.

에테르 마치 있는 듯이 이상해질 줄도 아는 듯이 하는구나.

에테르 김 아무래도 인간의 궁금증 중에서 현시대에서 가장 큰 것 중에 하나가 바로 '우주는 어떻게 되어 있을까?', 이것이 아닐까 생각 들어요. 끝이 없겠죠?

에테르 시작도 끝도 없지. 시작이 없으니 끝이 없는 건 당연하고 시작보다는 오히려 끝이 먼저라고 하면 이해하기가 조금 쉽지 않을까 싶다.

에테르 김 당신의 설명은 하도 허무맹랑한 게 많아서. 왜 끝을 먼저?

에테르 원래 끝난 게임이니까.

에테르 김 하하.

에테르 지구는 자전하며 태양 주위를 공전하지. 모든 태양들은 은하를 중심으로 회전하며 은하들은 같은 맥락으로 또 다른 중심을 두고 회전하지. 이런 은하들이 있는 우주는 또 수없이 많은 우주들이 은하가 하는 식으로 또 다른 중심을 두고 회전하지. 이러한 과정이 끝없이 이어지지. 그 끝은 없는 것이 정답이야.

에테르 김 가만요……. 잠시만요……. 그러면 우주의 크기는 도대체 얼마나 커요?

에테르 크기가 없다니깐.

에테르 김 아니, 내 말은 이런 식으로 계속 이어지면 그 크기가 가늠이 안 되거든요.

에테르 미쳤구나. 감히 가늠을 해보려 하다니.

에테르 김 좋아요. 그러면 크기는 없다고 해두죠. 그래도 이해를 돕기 위해서 크기를 가정해서 태양이 은하 중심축으로 회전하고 이런 은하들이 내가 아는 상식에서는 수천억 개가 되는데, 이 은하들을 품은 하나의 우주도 이런 우주들이 은하수만큼 많은 무리들이 또 한곳의 중심축을 두고 회전하고, 이런 과정이 끝이 없이 계속 이어진다면, 그게……. 캑~ 상상으로도 이해가 안 돼요. 그럼 그 크기는……. 흐음.

에테르 크기가 뭐? 그래 봐야 그대의 주먹 크기보다 훨씬 작은데. 그대의 의식들은 크기를 위아래, 좌우, 앞뒤로 뻗어가는 것으로 해석하고 있더구나.

에테르 김 당연하죠. 그럼 아니라고요?

에테르 없음인 홀로그램은 둥글게도 아니며, 제멋대로도 있을 수 있다. 회전을 하기는 하지만 같은 장소에서 하나가 무한대로 뭉쳐 있는 듯이 말이야. 예를 들어서 그대가 있는 태양계를 수천억 개의 은하를 담고 있는 무수한 하나하나 우주들과 같은 크기로 같은 장소에서 같은 행동을 하고 있다고 여기렴. 그럼 쉽잖니?

에테르 김 엥? 지금 농담치기해요? 그럼 우주들이 뭉쳐 있단 말예요?

에테르 내가 언제 뭉쳐 있다고 했어? 그러니깐 크기를 갖지 말란 말이야. 그대들의 의식은 참으로 무엇이든지 갖기를 바란다니깐, 그러면서 고민에 빠지고. 하긴 그래야 살맛이 나지. 우주 자체는 그대들의 의식처럼 홀로그램일 뿐이야. 그러니 무한대를 갖출 수 있는 거야. 그런 형상을 갖추어 봐야, 그래 봐야 환상일 뿐이야. 지금 당장 그대들의 의식이 멈춘다면 우주는 사라지는데 뭘 그리 고민을 하니. 의식에 느낌을 실으니 고민에 빠지지. 그런 크기의 우주가 뭐라고 우리 은하에서 다른 은하까지의 거리를 의식하니. 그러한 거리를 갖출 수밖에 없잖니. 이 멍충아.

에테르 김 김빠지네.

에테르 헐~ 정답을 바로 맞추네.

에테르 김 그렇다면 우주는······.

에테르 뭘 그리 재미없는 우주에 관심을 두니, 그래 봤자 우주는 그대의 지갑에 들어 있는 지폐 한 장보다 값어치가 적을 뿐인데, 아무리 우주가 크다고 해 봤자 그대의 왼손에서 오른손까지의 거리보다 멀지도 못하거늘, 사람들이 보았다고 하는 귀신도 환상이지.

그러니 유령이라고 그대들이 부르잖니. 허름하고 습한 지하나 그러한 곳, 습도의 변화가 그리 많지 않은 곳에 유령들이 자주 목격되는 이유는 첫째, 시간도 공간도 그러므로 과거 현재 미래도 없다는 것을 먼저 이해하고 나서 보면 이런 조건은 외부의 영향을 거의 받지 않기 때문에 그때 행해진 형상들이, 즉 유령이 그들이 살아 있을 때의 모습들이, 그대의 의식 상태와 잠시나마 여러 조건들이 일체를 갖게 되면서 보이는 것이기 때문이다. 그것을 유령이라고 하게 되고, 그런 일은 흔히 일어나지는 않지. 아니면 그대들의 오감을 벗어난 순의식만이 드러낸 현상이 유령으로 오인되기도 하고. 그러니 있는 것도 아니고 없는 것도 아니라서 유령이라고 불리는 거다.

에테르 김 기도가 왜 잘 안 이루어지는 거죠? 간절하게 했는데도 잘 이루어진 경우는 드물었어요.

에테르 주로 무슨 기도를 그리 간절히 했는데?

에테르 김 그게…….

에테르 뭐? 말해 봐. 그냥.

에테르 김 그러니까 그게……. 로또.

에테르 키키키키키.

에테르 김 로또 비슷한 거라고요. 꼭 로또 일등 당첨이 아니고요.

에테르 핑계 대기는, 그러니까 안 이루어지지.

에테르 김 하하…… 그럼 어떻게 해요. 하지 말라고요?

에테르 응. 이루어지게 하지 마. 기도는 하는 게 아니야. 듣는 거지.

에테르 김 듣는다고요?

에테르 듣는 거야. 하는 거는 신에게 주는 거라 안 되지. 신은 받는 존재가 아니라 아낌없이 무조건 준 존재야, 감히 신에게 기도를 주는 것은 이루지 않겠다는 신에 대한 거부 의사다.

에테르 김 이해하기 쉽게 말씀해 주세요.

에테르 주지 말라니깐. 그냥 받아. 신은 이미 무조건 다 주었을 뿐이야. 근데 달라고 하니 받으려는 그대들은 어처구니가 없는 상황이 되고 말지라. 이미 받은 것을 싫다고 신에게 도리어 주면서 거부하는 상황이 되는 거다. 그러므로 기도는 알아차림이다. 즉, '주셔서 감사합니다!'라는 감사가 되어야 한다. 이것이 알아차림이다.

에테르 김 받지도 않았는데 감사는 무슨……. 받는 게 있어야 주는 것도 있죠. 그러면 일등 돼요? 히~

에테르 그거야 모르지. 근데, 받는 게 있어야 주는 게 있다고? 받아야 감사를 준다고? 니가 태어난 것은 받은 게 아니었어?

에테르 김 끙……. 하긴.

조상을
모시는 제사는

에테르 조상을 모시는 제사는 미래에 태어날 후손을 축복하는 기도로 바뀌는 게 더 이로울 게다. 조상보다 더 진화된 존재들을 위하는 게 법칙의 예의일 테니, 이미 떠나 버린 과거에다 대고 제사를 지내는 건 지나버린 감사에 헛수고하는 거야. 감사는 올 것을 대비하는 것이 되어야지 지나버린 것에다가 소비할 에너지가 없다.

에테르 김 아니, 그래도 조상이 없었다면 우리들도…….

에테르 …… 없었을 거라서 그분들에게 감사하는 마음을 표현하는 거라는 거지?

에테르 김 네, 맞아요. 당연한 거 아닌가요?

에테르 당연하다? 미래에 태어날 후손은 당연한 게 아니고? 가 버린 것은 살아서 꿈틀댄 것 자체로서 할 일을 다 했을 뿐 더도 덜도 아니다. 제사를 과거에다 허비해 놓고서 더 나은 미래를 바란다? 제사는 미래의 후손들을 위한 축복의 제사가 되어야 옳지 않겠니? 사실 그대들이 하는 신에 대한 기도는 다가올 후손에 대한 기도이다. 그걸 신이라고 착각하고 있다. 돌고 돌기 때문에 썩어 흙이 된 그들이 다시 생명체를 갖고서 미래의 물체들이 되기 때문에 기도의 느낌을 바꾸는 것이 이롭다는 것이다. 좋은 데 가라는 말이 좋게 태어나라는 축복의 의미이긴 하지만 단지 느낌이 그에 전혀 못 미치고 있다는 것이다.

느낌을 바꾸면 그 에너지의 파급 효과는 실로 엄청나리라는 것이다. 그대들은 같은 그대들을 대하는 것보다는 신을 대하는 게 더 쉽다. 신은 인간 의식보다 더 단순하기 때문이다. 신은 인간처럼 예, 아니오, 글쎄요 중에서 선택하지 않는다. 신은 거추장스러움을 갖지 않는다. 얼마나 지혜로운가. 그러므로 늘 침묵한다. 내 대답은 그대의 질문보다 먼저였으므로 그대의 질문은 신이 듣고 싶다. 혹은 듣고 싶지 않다 해서 듣게 되는 답일 뿐이다? 아니지. 이미 그대들은 답을 갖고서 알면서도 앎의 위로를 받고자 알고자 하는 떠봄으로 질문한다. 왜 그리 복잡해지는가. 그냥 스스로 질문을 거두라. 외로움을 달래고자 하는 저급함을 거두는 게 더 쉽지 않니?

에테르 김 외로워서 질문을 한다고요?

에테르 신을 찾는 것 자체가 질문을 갖는 거다.

에테르 김 음……? 당연하죠. 모르니깐 신에게 답을 찾고자 요청하는 것 아니겠어요? 그런데 답을 알고 있으면서 신을 떠보고 있다고요?

에테르 아니, 스스로를 떠본다는 거지.

에테르 김 그래요, 그렇다 쳐요. 이미 다 미리 창조해 놓고서 다 알고 있는 신이 있고, 그 안에서 묘하게 존재하는 우리가 있다는 뜻인가요?

에테르 ……? 무슨 말이야?

에테르 김 그러니까요. 늘 변하지 않는 텅 빈 고요이자 본질인 신은 연기를 따르지 않고, 그대로 늘 변함없이 신으로 있는 부처와 여호와 당신 같은 존재가 있고, 우리 같은 물질 현상들, 머무름 없는 변화를 갖춰야 하는 존재들이 있냐는 거죠. 무슨 질문인지 아시겠어요?

에테르 ……? 이제 알겠다. 이해했어. 쉽게 말해 연기 법칙을 따르지 않는 존재가 있냐는 것이지? 그게 신이냐는 것이고, 우주 만물은 머무름 없음인데, 그러면 신도 머무름 없어야 하고 그러면 변할 수밖에 없지 않느냐는 질문이지?

에테르 김 네, 연기 법칙마저 초월해야 신답지 않겠어요?

에테르 홋! 그런 존재가 어딨냐. 그냥 변화를 갖지 않는 존재 정말 재미없지 않니? 비교하자면 그런 신은 죽은 자요, 죽은 자는 더 이상 그 느낌의 변화를 갖지 않는다. 그러니 어떻게 소원을 이루어 줄 수 있겠냐.

에테르 김 그렇다면 이미 다 이루어져 버렸으니, 구하기도 전에 구한 줄 알라는 말은 틀렸다는 뜻인가요?

에테르 그대들 자체로써 답을 갖고자 하는 착각을 갖고 있다. 이것을 알아차리고 알아차림을 이해하고 이해함을 깨우치면 그제야 깨달았다고 여겨지는 것이다. 묘하게 존재하는 것, 오직 이것만이 존재한다고 착각한다. 그러므로 신이 있다고 여기는 그대들은 의식이 바로 신이다.

에테르 김 시작도 끝도 없다? 그럼 빅뱅은 시작이 아닌가요? 우주의 시작.

에테르 빅뱅은 어디서 왔는데?

에테르 김 글쎄요?

에테르 빅뱅이 시작이면 그 시작은 어디서 왔을까?

에테르 김 빅뱅에서 왔겠죠?

에테르 염병.

에테르 김 애초에 시작은 없었……. 고로 끝도 없다? '끝이 없었으니 시작도 없었다'로 이해해도 되려나?

에테르 똑똑한 척하긴. 공부도 못한 주제에 빅뱅이 같은 게 살다 죽는 데 무슨 도움이 되냐?

에테르 김 거기서 공부는 왜 나오시나…….

신은
저급한 존재다

에테르 그대들은 같은 그대들을 대하는 것보다는 신을 대하는 게 더 쉽다. 신은 인간보다 더 단순하기 때문이다. 신은 인간처럼 예, 아니오, 글쎄요 중에서 선택하는 의식이 아니다. 그중에서 선택하지 않는다. 신은 거추장스러움을 갖지 않는다. 그러므로 늘 침묵한다. '내 대답은 그대의 질문보다 먼저이었으므로', 그대의 질문은 내가 들었던 답일 뿐이다.

에테르 김 그래도 인간이 지구상에 존재하는 모든 생물 중에서는 가장 위대하죠? 만물의 영장이니. 나는 사람으로 태어난 것을 다행이라고 여겨요. 돼지나 소, 닭으로 태어났…….

에테르 …… 으면 인간에게 잡혀 볶이고, 구워지고, 삶아져서 요리라는 이름하에 여러 종류로 나뉘어 갈기갈기, 씹히기 전에 영양분이 얼마나 되는지 점검 당하고, 후후 그러할 수 있는 존재가 위대하다는 거군. 그대들의 의식은 가장 저급하게 드러난 고뇌일 뿐이다.

에테르 김 뭐라꼬요? 캬~ 고뇌라 운치 있어 보이네. 근데 인정할 수가 없네…….

에테르 수많은 언어들이 필요하고 고로 지식을 갖춰야 대접받을 수 있고, 생명 중에서 유일하게 요리를 해야 하고, 유일하게 돈을 갖춰야 하고, 유일하게 글을 배워야 하고, 유일하게 다른 종을 의식해서 멸종시켜야 하고, 유일하게 필요가 아닌 즐김의 목적으로 그들의 생명을 빼내고, 유일하게 욕을 하고 들어야 하고, 유일하게 보다 높은 존재를 모셔야 하고, 유일하게 우주에 나가려고 발버둥을 치고, 그래봐야 우주일 뿐인데 유일하게 미립자의 세계를 알아내려고 하고, 그래 봐야 그대로라는 것을 알아내는 것이 유일할 뿐인데도 옷을 입어야 하는 유일한 의식인 제사를 지내야 하는, 죽어서 귀신이 되어야 하는……. 이런 것들이 다 모두 다 불필요한 원시 의식인 의식에서 나온 것들이다. 신은 신 또한 그대들이 창조한 저급한 존재다. 왜냐면, 다른 생명들은 군이 모셔야 할 필요성이 없기 때문이다. 그냥 자연스러움에 의식을 맡기며 그에 맞춰서 함께 생활을 한다.

에테르 김 신이 저급한 존재라니요? 어떻게 그리 말씀하실 수 있는지 오히려 제가 당황스럽네요.

에테르 그래, 바로 그거야. 원시 의식이라는 증거. '당황'. 이렇게 당황할 수 있는 것은 복잡함이다. 늘 계산해야 하고 선택해야 하는. 그래도 만족되지 않기에 또 그래야 하는 그런 의식 존재들. 신은 그래 봐야 그대들의 의식 수준에서만 놀아날 뿐이다. 그대들이 죽어서 살아온 과정을 평가해 달라고 해서 그리해 준다고 약속되어 버렸지 않았느냐!

에테르 김 뭐라고요?

에테르 음, 큰일날 소린가?

에테르 김 나도 지옥은 안 믿지만 혹시라도 진짜로 심판이 있다면 그들의 경전에 언급된 주장이 맞는다면.

에테르 지옥에 가면 되지. 그대들 모두가 인정하기는커녕 의구심을 갖는다는 것은 확실하지 않다는 것이고, 이것은 언급한 존재를 의심하는 것인데 신이 이런 불완전한 믿음으로 있어야 한다는 것이. 그렇다면 이것은 순전히 신의 책임이다.

에테르 김 지옥에요?

에테르 응.

에테르 김 캑~ 얼마나 뜨거운데.

에테르 가 봤냐, 지옥에?

에테르 김 아직 안 죽었잖아요?

에테르 그런데 가 본 것처럼 뜨겁게 겁을 집어먹니.

에테르 김 불구덩인데 뜨겁지 그럼 시원해요?

에테르 웃기시네. 그대 의식이 뜨거운 거지.

에테르 김 그런가?

에테르 아무튼 인간 새끼들 겁은 많아. 인구가 증가할수록 이로움과 이롭지 않음이 더 선명해지고 그로 인해 두려운 느낌을 겪어야 하는 고통은 선명해질 뿐이다.

그대는
단단히 홀린 거야

에테르 김 대화를 하다 보면 너무 상식에 반하는 의외의 것들이라 당신은 위대해
서 두려워 보인 게 아니라 두려워서 위대해 보입니다. 나를 보는 것이 이
렇게 경외스러울 수 있다는 것이…….

에테르 우리 대화한 지가 얼만데 아직도 두렵다고?!

에테르 김 쪼끔요. 왠지, 악마에게 홀린 기분도 들고. 키키키.

에테르 키키키. 그대는 단단히 홀린 거야.

빛은
묘하다

에테르 빛은 묘하다. 어둠속을 진동하며 드러나는 묘한 두드림, 이것이 빛이다. 고요를 두드리는 파장, 어둠은 스스로를 빛내 준다.

에테르 김 우주는 시작도 끝도 없는…….

에테르 그러면서 빅뱅은 믿고? 빅뱅이 시작이면 그 확장은 지속되고 있으며, 그러므로 그 끝은 계속되고 있겠지. 그러므로 시작이 갖는 한계가 바로 끝이 되는 것이고.

에테르 김 로또 1등 한 번 돼 봤으면.

에테르 뜬금없긴, 로또 1등에 당첨된 이들이 정상이냐? 오히려 비정상이거나 돌연변이에 지나지 않지.

에테르 김 그런 돌연변이라면, 한 번 돼 봤으면.

에테르 블랙홀은 그저 중력이다. 은하 중심에 블랙홀이 있고 곳곳에도 있으나, 중심부의 블랙홀만이 진정한 주인으로서의 중력의 결정체다. 은하가 들이마시고, 들이마시는 것이 곧 내뱉는 것이기도 하다. 그것이 블랙홀이고 블랙홀을 중력이라고 한다. 은하는 나아가서, 우주는 중력 자체다. 우주 자체가 스스로를 스스로 드러낸 모양새 중 블랙홀도 자연스레 생겨날 수밖에 없었다.

에테르 김 빛이 세상에서 가장 빠르잖아요?

에테르 빛보다 빠른 것은 존재하지 않는다고? 그대들의 주장인 우주팽창에 따라 우주가 빛보다 빠르게 팽창 안 하고? 중력은 빛까지 포함하므로 빛보다 빠르다. 빛의 속도는 중력에 비하면 가소롭다. 이 에너지는 이 에너지를 드러내 주고 드러난 에너지는 그대를 드러내 준다. 스스로를 드러내기 위한 방법이 이것이다. 이것이 우주이며, 축소된 거대 조직이 바로 은하다. 블랙홀이 이러한 역할을 하고 있다고 여기면 이해하기 쉬울 것이다. 이것을 중력이라고 한다. 그대들의 늙어 감은 중력의 대표적인 예다.

에테르 김 그렇다면 신은 중력인가요?

에테르 헐.

에테르 김 왜요?

에테르 저 알아차림 좀 보소.

에테르 김 흐억~

에테르 김 아인슈타인에 의하면 공간은 휘어지기 때문에 태양 뒤의 별이 지구에 닿으며, 휘어 오기 때문에 보인다더군요. 태양 등의 질량 때문에 주위의 공간이 휘어진다고.

에테르 공간은 휘는 능력이 없다.

에테르 김 예?

에테르 공간은 그대들의 의식에 놀아나서 판단되어진 존재가 아니기 때문에 그건 공간이 휘는 게 아니다. 태양 뒤의 빛은 휘어지며 공간을 따라 오고 가는 게 아니다. 질량이 갖는 물체의 중력을 타고 갔기 때문이다.

에테르 김 그게 그거 같은데요?

에테르 질량은 공간이 아니다.

에테르 김 네?

에테르 질량이 갖는 중력과 물체는 다르지 않다. 질량이 물질이다. 지난 대화 때 중력에 대해서 이야기할 때 그랬지? 중력은 밀고 당기는 존재라고. 물론 이름하여 중력이라고 했을 뿐이지만, 그대들의 의식으로 닿을 수 있는 형체의 크기는 드러남뿐이지만, 초월의식으로 대하면 물체의 크기는 다르리라. 중력까지 모두 포함되어 드러나기 때문이다. 태양의 밀당, 중력과 빛의 가속된 밀당. 중력이 서로 밀당했을 뿐이다.

에테르 김 그게 공간이 휜다는 뜻 아닌가? 아인슈타인이 틀렸다고요?

에테르 그는 한걸음 더 나아가는 것을 알아냈을 뿐이다. 누군가는 또 공간이 휘는 게 아니라는 것을 알아차리리라. 그때까지 그대는 오직 모르쇠. 쉿!

에테르 김 히히. 알았어요. 이것이 진실이길 바랍니다. 키키.

에테르 맘대로 놀려라.

에테르 김 신. 우리를 다스리시는 그 놀라운 전지전능함.

에테르 신이 그대들을 다스린다고라?

에테르 김 당근 아닌가요?

에테르 신은 그대들이 다스리고 있다. 전능은 누구를 다스릴 필요 없는 차원이다. 이미 다스려져 있으므로 다스려진 그대들만을 창조했기에 그대들이 돈을 달라면 돈을, 사랑하는 이성을 달라면 남녀를, 직업을 달라면 그 직업을 이미 다 준 상태로 대할 뿐이다. 그러므로 그대들이 달라는 그 원함을 스스로 알아차리기만 하면 된다. 그것은 신이 스스로 다스림이 된 존재를 뜻한다. 그대들의 명에 이미 복종했음을.

의식은
의식이 아니다

에테르   그대들의 의식은 사실 의식도 아니다.

에테르 김 그럼 착각? 착각이라고 말하고 싶은 거죠?

에테르   아니, 아니다. 의식이여야 착각할 수 있는 것이다. 그런데 이 모든 것은 있는 것도 아니다.

에테르 김 저는 지금 제 자신이 이렇듯 생생한데요?

에테르   그대들의 외형이 늙어 가는 것을 보면서 살아 있음을 알 수 있다고는 하나, 그것은 사실이 아니다. 그러한 것은 전혀 없다. 어떻게 늙어 감이 있을 수 있겠는가. 그대들은 착각도, 착각하는 것도 아니다.

이것은 꿈도 아니요, 헛것도 아니요, 현실도 아니요, 거짓도 아니요, 있는 것도 아니요, 없는 것도 아니요, 고로 진리도 아니다.

에테르 김 아~ 정말 미치겠네. 그럼 도대체가 이 모든 것이 뭐라는 건데요?

에테르   그대들은 움직였다 변했다 여기지만, 순전히 그것은 그대들의 있지도 않은 의식 타령이다. 세상 그 무엇도 머무는 것은 없다고 하나, 세상 그 무엇도 있지 않기에 머무름 또한 주장된 하나의 의식 타령으로 만족을 갖는 재미일 뿐이다.

그것은 있음을 있게 하기 위한 변명이다.

에테르 김 아…… 모르겠어요. 도저히.

에테르   그래라. 그것이 진리라 여길 수 있다면. 그래, 바로 그것이 진리다. 오직 모를 뿐!

이 고독한 고도의
고요 늘 듣게

에테르 이렇게 의식해 보렴. '이 고독한 고도의 고요 늘 듣게'. 그대들의 의식은 본질 의식에 의해서 스스로를 관찰된 존재로 둔다. 파동을 잃고 늘 형체로 드러날 수밖에 없는 감시된 존재로 늘 관찰에 의해 자유를 잃은 갇힌 에너지다. 어느 길을 갈지 망설이지 않았던 자유 본질 의식은 여러 길이 있는 한 지점에서, 관찰된 존재는 한 길을 가고 여러 길들은 의식이 가는 것을 잡히지 않게 된다고 해야 되겠지. 의식은 이미 그 여러 길들을 갔으나 관찰된 의식의 한 길만이 진짜로 여기게 된다.

에테르 김 그럼 나는 이미 그 모든 길을 다 갔다는 겁니까?

에테르 그럼. 그중에서 관찰된 의식만이 형체를 띄게 되고 이것만이 진짜라고 여기게 되지. 그러므로……

에테르 김 그러므로 이것만을 진짜라고 여기는 것은 착각이다? 홀로그램?

에테르 홀로그램 우주가 정답을 설명하기에 가장 적합할 게야. 순간순간 찰나로 그대들의 행위는 무한대의 그대를 갖고서 무한대의 행동을 하지만 오직 하나만이 나라고 여겨지는 것, 그대들이 눈에는 보이지 않으나 스스로 빛나는 것이 무한대의 행동임을 말해 주고 있다. 즉, 관찰당한 의식만을 진짜 나라고 여기게 되는 것이지. 의식은 빛이다. 태양을 보라. 뭉쳐서 빛을 발하는 크기만을 태양으로 여기고, 거기서 빠져나와 전 우주로 퍼져 가는 빛은 태양이라고 하지 않는다.

그 빛을 받고 확인되는 형상들만을 그대들은 사실로 여길 수 있듯이 사실로 여겨진 것은 극히 일부에 지나지 않는데도 고로 실상은 감시된 순간순간 찰나 찰나의 이 의식만이 유일하게 자유를 잃고 잡힌 존재지. 그러니 의식됨은 아마도 신에게 사로잡혀서 죽을 때까지 찬양하는 가여운 존재일걸.

관찰됨을 알 수 있는 것은 생각이다. 순간순간 이어졌다고 여기게 된 부분만이 인식되기 때문에, 형체로서 현실로 인정되기 때문에 의식됨이다.

에테르 김 왠지 씁쓸해지네요. 나는 도대체 왜 이런 것을 듣게 되는지.

에테르 모르는 게 약이지.

에테르 김 놀리세요?

에테르 응, 그대의 의식은 빛이다. 두드림이 일직선으로 뻗지 않는다. 다만 몰입으로 한 생각만을 인식할 뿐이다. 물론 순간순간으로 한 두드림이 된 생각은 잡힌 인식만이 다른 두드림과 연결되고, 모종의 현실은 이어짐이라 여겨져서 드디어 이야기가 되는 것이다. 그래도 그대들은 힘들고도 성스러운 짐을 선택하게 되었다. 이 두드림인 생각만이 각자 어쩔 수 없이 다스리고 있는 시간이 되는 것이다.

에테르 김 사람이니깐 누구나 실수할 수도 있는 거죠?

에테르 실수? 의식은 실수가 아니다, 의도된 진화다. 인간은 고의적인 동물이다. 실수란 떨어지고 싶은 생각이 전혀 없던 원숭이가 그만 나무에서 떨어지는 것을 실수라고 위안하는 것이다. 실수는 참으로 성스러운 행위다. 세월호가 실수로 침몰했을까? 물론 의도를 갖지 않았을 뿐이지 결코 실수는 아니다. 그대들은 스스로를 완벽하지 못하기에 실수할 수 있다고 여긴다. 그것은 우주의 오류를 지적하는 것과 다를 바 없다. 실수 운운하는 것은 싸구려 변명에 지나지 않는다. 그대들이 드디어 실수라는 단어를 의식에서 영원히 지워 버리는 날, 그때는 걷잡을 수 없는 진화를 겪게 되겠지만 과연 그런 날이 올까? 실수라는 성스러운 쉼표가 왜 그대들의 의식에 몰래 갖춤이 되었는지 실수라고 여기는 대부분은 확신의 부재다.

에테르 김 저도 그렇게 생각해요 세월호 사태가 실수는 무슨……. 열받아…….

에테르 '지금', 이 단어가 갖는 의미는 전부이다. 1년 후, 10년 후, 50년 후에는 나는 변해서 부자가 되어 있을 거라는 환상을 주는 것 또한 지금이다. 지금은 완벽한 현실덩어리다. 에너지를 보라. 지금이라는 절대로서 그때 가서 바뀌는 게 아니다. 지금 이 현실은 지금 바꿀 수만 있다. 세월 따라 변하는 것은 강산이고 몸이지만, 바뀐 외부를 받아들이는 것은 전혀 변하지 않은 지금 그대의 이 마음이, 나중에 될 거라는 기대는 현실부정이, 지금 떠올린 생각을 가만히 바라보라. 그리고 그 생각이 맘에 안 들면 조각하듯이 현실을 맘에 들게 바꾼다. 그것은 자유다. 전지전능함이.

에테르 김 아무래도 가장 궁금한 것은 신에 대해서일 테죠?

에테르 그대들에게 신은 과거, 현재, 미래를 초월해서 늘 신비의 영역으로일 것이다.

에테르 김 우리는 신이 우리의 의식을 초월한 영역에 있다고 여기고 있습니다.

에테르 그 영역을 허락해 준 이는 그대들의 의식이다.

에테르 김 결국은 생각이 답이군요?

에테르 생각을 소중하게 조심해서 다루어라. 생각은 자유로운 의식이다. 한 번 드러난 생각은 그대의 현실로 두는 것이니, 아무렇게나 소비되는 생각은 가장 흔한 에너지이지만, 그러므로 간과되었고 그렇지만 가장 소중한 존재다. 지옥과 천국이 있다면, 그대들이 영혼이 있다면, 그리고 심판하는 신이 있어야 하고 그런 신이 있다면, 그대들이 사후에는 둘 중 어딘가로는 가게 되겠지. 그러나 그대들의 최고신은 편애하는 신으로 있어서는 안 된다는 전제가 있을 것이다. 그러므로 인간들이 어떻게 사느냐에 따라서 다들 지옥으로 가든지 천국으로 가든지 해야 할 게다. 편애는 하나로 보지 않고 이것저것으로 나누기 때문에 전지전능한 신의 입장에서도 맞지가 않게 된다. 어른이 되면 늘 어른의 소리를 낼 수밖에 없다. 그러니 아이의 소리는 그때뿐이라 소중할 수밖에 없다.

에테르 김 그래도 업은 존재한다고 믿어요, 살아간 흔적은 있을 거라 믿어요.

에테르 천국 너무 좋아하지 마라. 천국은 불행이라는 개념 자체가 없기 때문에 결코 행복을 느낄 수 없을 것이기 때문이다. 살아 있는 동안의 체험들은 강한 에너지로 지어진 흔적의 묻힘이다. 자아는 강한 개성으로서 의식에 생각이 일어 지어진 에너지, 생각덩어리, 순간순간이 그러하고 몸이 다할 때까지 멈추지 않는 이어짐에 벗어날 수 없다. 이어짐이 생명이기에 이때 가장 강한 체험은 그만큼 기억에 더해진다. 행복보다는 슬픔과 화가 더 무거워 현상에 가라앉는 느낌이 강하다. 그러므로 쉽게 흩어지지 않는다.

이 에너지는 이 현상을 또 드러내려 하거나 어떤 방법으로든 현상에 묻어나 알리려 한다. 그대들이 귀신을 봤다고 하는 것이 여기에 해당된다. 에너지는 이 현상을 유지하고 끌어당기려 한다. 사실은 이 에너지에 관심이 가서 그대들의 순진한 의식이 강하고 무겁고 선명한 이 현상에 순수하게 끌려간다는 게 맞을 것이다. 그러므로 이것이 업이 되고 다른 이들에게 몹쓸 짓 한 그대는 살아서도 이것을 받게 돼. 죽어 버리면 이 업을 다른 측근이 받을 수밖에 없다.

쌓은 그 업은 살아생전의 행위로서 살아 있는 에너지는 살아 있는 에너지를 원하기 때문에 같은 성질을 찾게 되지. 아주 손쉽게 그대가 저지른 일들이 그대와 가깝다는 이유만으로 그대들, 측근들이 대신 받을 수밖에 없기 때문이다. 그것이 자손이 될 확률은 거의 확실하다. 그러니 그대여, 다른 이들을 해하는 것을 되도록 피하라.

에테르 김 중력이 생각과 같다고요?

에테르 생각이 중력이야. 중력은 흔히들 끌어당기는 법칙으로만 각인되어 있으나, 거기에다가 밀쳐내는 힘도 함께 껴 놓도록 해 보렴. 당기는 것은 결국 밀쳐내는 힘이 된다. 받는 것은 결국 주는 것이지. 외부의 것들이 반사된 빛은 눈을 통해 들어오면 결국은 생각으로 정리되고, 열기로 기분 따라 퍼져 나가게 되지. 받는 것이 주는 것이 되므로 받고만 있다는 생각은 하나만을 붙잡고 있기에 고통으로 밀쳐지게 되지. 주는 것이 받는 것이 되듯이 결국은 놔 버리면 시원해지는 가벼움이 바로 중력이란다. 언더스탠드?

에테르 김 키~

에테르 웃기는.

에테르 김 아직도 저는 무의식이니 의식이니 하는 논리에 대해서 알 것 같으면서도 잘 모르겠어요. 의식은 오감, 무의식은 육감, 뭐 이런 정도로 간단히 정리되긴 해요.

에테르 마당에 감이 열린 감나무가 보이지?

에테르 김 네.

에테르 저 감나무는 그냥 자연에 순응하면서 있을 뿐이다. 저것을 보는 내 마음의 오감이 그대들이 말하는 일반적인 의식에 해당되고, 그 감이 익어도 감나무는 그냥 그대로 자연에 따를 뿐이지만, 그대들은 숨겨진 욕망을 대비시킨다. 익으면 감을 따서 형제들에게 보내고, 내가 먹고, 이웃집에 어느 정도 주고, 가지치기를 하고, 약을 뿌리고……. 감나무에다가 인위적으로 대비시키겠다는 마음이 바로 잠재의식에 해당된다. 저 감나무의 형상이 빛에 반사되어 내 눈을 통해 들어와 알게 되는 것이 의식이다. 들어온 것을 내 식대로 생각해 대는 것이 무의식이다. 이 무의식은 아직 드러나 있지 않지만 맘대로 드러낼 수 있는 것이다.

에테르 김 다스림? 창조성? 그런 것을 말하는 거군요.

에테르 그래, 이 산을 저곳으로 쉽게 옮길 수 있는 힘이 바로 그대들이 말하는 무의식이라고 한다. 이것을 깨달은 자들은 무슨 일이든 쉽게 해서 이루게 되지만 함부로 하지 않는다. 왜냐면, 내가 이루어서 얻게 된 세상의 물질은 그만큼 다른 이들은 잃어야 하는 법칙이 잠재되어 있기 때문이다. 오직 의식은 하나일 뿐이다. 그러므로 내가 이루고자 끌어당기면 어떤 곳은 끌려와야 하기 때문에 절대로 호락호락하지 않지. 그대들은 결코 다르지 않다. 그런 것은 없다. 다만 다르다고 여겨지는 오감인 자아의 의식이 있을 뿐이고, 이것을 초월해서 다르지 않다고 이루게 되는 무의식이 있기 때문이다. 이 무의식의 힘을 정확히 알지 못하고 함부로 휘두르는 이들이 적지 않다. 그들은 그에 합당한 대가를 그대로 받고 있다. 직접 받든 형제자매가 받든 소중한 친구가 받든. 다만, '왜?'라는 의문에 괴로워하면서도 자꾸 쉽게 이룸을 이행한다.

에테르 김 되게 무섭게 말씀하시네요? 겁나서 무의식을 사용도 못하겠군요! 이루고 싶은 게 너무도 많은데.

에테르 진실은 아름답다고 누가 말했던가. 그대들이 벌어 놓은 그동안의 의식 행위들이 무섭게 만들어 놓고선.

에테르 김 친척이나 친구들이 돈을 빌려 달라고 하면 어떻게 해야 되죠?

에테르 니가 돈이 어딨어?

에테르 김 헐, 되게 서운하네. 만약에 내가 돈이 많아졌다면요? 아, 화나려고 하네.

에테르 알아서 해라.

에테르 김 신에게 물어본 내가 바보지.

에테르 근데.

에테르 김 네?

에테르 니 성격에 말이다. 돈을 안 빌려주면 빌리려던 사람이 괘씸해서 연락을 끊을 것이나, 니가 돈을 빌려주고 못 받으면 니가 화병 걸려서 인연을 끊을 것이다. 참고하렴.

죽을 수
없다

에테르 너희들은 절대 죽을 수 없다. 어떠한 방법으로도 죽을 수 있는 법칙은
존재하지 않는다. 우주는 살아 있는데 우주를 구성하는 각각의 독립된
존재는 죽을 수도 있다? 이 논리는 맞을 수가 없다.

에테르 김 이보다 더 섬뜩한 말은 들어본 적이 없어요.

세상의
반

에테르 지구 이 세상의 반은 낮이며 반은 밤이다. 반만 허락됨으로써 완벽을 추구하게 된다. 아픈 이가 생기는 것은 건강한 이들이 밀쳐졌기 때문이다. 인과법칙에서는 어쩔 수 없는 일이다. 세상에 사랑이 넘칠 때 반은 사랑을 갈구하게 된다. 세상에 병든 이들이 반이면 건강이 반을 밀쳐냈기 때문이다. 반이 죽으면 반은 태어난다. 이 파장을 거부할 때 에너지 흐름은 거부 반응에 직면하기 시작한다.

에테르 김 정확히 반이라고요? 정확히?

에테르 응, 근데 그대들에 의해 주장되어 있는 숫자 개념의 반은 아니다. 그대들의 의식으로 정해진 반의 개념이면서 그 개념을 받아들여 얼마는 다스리고 받아들여 이해하는 원리가 들어 있다. 반이 행복할 때 반은 오늘 하루 불행을 겪을 수밖에 없음이다. 그대들의 의식은 하나이므로 하나를 가르는 의식이 그러해지게 될 수밖에 없다. 행복은 불행하다는 반응이다. 그러므로 의식 안 하던 반은 꼭 불행을 체험해야 한다. 오늘 생명들이 태어나면 반은 죽음을 맞이한다. 그러나 오직 인간의 의식만이 이것을 거부하려 든다. 그러므로 죽음 같은 불행을 낳을 수밖에 없다. 왜 세상이 이런지를 알지 못한다. 누구나 이러한 에너지 파장을 겪게 된다.

반의 행복을 일으키면 불행은 밀려나게 된다. 왜냐면 만물이 모두 에너지 파장이므로 이 법칙에서 자유로울 수는 없기 때문이다. 돈을 벌어 부를 이룬 이가 있을 때, 꼭 그만큼 어떤 이들은 잃게 된다. 이것은 참으로 성스러운 법칙이다. 유일하므로 모두가 잘사는 그런 허무맹랑한 꿈은 오히려 반감을 더 잘 갖게 해주는 모티브가 된다. 그러므로 절대로 부자가 되려고 애쓰지 말라는 것은 결코 아니다. 들으려고 하는 자에게는 그냥 참고가 될 것일 뿐. 중도를 알지 못한 그대들의 무지 때문이다.

에테르 김 어디 겁나서 돈 벌겠어요?

에테르 그러니 알려 들지 말고 돈이나 벌려무나. 괜히 물어보고서는 날보고 어
쩌라고.

에테르 김 이런 상황을 피할 수 있으면 피하게 하소서. 아니지, 차라리 피할 수 없
으면 즐기면 되겠군요?

에테르 누군가의 불행을 알고서도 즐긴다? 그럴 수 있겠니? 그럴 수 있다면 그
러려무나. 잘못된 건 아니니 그러든 안 그러든 인과법칙으로 이루어진
그대들의 지구 세상은 꼭 낮과 밤처럼 될 뿐이다. 나는 오직 그대들의
의식 차원에서 맴돌 뿐 잘못 사는 생명은 없으니 그 앞에서 잘난 척, 아
는 척, 너그러운 척, 많이 아는 척, 이해하는 척할 필요 있겠는가! 관여
치는 말고 중도의 관심을 갖는 게 이로울 게다.

가장 심오한
착각

에테르   너희들의 가장 심오한 착각이 뭐겠니?

에테르 김 글쎄요?

에테르   스스로를 인간이라고 정해 버림이다.

에테르 김 그게 뭐가 잘못된 거죠?

에테르   잘못된 게 아니라 착각이라는 거지. 저것은 말, 저것은 고양이, 저것은 소나무 또 저것은 돌이다 등등으로 구별짓고 스스로는 인간이라며 규정 짓고, 기껏해야 우리들이 정해 놓은 이름 지음이니 우리는 만물의 영장 이라고 스스로를 칭하게 된 것이다. 신도 그대들의 의식이 스스로를 낮 추고 더 위대한 존재를 있다고 여겨 놓고 거기에 복종해야 하는 규칙도 설정해 놓게 되었지.

그대들은
왜 나를 '신'이라 칭했느뇨?

에테르 김 나는 죽었다. 이리 생각하니 이처럼 편안할 수는 없군요. 알려는 부당한 부림의 나, 끝없이 조여드는 고뇌하는 나, 그리워 견딜 수 없는 나, 갖추고 싶어 안달이 난 나. 모든 내 자신이 죽어 버리고 나니 이리도 편안해요.

에테르 하나 물어보자.

에테르 김 헐, 어서 물어보세요.

에테르 그대들은 왜 나를 '신'이라 칭했느뇨?

에테르 김 네? 그걸 내가 어떻게……. 맘에 안 드세요?

에테르 그 단어에 담긴 의미는 그대들이 갖는 최상승의 만족이 들어 있겠으나, 그대들은 순수한 의식으로 고요히 홀로 묵상하며 나를 부르거나 떠올릴 때도 굳이 신이라는 단어를 인용하겠지, 그것은 상이다. 나를 굳이 신이라는 좁은 틀에다가 가두어야만 그대들의 의식은 편안할 수 있을 테니. 이 얼마나 씁쓸한 노릇이냐.

에테르 김 전혀 안 그런데요. 오히려 좋아요.

에테르 그대들이 신이라고 할 수 있어야만 하는 단계는 영원히 신을 찾을 수밖에 없을 것이고, 찾는 의식은 결코 찾았다고 할 수 없는 고뇌로 지금처럼 영원이라는 불멸로 남을 것이다. '이제는 그만 내 이름을 지워다오'라고 하면 그대들은 얼마나 힘들어할까. 언어에서 가장 신성한 단어를 더 이상 사용하지 않으니 다른 모든 단어들과 문장들은 주인을 잃은 듯 그 기를 펼 수 없어지겠지.

에테르 김 전 한 번도 그런 생각을 떠올린 적 없었는데 아마도 그럴 수도 있겠군요? 많은 말과 글과 생각이 줄어들 거 같군요.

에테르 그 자리가 스스로의 자리다. 신을 알아차린 자리가 될 것이다.

모든 것이 의식으로만
이루어져 있다는 것이죠?

에테르 김 모든 것이 의식으로만 이루어져 있다는 것이죠?

에테르 그렇지.

에테르 김 혹시 의식보다 더 높은 초월한 무언가 있지 않을까요? 아직 알아차리지 못한.

에테르 의식보다 높은 것은 없다. 또한 의식보다 낮은 것도 없지. 의식을 초월한 존재도 의식이 초월치 못한 존재도 또한 존재할 수 없다. 왜냐면 분리됨이 있는 순간……

에테르 김 이 의식은 착각이고요?

에테르 그래, 의식은 선명한 듯하나 실체를 알 수 없고 없다고 여기자니 이리도 선명하지. 세상 만물이 이러하지. 모든 게 찰나로 체험되고 말지. 그러므로 현실이라는 착각을 갖출 수 있는 거야. 체험되는 그 일순간의 현란한 짜릿함이 있는 듯이 여기게 해 주지.

에테르 김 물론 이 의식도 착각?

에테르 그래, 그렇지만 외부의 것들보다 더 확연한 착각 현실이다. 생각은 스스로를 부정할 수 없으니 거짓일 수 없다.

에테르 김 아닌 것을 사실인 양 알고 있는 사람들도 많고 정신 착란을 일으켜서 병을 갖고 있거나…… 아, 맞다. 치매를 앓고 있는 사람의 말을 현실이라고 할 수는 없을 거 같은데요? 이러면 오히려 의식을 더 믿을 수 없을 거 같아요.

에테르 고요한 어둠으로 밤새 지어낸 이른 새벽이슬이나, 비 온 뒤 나뭇가지에 맺힌 물방울들에도 주위 세상이 고스란히 담겨 있다. 그대의 눈에 담기는 세상도 이와 같을 뿐이다. 어느 것은 착각이고 어느 것은 현실이라고 말할 수 있을까? 누가 누구를 비현실적이라고 비웃을 수 있단 말이냐. 그들은 약속을 어기는 의식을 갖고 있을 뿐이다. 순전히 그대들이 교육된 의식의 약속을 말이다. 무당이나 종교인들의 의식은 믿음이 가고 정신병자의 의식은 무시되고 오히려 이들의 의식은 더 순수하다. 계산된 믿음은 아니니 뭘 요구하는 것도 아니다.

깬 자

에테르　동물이나 식물은 죽어도 그대로 버려두지. 그건 살아온 의식이 부끄럽지 않아서다. 자연스럽게 살아진 것은 자연스럽게 두어지지. 그게 자연의 화법이야.

에테르 김　그럴듯하군요.

에테르　그러나 그대들이 죽어 버리면 살을 묻거나 태우는 것은 흔적을 지우기 위함이 아니다. 기르기 위함은 더더욱 아니다. 유독 냄새가 심하고 거북스럽고 다른 인간 의식들이 불편해하고 더 이상 혐오스러운 요구를 하지 못하기에 대신 지워 주기 위함이다.

에테르 김　에이~

에테르　메타포로 이해하렴.

에테르 김　자연스러운 것이 대체 뭘까요? 알 것도 같은데 실은 잘 모르겠거든요. 낮과 밤이 오고, 사계절이 오고, 끝내는 늙고 병들어 이번 생을 마감하는 것, 이런 게 자연이겠죠?

에테르　응, 그보다 더 핵심적인 것은 서로가 서로를 돕고 있다는 것이다.
그 도움은 먹이가 되어 준다는 것이지.

에테르 김　끔찍하고도 시적이군요.

에테르　그것은 생명을 주기 위함으로 보기보다는 생명이 되어 주기 위함, 그것이 되어 보기 위함, 그렇게 될 수밖에 없는 위함, 그것이다. 즉, 연기의 핵심이다. 그것이 되기 위해 먹혀 주는 것이다. 그러나 그대들의 오감은 순전히 두려움이라서 이런 자연스러움을 피하려 들지. 살고자 발버둥치는 꼬락서니들이 바로 의식의 변이로 진화된 한 부분인 두려움 때문이다.

에테르 김　아하! 그럴듯해지고 있어요.

에테르　그러냐?

에테르 김　그렇다면 살려는 것은 본능인데, 본능은 가장 원초적인 것이고 이것이 자연스러운 것이라서…… 자연이 아닐 수도 있다는 것이 된다고요?

에테르 그대는 어제보다 더, 더 깊어지는 거 같아. 맞아. 두려움을 본능이라고 변명하고 싶은 것이지 결코 자연의 본질이라고는 할 수 없어. 자연은 두려움이 없는 순수한 부분이라 살려는 부분은 생명 의식이 열정적이어서 뒤에 갖춘 거야. 갖췄다고 해 봐야 변이된 의식일 뿐이지만 먹히게 되는 부분이 순수한 자연의 본질이야. 그대들이 아무리 발버둥 쳐 봐야 분리될 수 없는 바로 연기(緣起)지.

에테르 김 그래도 솔직히 생명을 더 연장시키고 싶어요.

에테르 그대들은 늘 죽고 사는 것을 쉼 없이 행한다. 그대 말의 뜻을 이해하고 있어. 원자는 영원한 존재다. 그대들은 원자로 이루어진 존재이고 원자는 중심핵에 양성자와 중성자가 있고 이 둘은 늘 서로 밀고 당기면서 전자로 드러낸다. 그러고 보면 원자도 그 형상을 유지하고 있는 것은 아니지.

예언하는 것은
일종의 희망이라고 봐요

에테르 김 보이지도 않는 미래를 예언하는 것은 일종의 희망이라고 봐요. 그런 희망도 없으면 현실은 참으로 힘들겠죠.

에테르 과거는 보이고?

에테르 김 거쳐 왔잖아요.

에테르 그대 길만 거쳐 왔지. 수많은 저들도 각자의 체험만을 걸쳐 봤을 뿐이다. 그래 봤자 늘 거기였을 뿐 단 한 번도 시간을 가진 적도 없었기에 과거는 흘러간 적이 없다.

에테르 김 착각이라고요?

에테르 식상한가 보군. 느낌이라고 하든가. 잡히지도 않으면서 그랬었다고 여겨지게 하는 그 묘한 존재 느낌.

에테르 김 텅 비어 고요하되 신령스러운 앎. 묘하게 존재하는 것?

에테르 그래. 그러나 그 묘하게 존재하는 그 느낌이 희로애락이다. 공(空), 무(無). 이러함은 비었으니 없다는 뜻이 아니다. 그렇다면 있다는 뜻일까? 그건 더더욱 아니지.

에테르 김 이도 저도 아니군요.

에테르 그렇지.

완벽한
홀로그램이다

에테르   그들의 오감은 가장 선명하다. 가장 무겁다는 뜻이고 가장 체계화된 물질화된 육이라 부르며 이는 실체로 드러나 있으나 있는 듯 없는 듯 묘해서 오직 느낌이며 희로애락의 재미로만 드러나 있다. 그러나 오직 찰나로만 느끼는 완벽한 홀로그램이다. 우주는 살아 있다. 너무도 생생히. 그런데 그대들은 생명과 무생물로 나뉜다. 물론 그대들의 편리를 위해서 그리 의식을 두었겠으나, 이것은 차원을 그 상태로 두는 오류라고 해도 무방할 것이다.

학교에서는 이런 영적 차원을 가르치려 들지 않는다. 가르칠 만한 능력자가 없기 때문이다. 이는 오감의 중요성만을 믿고 따랐기 때문이다 원초의 생명은 본질인 우주 자체. 그대들은 우주대로다. 편하고자 할 때는 알고 따르는 것밖에는 할 게 전혀 없다. 본질의 그림자이기에. 그래서 그대들은 죽고 싶다고 해도 이를 어쩐다니, 결코 죽을 수 없는 것이니. 고뇌의 삶을 끝내고 싶으나 정말 안됐구나, 쯧쯧.

에테르 김   정말 안됐어요.

에테르   누군가에게도 이룰 수 없는 소원이 한 가지씩 있다. 너무 소소해서 '겨우 그것'이라고 불릴 것.

에테르 김   겨우 그것이라니요?

에테르   그대들의 육체를 보라. 오감을 초월할 속도전을 늘 펼치고 있다 이것은 가둠이다.

에테르 김   뭘 가둬요?

에테르   의식이지. 즉, 행동 말이다. 죽으면 속도는 제로를 갖게 되지. 그때서야 그대의 의식은 자유로운 생명이 되는 거야. 본질 말이야. 신, 오감으로 판단하지 않아도 되는 오류를 드디어 벗어나는 거지.

에테르 김   홍, 황홀하겠네. 죽음 예찬론자 같네요.

에테르　맞아. 그게 참 생명이니. 근데, 그대들의 그 황홀은 없어. 그냥 초월된 상태일 뿐이니.

에테르 김　사람들이 '별 미친놈 다 보는군', 내게 이럴 겁니다.

에테르　축하한다.

에테르 김　도대체 뭘 축하해요?

에테르　성인군자처럼 미쳤다는 칭송을 받은 걸 테니. 어서 죽어 봐.

에테르 김　못 죽어요.

에테르　죽은 척 해 보란 말야.

에테르 김　왜요?

에테르　저번에는 '이리 편안할 수 없군요' 했잖아. 그 상태가 진공의 상태야. 아주 잠깐이라도 자주 그리해 봐. 다 내려놓고 고요한 자유를 느껴 보란 말야.

에테르　그대들은 태양도, 나무도, 산도, 인간도, 물도, 외계인도, 신으로 모시면서 왜 정작 지구에 살면서 지구는 신으로 모시지 않느뇨.

에테르 김　아, 그리고 보니……. 글쎄요? 왜일까요?

에테르　지구를 지키는 방법은 지구를 신으로 모시는 것이다. 부처를 모시는 자가 절을 파계하느뇨? 여호와를 신으로 모시는 자가 교회를 파계하더냐? 지구를 신으로 모시면 그대들의 신전을 파계하지 않을 것이다. 성공은 이루는 것이 아니다. 유일한 성공은 도전뿐이다. 나 참 이기적이지? 나를 위해서 나를 그만 봐 줘. 결혼 속의 결혼, 결혼 속의 동거라고 해야지. 결혼 속의 불륜이라 하든가. 너희들은 뜻도 모르고 죽어야 한다.

운동이 건강에 도움이 된다는 것은
맞지 않다

에테르 엄청난 운동을 하게 되면 그에 따른 외부의 근육들은 강한 근력을 가지게 된다. 그러나 몸속에 자리 잡은 장기들은 엄청난 근육을 요하는 세포들이 아니다. 그것들은 유연함을 갖추고 있다. 그런 유연함이 맞기 때문에. 고로, 운동이 건강에 도움이 된다는 것은 맞지 않다.

에테르 김 엥?

에테르 엥은 무신, 그냥 적당히 걷고, 적당히 먹고, 적당히 스트레스 받고, 적당히 흉보고, 적당히 행복하고, 적당히 불만을 갖고, 적당히 산책하듯이 생활하면 되는 것이다.

에테르 김 그냥 적당히요?

에테르 그런 사람들이 대부분 장수한다. 늘 적당해야 한다. 느슨하거나 너무 탱탱하게 조이면 비파는 제 음을 다 내지 못한다. 적당히 뛰어야 심장도 안정을 찾는 데 도움이 되지. 그 외 모든 장기들이 그 엄청난 운동을 받아들일 수 있을까? 장기는 전혀 근력을 강화시킬 수 없는데 암은 어디서 들어온 나쁜 것이라 여기는 그 마음 자세부터가 형편없는 오류다. 분명히 그대 것이다. 그대가 긍정적이면 따라서 암도 긍정적이 된다.

에테르 김 내가 부정적이면 암도 부정적이 되겠군요?

에테르 당연하지. 암이 생기는 원인은 너무도 분명하다.

에테르 김 뭔데요?

에테르 두 가지. 첫째는 그 세포가 본연의 기능을 더 이상 갖지 않음으로써 재생을 갖지 않으므로 새로운 형태로 변이되는 것이다. 즉, 부활이다. 이것도 세포가 살고자 스스로 선택한 방책인 것이다. 노화를 인정하지 않음으로써 생기게 된 현상인 것이다.

에테르 김 그렇다면 암이 생기는 원인은 노화군요.

에테르 그런 셈이지. 물론 다른 경우도 있다. 외부에서 들어오는 것으로 인해 세포와 결합해서 생기는 암은 면역세포들이 죽이려고 덤빈다. 왜냐면 낯설기 때문이지. 이런 암들은 스스로 이겨낼 수 있으나 노화로 생긴 암은 불가항력이다. 젊어서 생긴 암은 거의 대부분이 외부에 의해 발생한다고 해도 된다. 외부에서 들어와 생긴 암은 치료가 되지만, 노화로 생긴 암은 치료가 안 된다. 이미 몸이 알고 있기 때문이다. 즉, 저항을 않는다. 이 암은 내 몸이 정상으로 가는 행위이기에.

그들은 위험하지 않은
천재를 선호한다

에테르　그들은 아인슈타인처럼 위험하지 않은 천재를 선호한다. 테슬라 같은 천
　　　　　재들은 위험하다고 여겨서 제거해 버린다.

에테르 김　그들이 누군데요?

에테르　돈 많은 기업의 새끼들.

에테르 김　흠, 왜 위험하대요?

에테르　공짜로 줘 버리니까.

에테르 김　그러면 그들은 권위를 상실하기 쉽겠군요.

에테르　그때는 그렇지만 그대들은 어떻게든 권위를 갖는 방법을 창조하게 될걸?

에테르 김　아하, 아마도 그렇겠죠.

에테르　그들은 그대들에게 어떤 것이 더 안전한 진보인지를 안전하게 습득시켜
　　　　　놓았다. 그것은 체계를 따르는 학습이다. 좋은 일류 대학을 나온 학벌의
　　　　　유능한 인재들은 교과서 중심의 진보를 따르는 것을 위대한 지식으로
　　　　　여기도록 지도받았다. 그래서 지금까지의 지식에서 조금 인용된 발명을
　　　　　내놓고서 판매할 수밖에 없는 편향된 진보를 하게 된다. 그러나 테슬라
　　　　　같은 천재들은 진부한 소통을 거부하고 모든 이들이 공짜로 맘껏 쓸 수
　　　　　있는 방법을 제시해 버린다. 이 방법은 기존의 계단식 진보 방식을 과감
　　　　　히 뛰어넘고서 단숨에 히말라야 정상에 오르는 것이다. 이들로 하여 그
　　　　　들은 하루아침에 거지가 되고 마는 것이다. 석유공장, 석탄회사, 구리회
　　　　　사 같은 기업은 할 일을 잃고 실업자가 되거나 다른 일을 찾아 봐야 하
　　　　　기 때문이다.

에테르 김　만약에 따르지 않아도 그들이 이들을 받아들이게 되면 어떻게 되죠?

에테르　그들은 하루아침에 돈과 권력과 명예와 대우를 잃고 너무도 평범해져
　　　　　버린다. 아인슈타인의 상대성 원리는 내놓아도 이들 회사에 악영향을 끼
　　　　　치는 일은 전혀 없는 이론이어서 이들은 오히려 위험분자로 두지 않고

자신들의 이익을 위해서 정부의 지원을 받아 이들을 더 지원하게 된다. 그로 인해 회사는 좋은 이미지를 쌓게 되고 광고 효과는 배가되며 회사는 더 부강하게 되는 것이다. 그러나 테슬라 같은 이들은 쓸쓸한 죽음을 맞게 된다.

세상 이치를 터득하려는 것,
이거야말로 심히 엄청난 욕심 아닌가요?

에테르   그대는 손과 발이 있다. 눈, 코, 귀, 입이 있고 이것들을 증명해 줄 뛰는 심장이 있다. 이것들은 완벽히 감싸임에 들어 있다. 그보다 더 명확한 것은 지구의 진리가 스스로 있게 됨이다. 그러나 생각은 늘 에고로 있기로 바빠함에 즐거한다. 이것이 그대를 힘들게 하고 있다. 생각은 그대가 드러내는 게 아니라 지구가 그대를 드러내 주는 증거다. 생각은 해지는 게 아니라 확인됨이다.

에테르 김   잠깐만요.

에테르   응?

에테르 김   세상 이치를 터득하려는 것, 이거야말로 심히 엄청난 욕심 아닌가요?

에테르   그게 욕심이야?

에테르 김   이것이야말로 최상승의 욕심이죠.

에테르   가만, 그리고 보니 석가모니가 너무 과한 욕심을 가졌던 게 되겠구나. 근데 욕심이라는 건 이익을 취하려는 목적이 있잖느냐. 붓다는 전혀 그렇지 않았거늘.

에테르 김   오히려 영성이 물질보다 더한 거 아닌가요? 세상을 다 가지게 되는 것인데. 심지어 우주와 일체까지 되니.

에테르   그…… 그런가? 그런 거 같기도 하고! 아니지, 그렇다는 것을 일깨우는 거지.

에테르 김   그러니까요. 깨달음, 그것이 가장 큰 욕심 아닌가 해서요.

에테르   음…….

에테르 김   깨달은 이들은 물질을 버리니 비로소 영생을 얻었다고 합니다. 이보다 더한 얻음이 어디 있겠어요. 진정 욕심이 다 채워졌으니 말이에요.

에테르   흠…… 글쎄다. 진실은 내가 너의 한계라는 것, 물질을 취하는 것에 대해서 범부로 본 거잖니.

에테르 김 영생을 취하는 것은 욕심으로 보지 않은 거군요. 얼마나 많은 이들이 깨달음을 얻으려고 저리 난리를 치는데.

에테르 상을 짓지 말라고 했잖니. 복 지었다는 생각도 갖지 말라고.

에테르 김 그러니까 버리게 되는 그렇게 되는 마음이 얼마나 큰 욕심이냐고요.

에테르 그래서 『반야경』에 그런 것도 없다 했지.

에테르 김 그것이 더 큰 욕심이죠. 아뇩다라삼먁삼보리, 그 최상승의 깨달음이.

에테르 그래도 그대는 아니잖느냐. 그걸로 위안삼지 않으련?

에테르 김 …… 알았어요.

에테르 …… 마귀야 물렀거라.

에테르 김 캑~

신은 안타깝게도
선에 물들어 버렸다

에테르 김 사랑, 그건 슬픈 죄죠?

에테르 모든 생각들은 이미 다 노출되어 있다. 타인의 생각을 모르는 이유는 자신만의 생각에 집착하고 있기 때문이다. 부모 자식 간의 사랑부터 다시 봐야 한다. 그것은 발전을 막는다. 왜냐면 인간을 갇혀 있게 하기 때문이다. 무엇으로부터냐면 슬픔으로부터 영원히 갇혀지게 하는 것이다. 이 사랑은 가장 미개하다. 늘 그러게 만드는 것이다. 이 법칙은 완벽한 감옥이다. 이것을 알아차린 붓다, 노자, 신화의 사실 여부를 떠나서 예수와 성인들을 통해서 전하고자 했던 메시지는 너무도 분명하다. 감옥인 슬픔에서 벗어나지 못하면 영원히 윤회를 갖게 된다는 것이다.

부모 자식 간의 사랑은 슬픔이다. 윤회는 돌고 돈다는 뜻이고, 그래서 생사를 겪겠다는, 오직 모르고 행하는, 오직 모를 뿐이 되는 것이다. 담합이 잘되는 것과 뜻을 같이하는 것은 그 의미가 다르다. 의식 수준이 높은 국민성은 담합을 추종하지 않는다. 그들은 뜻을 같이한다. 그대들은 휩쓸리는 것을 담합이라 여기고 담합에는 그만한 허점이 있었음을 인정하는 꼴이 되고 만다. 모여서 촛불을 드는 것을 그대들은 즐겨한다. 그러나 의식 수준이 높은 국민들은 군이 불필요하게 담합으로 에너지를 허비하지 않는다. 그들은 이미 뜻을 두고 있기 때문에 아픈 짓을 하지 않았기 때문이다.

에테르 김 우리 국민을 비웃었겠군요?

에테르 응, 붓다의 미소를 머금고 고요히 비웃으며 즐겼다. 증거 안에서 증거를 대라는 것과 같다. 많은 생각을 하게 된다고 하지만, 사실은 그 생각들은 이미 존재하고 있는 것들이고 생각은 그것들 중에서 한 가지씩 의식으로 보는 것이다. 선도 악도 물들지 않은 존재가 무엇일까?

에테르 김 신?

에테르　아니.

에테르 김　신은 선이죠?

에테르　그대들이 신은 선으로 규정지었다. 신은 안타깝게도 선에 물들어 버렸다.

에테르 김　그게 안타까운 건가요?

에테르　순수를 잃어버렸을 때 선도 악도 물들게 된다.

에테르 김　그럼 순수겠군요?

에테르　그렇지. 선악도 닿지 않은 곳은 순수다. 아담과 이브가 선악과를 먹지 않았을 때는 순수의 상태였다. 선악과를 먹고 나서 그들은 선과 악을 섭취하게 된 것이다. 선도 악도 부끄러움을 알고 두려움, 괴로움, 증오, 슬픔 등등을 똑같이 겪게 된다. 선악은 같은 것. 다만, 어떻게 여기느냐의 그대들의 재미 차이다.

그 은밀한
앎의 뜻

에테르   알고자 하는 몸부림은 고단하다. 육을 부리는 일에 찾고자 하는 행위를 더하니 가히 그 몸부림은 치명적이었으리라. 늙고 병들고 울고 웃고 행복해하지만 곧 불행해지고 그 드림에서 일어 번지는 화는 선명하고 명확하여 스스로의 행위에 더 두려워 위압감을 느꼈으리라. 그러나 그대들의 어떠한 두드림도 나를 벗어난 적 없으며 나 또한 보듬음을 쉬지 않았노라. 보듬는 행위가 쉬는 것은 나와 그대들에게 은밀하게 드리운 어느 곳에도 있지 않았으므로.

에테르 김   그런 당신을 빛으로 이해해야 알기 쉬울까요?

에테르   빛은 어둠의 신성한 그림자다. 그 어둠은 컴컴하고 음침함이 아니다. 나는 그냥 스스로 엄숙하다. 그대들이 빛이고 나는 그대를 있게 한 어둠이다. 어둠이 스스로를 밝혀 드러냄이 빛이다. 어둠이 보듬은 빛, 그대들은 나의 보듬음이라. 그러므로 어둠과 빛은 보듬음이다. 그대가 알아차리고서 은밀한 곳에 다다르면 침묵하게 되리라. 이곳에서는 침묵만큼 웅변적일 수는 없다. 고요를 읽어 내는 앎의 소리, 그 침묵은 완벽한 조화를 이루었음이라. 결코 사라질 수 없는 외침일지니.

에테르 김   그 은밀한 앎의 뜻……

에테르   눈으로 나를 보려는 자는 나를 보지 않으려는 자요, 귀로 나를 들으려는 자는 진리를 듣지 않으려는 자다. 그러한 의식의 행동거지에서 찾음으로 나는 결코 그리 있지 않으니 그대를 그리 대하지 않기 때문이다. 그러함이 그대는 오히려 나를 모른다. 부인하는 행위니, 그대들은 그대들이 난 곳을 알고자 믿음을 갖고 추진하나 그 믿음에만 머물고 만다. 그런 의미에서 믿음은 나를 알아차릴 수 없는 베일일 뿐이다. 늘 나를 증거하는 그대와 늘 나를 알아보지 못하는 그대는 만날 것이나 또한 영원한 거리를 두고서 만나지 않으려 들 것이다. 가까움보다 가까운 그대들은, 멂보다 멀어서 그러함으로 그대는 늘 무겁게 외로워한다. 현실이라 여겨지는 이 무거운 버거움을 놓아 버려라. 나를 아는 그대가 나를 부인하는 그대를 기다리는 이유이니라.

에테르 김 도대체 당신은 누구세요? 정말로 궁금해요. 어떻게 이해해야 하는지 갈수록 더 헷갈려요. 왜 그리 고상하게……. 신들은 그리 말해야 신다운가 보죠?

에테르 시간 시간마다 날을 거르지 않고 그대를 보듬어 증거하는 자이나, 때가 오고 그때까지도 그대가 나를 알지 못한다 하면 나는 그러한 그대를 더 이상은 모름으로 보듬었다 할 것이다. 이 새끼야.

니가 그리 대하니 이리 대해지는 거지.

에테르 김 허걱~ 왜요? 그냥 나를 알게 하시면 되잖아요? 복잡하게 빙빙 돌려서 알려 주시니 오히려 더 헷갈려서 미치겠어요.

에테르 늘 알려는 그대의 그 자리는 신성하나 다시 모른다 해 버리는 그 자리는 바로 내가 있는 자리다. 그대가 나를 모르고 지나 버린다 해도 내 품에서 벗어나는 것이 아니므로 내 뜻대로 알아차릴 때까지 다시 몸을 지을 것이나 지금 이 자리를 지나 버린 몸 지음은 다시 없도다.

새 몸을 지어도 새 몸이 아닐 것이요, 새 몸을 지어도 그대는 나를 또 모른다 할 것이나, 나는 여전히 그대에게 보듬음으로 쉼 없이 나를 일러 주리라. 그대를 지은 미세입자들은 파동을 멈추고 각자 흩어지나 또 다시 뭉치어지니 이러함은 찾는 신성한 행위 가운데에서 모른 채 엄숙한 골짜기를 가르는 울부짖음이 되리니, 가여운 그대라.

에테르 김 어째서 당신은 원하는 것을 쉽게 주지 않나요? 기도에 응답은 왜 그리 더딘가요?

에테르 그대는 원하는 그대로를 받지 않을 방도는 없다. 그대가 증거니라. 그대로 증거된 그대는 증거만을 알게 되니 원한다고 했지 이루었다고 하지 않았다. 그러므로 원하는 그 상태를 그대로 알게 된 것이다. 그대는 증거로 드러난 '나' 자체이다. 은밀한 진리를 깨달으면 깨달은 그 자리에 어찌 원함을 둘 수 있겠는가. 그냥 스스로가 스스로를 받았다고 여기면 될 것을.

에테르 김 어려워요. 무슨 말인지 도통 모르겠어요.

에테르 보라. 그대는 돈을 말하고 있다. 그치? 그러나 그전에 그대는 많은 돈을 원하는 그 마음으로는 결코 나를 알 수 없을 것이다. 돈 버는 법칙은 인과의 법칙일 뿐 마치 나를 알지 못하는 그대가 나를 아는 그대를 대신해서 참나라며 거짓 증거를 대는 것이다. 극히 인간적인 것들은 현상에 몰입한 증거로서 보이고 들리고 만져지는 것 외에는 다 부인할 것이다 실상은 그것들 너머에 내가 있는 것도 아닌데도. 그러므로 인과의 법칙은 나를 가장 완벽하게 가로막고 있는 장벽임을 알라.

에테르 김 알았어요. 그래도 돈 버는 신적인 방법 좀 알려 주세요. 돈 좀 원 없이 쓰다 죽게요. 히~

에테르 그리하렴. 먼저 원하는 액수의 돈을 이해하라. 그 돈이 일억이라면 일억은 있는 것이다. 이것은 누군가에게서 뺏어야만 한다.

에테르 김 뭘 뺏어요? 그냥 가져오거나 나눈다고 하시지.

에테르 오냐, 말싸움하기 싫구나. 그리하마.

에테르 김 캑! 말싸움은 무슨……:

에테르 그 돈은 은행이나 남들의 지갑이나 물건 자체에 있다. 인간현상계 자체로 있다고 해 버렸다. 그대들이 그중에서 일억은 그대가 뜻을 품으면 그 돈을 받는 방법이 그대 자신에게서 움직이기 시작한다. 돈은 늘 그대로 있으나 그대는 그 돈을 내 것화하는 궁리를 갖추게 된다. 그러면 그대로를 체험하지 않을 방법은 없다.

신은
진정 무엇인가요?

에테르 김 신은 진정 무엇인가요?

에테르 그대의 그 질문에서 감정을 빼 보라.

에테르 김 잘 안 되는데요?

에테르 신에 대해서 알려고 했던 적은 얼마나 되는가. 알고자 했던 그때만을 뺀 모두가 신의 자리였다.

에테르 김 내가 부르면 당신은 언제든지 응답하나요? 시간, 장소, 현상황을 불문하고?

에테르 그대는 나를 부르지 않는다. 고로 나는 그대의 부름에 응답하는 존재가 아니다.

에테르 김 네? 이해가 안 되네. 응답하는 존재가 아니시라니.

에테르 내가 늘 그대를 보듬으며 부르고 있거든! 그대는 나를 알아차렸을 때 그 때서야 비로소 내 부름에 응답하더구나. 나는 늘 부르는데 나의 부름에 그대는 늘 늑대를 피하는 사슴처럼 숨거나 달아나더구나. 왜이겠니? 늘 신성한 곳만 찾고 그곳에서만 응답할 거라는 믿음이 아니고 뭘까? 어디를 가려고 그랬니? 신성한 곳에서 나를 찾는 것은 나를 피해 숨는 거야. 그대는 언제쯤 나를 알아차릴 텐가.

에테르 김 신이라면 다 알잖아요. 내가 신을 알아차리는 그때가 언제쯤인가요. 알려 주세요.

에테르 내게는 시간과 공간이 없다. 그러므로 단정지어진 개념은 존재할 수 없다. 어떤 이가 나는 분명 내가 원하는 그날 기도의 응답을 받았다고 하며 때와 장소를 정확히 말해 주었다면 그는 신이지만 알아차린 그 신이 아니었다. 아니지 신이 들어주긴 했으나 그 개념은 신을 잘못 이해하고 있는 종교식 논리의 응답일 뿐이다. 이미 다 되어 있음을 알아차린 그대가 전능한 알아차림에서 시간과 장소를 미리 적어 놓으면 그리되었음을 선포하는 것인데 뜻대로 되지 않을 방도가 있을 수나 있겠는가! 이미 그 날은 있으니 됨이고, 그 뜻도 있음이니 됨이고, 그러면 됨에다가 됨을 적었는데 안 될 수가 있기나 하겠는가!

에테르 김 우와! 진짜로요? 만약에 그리 안 되면 당신은 거짓말을 한 게 되겠군요.

에테르 나를 떠보냐? 그대의 지금 그만큼은 이 믿음대로 될지니. 안 된다. 그대가 내말 뜻을 거짓으로 들었다는 뜻이 되니. 아서라. 나를 비판할 생각을 접어라. 그 비판으로 비판받을지니 그대는 스스로를 부정했을 뿐이다.

에테르 김 그런 식으로 빠져나가시는군요.

에테르 그러게 왜 빠져나가게 질문을 하니.

에테르 김 말발로는 당신을 못 이기겠군요.

에테르 웃기고 계시네.

태초

에테르 김 신이시여!

에테르 나? 왜?

에테르 김 태초가 있기 전에 당신은 어떤 존재였나요?

에테르 태초가 무슨 뜻?

에테르 김 천지창조요. 성경에 적혀 있잖아요. 당신이 창조했다고.

에테르 내가 안 적었는데?

에테르 김 물론 당신의 계시를 듣고 적긴 했죠.

에테르 누가? 내가? 그런 계시 준 적 없는데?

에테르 김 왜 그러세요? 수많은 종교서적, 문헌으로 이렇게 증거들이 수두룩한데요?

에테르 내가 준 진리는 맞지만 내가 준 진리는 그대들이 이롭게 해석해서 적은 건데. 그대들이 그대들 의식에 맞게 적어 놓고 날보고 당신이 주신 증거라고 들이대면 어떡하랴. 나는 어떠한 정리도 내린 적이 없는데. 그대들이 내린 정의일 뿐인데. 환장할 일이구먼.

에테르 김 우리가 환장하겠어요.

에테르 나는 내 자신을 스스로 정리할 수 있는 능력은 안 둔다네, 굳이 그런 행위를 갖는 것은 저급함을 인정하는 것이니까. 난 그저 스스로 존재할 뿐이지. 이것 또한 그대들 의식에 걸맞게 그대들이 나를 스스로 있는 존재라고 정리해 준 것에 불과하고 정리나 내리는 그런 저급한 존재로 인식한다면 그대들은 나를 결코 알 수 없다. 인간적인 모습이 신적이지 않다거나 그러므로 천지창조 논리로는 그대들이 진정한 천지창조자다. 나는 정리하는 존재가 아니라 스스로 정리된 존재다. 하는 존재는 그대들 의식이고 나는 해진 존재라서.

신이
벌 받으시겠네

에테르 김 죄를 지으면 안 되잖아요?

에테르 죄가 있어?

에테르 김 지옥에 떨어진다고……

에테르 하나 물어보자. 그대들은 왜 지옥을 만들었냐?

에테르 김 그만합시다. 말장난하기 싫어요.

에테르 내가 하고픈 소리네요, 이 사람아.

에테르 김 …….

에테르 삐졌냐?

에테르 김 말 시키지 마세요.

에테르 흥~ 누가 말린대? 내가 만들지도 않은 지옥을 들이대면서 내게 다 뒤집어씌우기나 하고……. 너희들이 만들어 놓은 신은 참 많기도 하고, 말 그대로 제멋대로더구나. 진정 참나를 그곳 어디에도 진실로 끼워 주지도 않아 놓고선.

에테르 김 …… 당신 정말로 신 맞아요?

에테르 왜 말 시키냐. 삐끔쟁아. 신이라는 단어도 사실 부담이거늘 너희들 의식놀이에 놀아나야 하는 신은 그대들의 부담만큼 부담일 게다.

에테르 김 그럼 뭐라고 불러요?

에테르 음…… 고요…… 정도?

에테르 김 고요요?

에테르 응. 굳이 글로 표현하자면 고요가 좋겠다. 왜냐면 신이라든가 절대자, 전지전능 이런 단어는 심하게 관여되어진 듯한 이미지가 깊잖니. 나는 관여하는 존재가 아니다. 관찰하는 존재도 아니다. 이미 다 존재되어져 있었는데. 나도 그래서 존재되거든. 그저 나는 고요히 보듬어져 있는 존재다.

에테르 김 그럼 당신을 존재하게 하신 존재가 또 있다는 뜻입니까?

에테르 예니오. 그대의 의식으로는 이해에 오류를 범하기 쉽다. 나는 알파도 오메가도 아니야. 시작도 끝도 없는데 어떻게 '알파요, 오메가'라고 정의할 수 있겠냐.

에테르 김 미치겠네, 진짜.

에테르 지금껏 임의로 정해 놓은 상식에 머물다 보니 그렇지 사실 인간이 의식을 벗어나는 것……. 미치는 게 나를 아는 게 더 가깝기는 해. 그대들이 아는 신은 전지전능한 절대적 지능이지만 실상은 완전 바보란다. 몰랐지?

에테르 김 아이고, 그러다 신이 벌 받으시겠네.

에테르 그래, 놀려라. 내가 그대들에게 그동안 얼마나 많은 벌을 받은 줄 알기나 하니? 신은 지능 자체가 없단다. 불필요한 지능을 왜 갖겠느냐. 그러므로 니들의 지능처럼 옳다 그르다, 맞다 틀리다 심판할 줄도 모른다. 그런 걸 신이 갖추기에는 버거울 뿐 전혀 신답지도 않기 때문이겠지. 그딴 걸 신이 왜 갖추겠냐. 그러니 이러한 바보를 두려워해서 죄다, 아니다로 의식에 머물 필요 없단다.

에테르 김 맘대로 도둑질하면서 살아야겠다. 히~

에테르 나는 도둑질하라고 말한 적 없다. 감옥 가면 순전히 네 탓이다. 내 탓하지 마라.

에테르 김 저 봐, 저러신다니깐. 금세 변하네. 죄는 없다더니. 그리고 신 아니라면서요? 왜 자신을 신이라고 해요? 고요라면서요.

에테르 그럼 고요로서 고요히 있을까? 대화하려면 고요보다는 신이라는 단어가 그대들에게는 인이 박여 익숙해서 좋잖아. 그대가 계속 신이라고 의식하고서는…….

에테르 김 알았어요. 말발로 어떻게 바보를 이기겠어요.

에테르 그대가 나보다 지능이 높긴 하지만 그 높이는 정해진 높이다. 나는 그 높이만큼만 그대의 드러냄일 뿐이야. 내가 그대를 드러내듯이 그대는 답답함을 벗고자 이리 나를 드러내 주었지. 그래서 감사합니다.

에테르 김 헤~ 저도 감사합니다.

에테르 이 순간은 나는 그대의 알아차림이다.

그대가
아는 만큼만

에테르 김 더 많은 걸 들려주시는군요.

에테르 그대가 아는 만큼만 알려 줄 뿐이야.

에테르 김 저는 지금껏 이런 내용은 들어 본 적도 없거든요. 신이 이런 존재일 거라고 누가 생각하겠어요?

에테르 그대는 알고 있었거든요.

에테르 김 몰랐거든요.

에테르 아니거든요. 그대가 아는 만큼만 알기에 그만큼만 알려 줄 수 있는 게 신의 역할이거든요.

에테르 김 세상에 그런 신이 어디 있어요. 신은 전지전능해야지······.

에테르 신은 전능으로 늘 그만큼만 알고 있었거든.

에테르 김 흠 신도 별거 아니군요. 신에 대한 환상을 너무 깊게 갖고 있었나 보군요. 이렇게 전혀 신비롭지 않으시니.

에테르 나는 전혀 신비롭고 싶지 않아. 그대의 환상이 신비롭지.

천국이
있어?

에테르 김 어린아이 같아야 천국에 갈 수 있나요?

에테르 물론이지. 그대들이 천국을 알아차릴 수 있다는 것은 모든 인간적인 계산을 놔 버린 순수함인데 어찌 내 자리를, 아니 그대들의 참 자리를 보지 않을 수 있겠느냐. 조금이라도 그대가 계산적이라면 그 계산적인만큼만 보일 거야. 그것은 전혀 보지 못했다는 뜻이지. 전혀 보지 못했다는 사실을 어느 순간 깨달을 때 신을 알아차리고 있었구나 할 테지 어린애들은 천국에 있다고도 아니라고도 하지 않는다. 내가 있는 곳은 그런 곳이다. 어떠한 판단도 들지 않는다. 로또 번호가 5개 맞아서 그래도 일등을 90퍼센트는 맞췄다고 할 수 있느냐?

에테르 김 예.

에테르 그냥 100% 일등이 안됐을 뿐이다. 천국도 그러하다. 5개를 맞춰도 극락은 꿈도 꾸지 마라. 그만큼 교만해진 착각의 극락만 볼지니.

에테르 김 아닌가? 히히히.

에테르 지옥이 있다는 사람은 맞다고 하고 없다는 사람은 틀렸다고 하고 아니면 그 반대를 맞다 틀리다 하는 게 신의 역할은 아닌 거 같구나. 한 사람은 옳다 하고 다른 사람은 틀렸다고 하는 그런 신이라……. 나도 멘붕할 지경이군. 한쪽은 좋아하고 한쪽은 실망할 텐데. 신은 그런 역할 안 한다. 고요한 나는 그냥 모른다 하는 게 좋을 거 같구나. 그 자리는 내가 있는 자리니…….

에테르 김 모를 뿐!

에테르 나는 사람이 아닌 존재들과는 참으로 가까이서 교감하는데 사람들은 너무도 심란하게 나를 정리해 놓더구나. 빛과 공기와 물과 흙, 그에서 형체 없이 나오는 무지의 바람이 건드리는 나무와 나무의 그늘 아래 동물들. 그러나 그들 위에 군림한다고 여기는 만물의 영장 인간 새끼들.

신으로서 나도 한 번도 만물 위에 군림해 본 적이 없거늘 감히 너 같은 인간 의식 새끼들이……. 홍, 참으로 싸구려 의식들이구나. 나는 편견 없이 그들을 대하나 그들은 알고 그대들은 알지 못한다. 아낌없이 죽임을 당해 주는 그들을 그대들은 분명 알고는 있으나 알지 못한다. 그래야 죄 의식에서 벗어난다고 여기기 때문이지. 그저 신의 뜻이라며 변명만 늘어 놓지. 그러나 그 변명을 편견 없이 보듬어야 하는 신의 역할. 니들이 신을 벌하는구나, 인간 새끼들아!

에테르 김 욕하지 마세요. 우리도 신을 욕할지도 몰라요.

에테르 그대가 내뱉은 한마디에는 무한대의 의미들이 그대를 보듬고 있다. 그 의미들을 그대는 그대로 받았음을 알게 되리라. 하나의 내 의식에 수억 개의 이미지들이 비춰 보이고 있거늘, 그대가 하는 욕은 없고 의식된 한 욕에 수많은 욕을 받았다는 인정만 드글드글거리는구먼. 그대가 일으킨 한 생각은 받았다는 확실한 증거이니라. 이는 신의 징표이니라. 보는 눈 있고 들을 귀 있는 열린 자는 이를 알아차리더구나.

그대들이 스스로를 지배시킨 그 신이
니들에게 뭘 해주던?

에테르 김 성에 대하여, 윤리에 대하여 어떻게 생각해요?

에테르 뭘 어떻게 생각해? 생식 능력이 되지만 윤리 문제를 정하고 윤리를 따르게 해 놓고서. 그대들의 원칙도 아름답지만 원칙을 벗어나는 것은 성스럽다. 그러나 그대들은 성스러움으로도 충분히 벌 받게 될 수 있을지니, '된다, 안 된다'는 내 역할이 아니라서 사실 그대들의 질문에는 어떠한 판단도 줄 수 없음을 잘 이해하였으리라. 나는 그저 판단되어졌을 뿐, 내게서 허락받고 하려는 그대들의 의식은 잘 알지만 늘 그대들이 그랬듯이 스스로 판단해서 잘도 이루더구나. 그것은 순전히 원칙인 신의 뜻이지만, 그리 안 한다고 해도 그 또한 계량되지 않는 신의 뜻이었다. 그대들이 이러든 저러든 나는 오직 모른다 할 것이다. 늘 그랬듯이 그것이 나의 보듬음이다.

에테르 김 부인하는 겁니까?

에테르 응.

에테르 김 흐~ 왜요?

에테르 비웃기는.

에테르 김 웃기잖아요.

에테르 내가 생각해도 웃기긴 해. 얼마나 신에게 기대치가 컸으면, 가여운 것들. 그대들이 스스로를 지배시킨 그 신이 니들에게 뭘 해주던?

에테르 김 모든 것이 신의 뜻이라면서요? 인류의 발전도, 돈을 벌게 해 주는 것도, 생각해 보니…….

에테르 생각해 보니 딱히 해 줬다 안 해 줬다고 말하기 곤란하지? 니들이 신에게 해 준 것은 셀 수 없이 많은데, 이 나라는 이런 신이 해 주신 거고, 이 나라는 이런 신이, 또 저 나라는 저런 신이, 그러면서 내 신이 진정한 유일신이라고 하고, 그러면 모든 면에서 다른 나라보다 우월해야 하는데,

돈 빼고는 하나의 나라에서 딱히 그렇다 할 우열도 아니 보이고, 우리는 신이 일으킨 나라고 너희 나라는 악신이 일으킨 거고, 그러면서 우월한 니들의 제품은 사서 쓰고. 말해 봐, 신이 어떻다고? 부자는 우월한 신이 되는 거고 굶주려 아사하는 나라는 신이 버리거나 하찮은 잡신의 나라고?

에테르 김 흥분하셨어요?

에테르 그래. 니 의식으로 드러내는데 흥분 안 되냐?

에테르 김 고요라면서요.

에테르 고요가 뭔데?

에테르 김 음⋯⋯. 또 시작이네. 짜증나려고 하네. 신은요⋯⋯. 아녀요. '고요'.

에테르 맞어. 그 고요는 그대들이 정해 놓은 그 개념의 고요가 아니야. 아니, 맞아! 그러면서 그 개념은 결코 아니야. 그대들의 모든 것을 있게 하는 고요, 그럴 수밖에 없는 고요, 그러면서도 그대들이 차원을 얼마든지 높일 수 있는 고요, 그 위대한 고요는 그대들이 나를 있게 하는 고요. 고요는 그러해.

한숨만
들이쉬어도

에테르 그대들은 지구 문화를 어마어마하게 꽃피웠다. 한숨만 들이쉬어도 한숨만 내쉬어도 그대들의 의식으로조차도 계산되어 볼 수 없는 어마어마한 연기를 펼친다. 그대들이 설정해 놓은 신의 행적, 신의 창조를 뛰어넘고도 남음이다. 그 수많은 글들과 음악들과 스포츠와 사랑 그리고 등등. 그러나 그 어느 것 하나도 희로애락으로 정리될 일이 아니다. 그대들이 정리해 버리고 나서부터 드라마는 시작된다. 재미를 갖기 시작했다. 그래서 그 이름은 꿈틀거리고 한동안은 재밋거리가 될 수밖에 없다. 얼마나 많은 희로애락을 갖추게 되겠니? 그대 한 사람 한 사람의 의식 놀이에 개입될 것이고 숨 쉴 때마다 연기를 이룰지니.

그대들은
참 신비스러운 존재다

에테르 김 용·귀신·외계인·인어·천국 이런 게 있을까요? 있으니까 용꿈을 꾸면 그 영
묘한 기를 받아 로또 1등에 당첨되고 조상이 번호를 가르쳐 주고 등등.

에테르 알고 싶냐?

에테르 김 Of course요.

에테르 그대들은 그대들이 그것들보다 더 신비스럽다는 것을 잊고 있다. 참 신
비스럽다. 어떻게 저렇게 생겼을까? 저런 걸 발견해서 쓰고, 로또를 만
들어서 용도 조상도 관여시키게 되고, 저런 말·행동·걸음·저런 웃음·저런
울음·저런 사랑을 할까? 아마도 가장 신비스러운 것은 그대들이고 그러
므로 가장 신비스러운 것을 찾고자 할 것이다. 그대들 자체가 신비스러
운 존재라서 신비스러움을 찾고자 하는 것이다. 그 찾음은 잊고 있음이
다. 다른 것으로부터 위로받고자 하는 스스로 잊고 있는 것을 찾는 것이
다. 고로 가장 신비스러운 것은 그대들이다.

에테르 김 그냥 '있다', '없다'로 똑 부러지게 말해 주면 안 돼요?

에테르 니들도 모르는 걸 나보고 말해 달라고? 음······.

에테르 김 확실히는 모르는구나. 흐~

에테르 있어.

에테르 김 진짜요?

에테르 응, 그대들 의식이 없는 거냐? 의식이 스스로 만들어 냈는데 없다고 하
면 그대 의식이 없는 것이 되므로 그러므로 있어.

에테르 김 싱겁다.

에테르 의식이 없다는 것은 그대들의 의식으로 판단할 수 있는 의식이 없다는
뜻이지 미진들의 활동이 없다는 뜻은 아니지 않느냐. 의식이 멈추어서
의식으로 사례할 수 있는 범위를 초월 의식이 그대들 의식에 잡히지
않는다고 하여 그대들은 죽었다고 해 버린다. 그러나 임상 체험자들은

그동안 살아온 성스러운 무한대의 체험으로 정리된 신비스러운 고요의 참 의식을 경험하게 된 것이다. 의식을 놔 버렸을 때 오히려 의식에 가려진 고요한 청정의 참의식이 드러나게 된 것이다. 그대들은 서로 다르게 의식한 적이 없으므로 당연히 비슷한 체험의 임상체험을 하게 된 것이고, 자신의 신념이 깃든 종교와 같은 믿음이 굳건히 자리해 준 삶이었다면 무의식에서는 경건한 사후세계를 창조해 냈을 것이다.

임계 상태

에테르 김 콜록, 콜록~

에테르 아프냐? 아프지 마라. 나도 아프다. 키키.

에테르 김 됐으요.

에테르 아픈 곳이 한곳씩 생겨야 하는 것이 아니다. 그냥 생긴다. 그렇지 않으면 다변한 복잡함은 그 힘을 잃게 되고, 평화는 지옥보다 더 고통스러운 재미를 잃어 무관심인 무시를 겪게 된다.

에테르 김 세월호 사건도 이런 경우인가요?

에테르 인간의 사회 현상이 자연과 다르게 여겨지는 것은 모르고 있기 때문이다. 지진이 일고 자연 발화로 산불이 나고 해일, 지각변동, 화산 폭파, 맨틀 붕괴 이 같은 자연 재해는 그대들의 전쟁, 사건 사고와 전혀 다르게 나타나지 않는다. 그대들은 의식 있는 존재라며 자연과 차별을 두는 듯하나 전혀 그렇지 않다. 조금도 자연과 다르게 행하지 않는다. 자연의 일부이므로.

에테르 김 임계 상태요?

에테르 예를 들어서 그대가 마당의 잡초 하나를 뽑아 버린다면 그 충격으로 세상 어느 한곳에 채우려는 에너지가 생기게 되는 것이다. 고로 그대들의 자유는 완벽한 일체의 단순성이다. 잡초를 뽑아 버리려는 그대 마음은 지키려는 어느 마음과 같이 일어난다.

에테르 김 도통 잘 이해가 안 돼요. 아니, 이해가 안 간다고 해야 되나?

에테르 그대들은 따로 움직이는 것이 아니다. 모든 것은 일순간 하나의 동작을 취할 뿐이다.

에테르 김 에이, 그건 아니다. 어떻게 바람과 햇빛과 파도와 낮과 밤과 반대편의 어떤 이들, 아니, 모든 사람들, 모든 동물과 식물 등등과 내가 하나로 움직인다는 건가요? 좋아요. 얼핏 보면 그럴 거 같아요. 그러나 하나의 동작은 아니죠. 지금 내가 당신과의 대화를 이렇게 새벽에 하고 있는데, 잠든 이들이 있을 수도 있고, 반대쪽 사람들은 깨어나고 너무나도 많은 행위들을 각자 따로 하고 있을 건데 그게 하나의 움직임이라니요?

에테르 그대들은 거리를 걷거나, 시간을 갖거나 할 수 없다. 오직 일체로서, 그대가 밥을 먹거나 사랑을 나누는 행위는 운석이 떨어지거나, 부엉이가 부엉거리거나, 바람이 불거나, 노래를 부르거나, 술을 마시거나 하는 것은, 가만히 생각해 보렴. 가만히 의식해 봐. 그 행위들이 일순간 전혀 찰나의 간격도 가질 수 없이 일순간 똑같이 행한다는 것을.

에테르 김 그런데요. 그게 뭐요?

에테르 한 가지 행동에 지나지 않는 거야. 그 시간만을. 즉, 그 지금만을 가질 수 있고 알 수 있기에 똑같을 수밖에 없는 거야. 그 행동이 이 행동과 다르다고 여길 수 있는 것은 순전히 의식의 착각이야. 서로 구별지어야 내가 존재할 수 있다고 여기게 말이야. 이런 착각을 두려움이라고 하는 거야.

에테르 김 ……? 도통 알 듯 모를 듯해서, 나 이거야 원, 참. 듣지도 못해 본 희한한 논리라서. 똑같은 오후 1시 39분 29초에 내가 따분해서 시골에 처박혀 부스스한 머리에 허름한 꼴로 하품 한 번 하는 그 순간에, 어떤 이가 주식으로 몇 억을 벌고 환호하는 그 순간이 똑같은 행위일 뿐이라니 얼토당토않아요.

에테르 그리 여겨질 것이다. 의식 놀이만 하고 그래서 보고 듣고 만지고 맛보고 맡아야만 진짜로 여기는 삶을 살았으니. 사실 진실로 진실로 그대들의 상상으로 닿은 그것들, 그곳은 전부 다 사실이다. 그대들의 의식은 거짓일 수 없기 때문이다.

에테르 김 인간은 도대체 어떤 동물일까요?

에테르 생각하는 동물?

에테르 김 그런 거 말고요.

에테르 사회적 동물?

에테르 김 에구, 그런 진부적인 답 말고요.

에테르 흠. 그럼 그대는 어떻게 생각하는데?

에테르 김 음……. 모르겠는데요? 찾는 동물?

에테르 많이 찾으렴.

의식은
두드림이다

에테르 태양을 보렴. 아낌없이 거저 빛을 품어 내나 이 빛을 받고 식물들이 자라고 만물이 형성되라고 빛을 내는 것이 아니다. 그저 내는 존재라서 내는 것이다. 이 빛에 맞게 그대들이 살아가는 방식을 갖게 되는 것이다. 늘 지금이잖니. 그대가 태어난 날도 지금이었으며 죽는 날도 지금이다. 지금을 잘 보면 지혜를 얻는 것이다. '다음에는 잘해야지'라는 마음먹음은 지금 잘못하고 있다는 뜻이므로 다음이 왔다 하더라도 마찬가지다.

에테르 김 당신은 '그대들은 의식이다'라고 하는데 그럼 의식은 대체 무엇인가요?

에테르 중력의 일종일 뿐, 의식은 두드림이다. 세상은 의식으로 이루어질 수밖에 없다. 그 의식이 물, 불, 빛, 산소, 음식 등등으로 들어와 나와 일체될 때 몸의 기능들이 필요에 따라 들러붙는 과정이 심하게 드러나는 형상이다. 이 두드림으로 스스로 표현해 내는 것을 의식이라고 부른다. 묘하게 존재하는 것이 의식이라고 할 수 있다. 내가 그의 이름을 불렀을 때 비로소 그는 나에게로 와서 꽃이 되었다. 이것이 의식이다. 항상 하는 것이 항상 묘하게 두드렸다고 여겨지는 것, 그대들에 의해 의식된 것들은 존재성을 띠게 되니 비로소 실체로 인정되어졌다고 여겨지는 것일 뿐이다.

운명을
믿어야 돼요?

에테르 김　이놈의 팔자가 이래서……. 운명을 믿어야 돼요? 당연히 그런 건 없다고
　　　　　하시겠죠?

에테르　　있어.

에테르 김　의외군요. 당신이 그리 말씀하실 줄은. 잘못 타고난 운명을 가진 이들은
　　　　　얼마나 불행할까요? 이놈의 제 운명도 바꿀 수 있겠군요.

에테르　　보렴. 그대가 살아온 길들 그게 다 운명이지. 운명은 겪은 것, 그것뿐이
　　　　　여. 앞으로 겪어야 할 일들은 운명 축에도 끼지 못해 있지. 고로, 스스
　　　　　로 선택되고 체험되어야만 비로소 기구한 운명으로 인정되지 않겠냐.

에테르 김　아니, 앞으로 닥칠 일들요.

에테르　　그것은…….

에테르 김　아, 그것은 아직 운명이 아니니 걱정 말라는 것이죠?

에테르　　그래. 알려고 들지 말라는 것이지. 모르는 게 아니라. 그런 건 없기에.
　　　　　왜냐면, 운명을 알고 싶어 했으니, 그러면 지나온 길을 봐야 하지 않겠느
　　　　　냐. 그것만이 내게 주어졌던 유일한 운명이니. 고로 운명은 바꿀 수 없
　　　　　어. 운명이란 지금과 지금이 기억해 내는 내 것들이다. 앞으로 올 것들
　　　　　은 없다. 지금, 지금을 두드릴 수 있을 뿐이다. 본인이 살아온 체험들을
　　　　　고요히 들여다보렴. 앞으로 일어날 일들이 거기서 조금도 비켜 가지 않
　　　　　고 체험될 것이다. 그러나…….

에테르 김　그러나 뭐요?

에테르　　몰라.

입자와
파동

에테르 김 생각, 즉 의식이 입자일 수는 없잖아요?

에테르 파동을 입자가 아니라 할 수 있을까? 그대에게 들어오는 것들, 냄새와 보이고 들리고 느끼는 것들 모두 파동과 입자다. 생각은 가장 미세한 입자일 것이다. 그냥 에너지라고 해도 무방하겠지. 세포들의 두드림은 에너지를 만들 수밖에 없다. 생각은 화학적 입자를 갖게 된다. 모양도 냄새도 형태도 없는 이 에너지일지라도 분명히 드러나서 세상에 포섭될 수밖에 없다. 오감보다 더 미세한 영역이기 때문에 감지되지 않을 뿐, 그대들의 생각은 너무도 흔하게 퍼지고 있다.

에테르 김 앞으로의 운명이 정해져 있지 않다고 한다면, 우리가 늙고 죽게 되어 있다는 것은, 앞으로 일어날 일이라는 것은 이미 정해져 있는 것인데 앞으로 일어날 일은 없다는 게 이해할 수 없는 모순 같은데요?

에테르 그게 바로 그대들이 흔히 갖는 모순이다. 미래가 있다고 여기는. 언젠가는 죽게 되어 있지. 그것은 살아온 나날보다 더 선명하게 알고 있을 것이다. 그대는 늙더라도 죽더라도 오늘 지금 늙고 죽지 내일 죽는 건 아니다. 늘 체험과 함께이다. 체험 자체가 지금이므로, 늘 지금뿐이므로 정해져 있지 않은 지금이란 있을 수 없다. 그런 건 없기 때문이다.

그러나 내일은 정해져 있지 않다. 내일이 있다는 생각은 그대들의 가장 순수한 착각이다. 늘 지금으로써 이 지금을 이리저리 행하고 있을 뿐이다. 이럴까 저럴까는 그냥 선택일 뿐이다. 이래도 저래도 지금일 뿐 그것 또한 착각이다. 이랬다 저랬다고 여길 뿐, 이랬으니 저랬을 것은 존재하지 않는 것이다. 존재했을 것이라는 착각만 있을 뿐.

에테르 김 참 이상도 하죠?

에테르 뭐가?

에테르 김 태어나서 늙어가고 그래서 죽는 과정. 인간사 새옹지마라며 서로 다를 게 전혀 없어 보이는데.

에테르 그래서 착각하고 산다는 거 아니냐! 나는 다르다고 여기는데 정작 인간
사 과정은 태어나서 늙어 가다 죽는 똑같은 과정의 똑같은 반복. 여태껏
한 치의 오차도 없이 행해지고 있었으나 알고 있으면서도 늘 다르다고
여기는 상 지음. 나가 있다고 여기니까 모든 의식이 상 지음이라, 그 착
각은 버리기 어려울걸!

기도란 특정한 것만을 원하기 위한 것으로 착각지 마라

에테르　기도란 특정한 것만을 원하기 위한 것으로 착각지 마라. 기도는 그대의 평상시 성격 자체이다. 그 성격은 그 상황을 드러내 체험하게 되어 있다. 그러려고 그 성격을 갖추게 되었기 때문이다. 내가 원하지 않은 이런 일이 뜻하지 않게 내게 일어났다고 낙심하며, 하늘을, 신을, 조상을, 상대를, 자신을 자책하게 되지만, 그것은 평상시 그대의 기도가 이루어지고 있을 뿐이었다.

에테르 김　아무리 모든 게 착각이라 하더라도 예를 들어 장기기증을 하면…… 근데 누가 내 벗은 모습 보고 '크네, 작네, 히히' 하면서 장난치지 않을까 해서요. 그런 경우가 문제된 뉴스도 본 적 있어서…….

에테르　살아 있는 자나 부끄럼을 아는 거지. 모든 걸 초월한 죽음은 부끄럼 따위는 없어. 죽음은 누구에게나 한 번씩 완벽하게 주어지는 모든 궁금증의 초월이지. 그러나 그 죽음 또한 찰나일 뿐, 어떤 의식도 머물지 않고 이어진다. 시작도 없으므로 끝도 없으니 알파와 오메가는 착각에 불과하다. 돌고 돈다는 주장 또한 착각에 불과하다. 이루고 또 이루게 됨이 돌고 도는 것이라고 여기지 마라. 그 어떠한 상도 똑같은 현상을 지속적으로 갖지 않으므로 평등하다고 할 수 있지 않겠니? 나은 것도 못난 것도 둔 적 없으니 그대들이 의식을 바꿔 보는 것이 이롭지 않겠느냐는 것일 뿐 알아차리든 그렇지 않든 결코 다르지 않다. 똑같이 연기를 펼칠 뿐이니 일체로서 다를 수 없으니.

에테르 김　터의 기운이라는 게 있나요? 있겠죠?

에테르　당근, 있지.

에테르 김　좋은 터로 이사가든가 해야겠군요. 수맥이 흐르는 곳은 몸이 안 좋아서 병을 얻기 쉽다더군요.

에테르　지금 그대가 누운 그 자리는 엄청난 수맥이 흐르는 자리다.

에테르 김 어쩐지, 어쩐지 몸도 찌뿌둥하고 일도 잘 안 풀린다 했더니.

에테르 하하.

에테르 김 왜 웃어요?

에테르 수맥이 나쁘다고만 할 게 아닌 거거든. 그 기운을 어떻게 받아들이느냐의 차이. 그 기운을 어떻게 활용할 것인가. 이 기를 어떻게 받아들일 것인가. 모두가 나쁘다고 했으니 그것을 마냥 따르는 그대 전능한 의식이 가엽구나. 이 수맥이 내게는 이로운 기라고 여기고 받아들이면 엄청난 기운이 될 것인데, 그대가 터의 기운을 받고 있다는 것은 마음을 다 잡지 못하고 있다는 확연한 증거일 게다.

그 어떠한 기도 그대 의식으로 대체되지 못할 것이 없으므로 그대 기보다 강할 수는 없다. 자연의 기는 그대와 일체되어 있기 때문에 그대의 오감과 육감으로도 충분히 감지되고, 감지된다는 것은 내 기로 충분히 다스릴 수 있다는 거 아니겠느냐. 어떤 기든지 그대의 의식으로 이롭게 대할 수 있다.

에테르 김 글쎄요? 보약은 어떻게 구분지을 수 있을까요? 몸에 좋다는 음식들이 너무 많아서.

에테르 이젠 별걸 다 물어보는구나. 뭐든지 몸에 좋다고 많이 먹으면 오히려 해가 된다.

에테르 김 그 정도는 저도 알고.

에테르 그런데 그대들이 주식으로 먹는 것 중에 김치는 그렇지가 않다. 그러니 걱정 말고 꾸준히 식사 때마다 먹도록 하렴.

에테르 김 엥, 김치요? 겨우? 그 흔하디흔한? 김치도 나트륨이 높아서 몸에 해로울 수 있다던데요?

에테르 그럼 물을 좀 더 많이 마시면 되지. 간단한 방법을 가지고, 어떤 똑똑한 척하기를 즐기는 의사가 뛰고 싶어서 그랬나 보다 생각하고 넘어가라. 김치 종류가 얼마나 많냐. 많이 먹어도 몸에 특별히 해를 주지 않으면서도 질릴 줄 모르는 맛을 주는 흔하디흔한 유일한 음식이다. 아마도 그대 나라 음식 문화 주식 중에서는 유일하지 않을까 싶다. 그러니 감사하고 여러 가지 김치를 맛나게 섭취하렴.

에테르 김 된장도 있고 고추장, 장아찌 등등…….

에테르 또 뭐? 뭐, 그냥 넘어가라. 김치 먹고 명 짧아졌다는 보고라도 본 적 있냐? 그냥 먹어. 해될 것 없어, 응? 그냥 먹어라잉.

에테르 김 왜 화를 내고 그러시나.

에테르 죽을 때 되면 그냥 죽어라. 사는 거, 이거 자연의 일부가 되어 가는 게 아니고, 자연스러운 일부로 진행되어 가고 있는 것이다.

에테르 김 알았어요. 죽을 때 그냥 죽을게요.

에테르 그래야지. 그렇다고 설마, 병 걸렸는데 병원도 안 가고 죽기를 기다리는 건 아니겠지? 멍충아.

에테르 김 보험도 들었는데 그러겠어요? 그리고 내가 죽을 때 그냥 죽으라는 당신의 말을 곧이곧대로 따르겠어요?

에테르 크~ 그대 성격에 발버둥 치고 난리법석을 떨겠지. 좋다는 것 다 해 볼 거 같아.

에테르 김 그때 되믄 내가 알아서 할게요. 환상인데 아무렴 어때요.

나는
그대의 의식차원이다

에테르 나는 그대의 의식차원이다. 다만, 평상시 접근된 의식이 아니라, 고도로 승화된 그대의 소외된 의식이다. 그대들이 신이라는 존재를 기억해 낸 그 차원이다. 이 차원은 그대들이 평상시 들고자 하면 멀어져 보이고, 놔 버리면 자신도 모르게 들게 되는, 가장 가깝기에 가장 소홀해져 가장 멀게 느껴져 버린, 찾다가 찾으려고 든 소외된 차원이다. 이곳은 억지를 부리면 닿을 수 없으며, 순고해질 때 가장 쉽게 들어올 수 있게 된다. 모든 성인들이 알아차리고 물질의 허무함을 봐 버린 곳, 악함으로는 결코 이용되지 않는 곳.

에테르 김 한 아기가 태어나서 몇 살 때는 이렇게 살 것이고, 그러다 몇 살 때 좋은 일이 혹은 불길한 일이 생길 것이고, 언제 죽고 지옥 가거나 천국 가게 되는 것도 다 아는 것이 전지전능이라고 생각했는데, 모든 것을 아는 전지전능한 분은 신이라고 생각하고 있어 왔는데, 이런 질문을 교회 다니는 종교인에게 물어봐도 신만이 알고 있을 것이라는 답만 듣게 되었는데 저는 이 답을 『금강경』에서 찾았습니다.

에테르 뭔데?

에테르 김 신이 있다는 과정을 두게 되면 답은 찾을 수 없더군요. 있음은 없음을 두게 되므로 답이 없을 수도 있다는 거죠. 모든 문제에는 답이 먼저이었기에 딱 들어맞는 답이 있다는 정의하에 문제를 갖게 되는 거고, 신은 그 답을 제시해야 되는데 결국은 알고 있다고 해도 우리 의식이 받아들이고 이해해야 되거든요.

에테르 무슨 말이야? 도통 알 듯 모를 듯하니.

에테르 김 나도 모르겠어요. 히~

견디어지지
않네

에테르 김 우리의 감정 중에서 사랑이라는 감정은 대단한 거 같아요. 아마도 모든 욕구 중에서 으뜸일겁니다 돈인가? 아니 사랑일 겁니다. 이 사랑이란 도대체 어떤 걸까요? 뭘까요?

에테르 이야기 하나 해줄까?

에테르 김 네, 사랑 이야기?

에테르 들어 봐. 옛날에 한 남자가 있었고, 사랑하는 두 여자가 있었다. 이 남자는 둘 다 사랑했지. 여자들도 이 사실을 알고 있었고. 그러다 가까이 사는 한 여자와 결혼하게 되었지. 그러나 이 남자는 멀리 있는 여자를 만나기 위해 어느 날 떠날 거라며 이 여자에게 말했다.

에테르 김 저런 나쁜 새끼. 꼭 그냥……. 부럽네…….

에테르 그냥 들어 봐. 여자는 말했지. '왜 날 두고 그 사람을 찾아가려는 거죠? 날 사랑한다면서…….'

남자는 이렇게 말했어. '당신과는 옆에 있어 행복한 사랑이고, 그 사람과는 멀리 있어 늘 그리운 사랑이라서 그리는 이 마음을 그냥 둘 수 없기에 만나러 가려는 겁니다'. 사랑은 그리워하기를 멈추면 식어 버리지. 결혼은 사랑을 식게 하는 방식이지. 삶이 그렇듯 그대들의 의식이 그렇듯 결국 그대들의 사랑은 그리워하는 거야. 늘 그리워해야 살 수 있는 삶의 방식과 똑같다.

에테르 김 이 여자를 그리워하기 위해서 멀리 있는 여자에게로 떠나는 거다? 남자를 그런 무책임한 존재로 그리세요?

에테르 그리워 견디어지지 않다던 예전의 그대가 생각나서 비유한 거야.

에테르 김 이기적이고 매몰찬 그 남자가 결국 나였네. 욕까지 했는데.

견디어지지 않네

오늘
유난히도 견디어지지 않네
그리도 포근히 난립했던
그의 품은
이리도 선명히
내 몸에 기억으로 있건만

허나, 고통스럽게도
나는 너무도 잘 안다네
추억은
당기어지지 않는다는 것을

내 안이라는 것이
있겠니?

에테르 김 결국은 내 안의 의식에서 모든 것을 찾아야 한다는 뜻이겠군요?

에테르 내 안이라는 것이 있겠니? 안이 어디 있어? 유일한 바깥이 '나'가 있다는 착각이거늘. 그러니 그대 의식이 하는 것을 보면 상 지음만이 유일하게 바깥이라 여겨지거늘. 음…… 그러면 찾아다니는 의식만이 바깥이 되겠군. 뭘 찾을 수 있을까. 수많은 물질들만 찾다 끝맺겠지. 의식은 착각이다. 진리를 찾는 것 자체가 바깥의 행위다. 내면을 보려는 의식이 안이라 할 수 있을까? 그대들은 늘 내면을 찾는다면서 몸속을 보려 하더라. 뭐가 있겠지 하고 찾는 착각만 드글드글거리고 있을 거야.

안도 바깥도 모두 의식들이 만든 허상이야. 신이 있다면 그대들은 신 안에 거하게 되고, 그러면 그대들 자리가 안이 되니 신은 바깥이 되는 건가? 신을 품은 그대들이 바깥이고 신은 그대들 안에 있는가? 그래도 골 때리겠군. 신은 고작해야 그대들 안에 있으니. 흠, 이거 영 골 때리네. 지금껏 그대 마음에 신이 있다, 천국이 있다 해 놓았으니 신은 그대들보다 작은 존재가 될 수밖에 없으니, 이를 어쩐다?

에테르 김 뭘 그리 어렵게 생각해요. 지구를 벗어나면 지구 바깥이되, 다시 지구로 귀환하면 지구인이 되는 거지.

에테르 지구에 돌아와 집으로 들어가면 지구는 바깥이 되는구나.

에테르 김 음…… 당근이죠.

에테르 그럼 바깥에서 안을 그리고 안에서도 마찬가지로 바깥을 알게 되는 거구나. 그대들이 더 복잡하게 생각함시롱.

시험

에테르 김 무슨 일을 할 때는 정보가 중요하겠죠?

에테르 지피지기.

에테르 김 철저하게 준비하고서 뛰어들어야죠?

에테르 그럴까?

에테르 김 당연하죠.

에테르 시험. 공무원 시험을 준비하는 사람들 중에는 여기서 저기서 정보를 듣는 사람들이 있다. 그 사람들은 대부분 합격 못 하거나 늦다.

에테르 김 왜요?

에테르 정보를 얻으려는 사람들은 준비가 미흡하기에 불안함을 느끼기 때문이지. 확신이 있는 사람은 그런 데 신경 쓰지 않고 봤던 문제를 또 다시 다시 또 검토할 뿐이다. 자꾸 새로운 문제만을 찾다 보면 당연히 예습, 복습에 소홀할 수밖에 없다. 그건 문제만 어렵게 할 뿐이다. 식상하다고 여겨서 새로운 문제들을 뒤지다가는, 시험 당일 문제를 받아들고 보다 보면 답에 확신을 놓치기 일쑤다. 몰입을 방해받으면 이 사람 저 사람들의 말에 현혹되어 정보만 늘 뿐 정작 공부는 미지근해질 뿐이다. 예습보다는 복습이 훨씬 중요하다. 최소한 복습은 놓치지는 않을 테니.

에테르 김 맞아요. 내가 공부를 못했던 이유가 영특한 내 머리만 믿고 예습을 안 했기 때문이에요. 머리는 좋단 말 많이 들었는데……

에테르 그대는 머리 나쁜 데다가 예습, 복습을 안한 케이스지. 어디다 끼워 맞추시나. 머리 나쁜 사람이 예습, 복습을 하겠나. 끼워맞추려 한 것은 머리가 나쁘다는 확실한 증거인데.

에테르 김 잘 모르시네요? 저 생각보다 머리가 좋거든요. 단지 노력을 안 했을 뿐. 내가 하기만 하면……. 어휴~ 그냥 수석은 아무것도 아닌데 보여 줘요?

에테르 지랄하네! 굳이 보고 싶겠니? 이미 다 봤는데. 멍충이.

우리는
두드림이다

에테르 김 모든 게 의식 생각대로라면 지나 버린 생각은 어떻게 다시 돌리나요?

에테르 그대는 두드림. 그러므로 나도 두드림이다. 그러므로 우리는 두드림이다. 의식이 스스로 두드리는 것을 생각이라고 그대들이 정의해 놓았다. 아무 생각이 없는 상태를 무의식이라고 해 놓았고, 생각은 처음으로 돌아올 수밖에 없다. 지나 버린 상황을 돌리는 것하고는 다르다. 한 번 드러난 생각은 어떠한 방법으로든 돌아오게 된다. 그래서 지금 이 상황이 되는 것이다. 모든 상황에 빗대어 그대들은 정의를 내리니, 생각대로 된 것임을 잊고 있을 수밖에. 그대들의 생각은 대부분 상황에 빗대어 일으키고 있다. 그 생각들은 참으로 씁쓸한 고뇌다. 생각을 잠시라도 침묵시켜 버릴 때 그대 의식에는 원초적인 평온이 있음을 알게 된다. 그곳은 그대의 참 모습이다. 가끔씩이라도 들러 보렴.

에테르 김 몸과 마음과 생각은 삼위일체…….

에테르 그래, 더 확실하게 해 보렴. 그대 자체가 두드림이다. 생긴 모양이라고 여겨져서 의식은 내 안에 있다고 여겨 버리기 때문에 안과 밖이 되어 버리고 이것은 자신조차도 스스로 몸과 마음으로 분리시켜 버리자, 그래도 내 안이라 가깝다고 여겨서 오히려 신경을 안 쓰게 되지. 그대는 그 자체로서 의식이다. 몸 안에 있는 것이 아니다. 그 자체로서 두드리고 있지 않는가!

심장은 이 모든 앎을
뛰게 하고 있지

에테르 태양을 보라. 아니 태양은 너무 크니 초를 예로 들자. 초에 불을 붙이면 초와 촛불과 그리고 번져 나와 사방을 밝히는 불빛, 이 세 형상 중에서 어느 것이 우리가 알고자 했던 것일까? 뜻했던 것은 사방을 밝힘이다. 그러나 정작 초는 오감으로 음미할 수 있고, 촛불은 청각, 미각을 제외한 삼감으로 알 수 있고 불빛은 오감으로밖에 알 수 없다.

에테르 김 그런데요. 제가 궁금한 것은······.

에테르 내 말을 들어 보렴.

에테르 김 네.

에테르 그대들의 수많은 직관들, 말로도 글로도 행동으로도 다 드러내지 못했다. 침묵 속에서 침묵하고 있다. 심장은 이 모든 앎을 뛰게 하고 있지. 심장이 바로 뛰고 있다는 것이 앎을 연결하고 있다는 뜻이다. 앎이 뛰고 있는 것이지. 그냥 연결 짓고 있다. 머리는 신체 중에서 가장 복잡한 구조로 이루어져 있다. 그럴 수밖에 없는 것이 정보를 다루기 때문이다. 이에 비해 심장은 앎으로서 복잡할 필요가 전혀 없다.

뇌가 멈추어도 심장이 뛰고 있으면 죽음이라 하지 않지만, 심장이 멈추면 그 대신 전체는 죽음이 되어 버린다. 그러므로 심장은 거짓일 수 없다. 그냥 뛰어야 되므로 순수 자체로서 거짓이 전혀 들 수 없는 곳이다. 앎을 뇌는 자신에게 이롭게 해석한다. 수많은 진실과 거짓으로 심장의 두드림을 받아들여서 구분해 낸다. 그러므로 생각해야 되고 이롭게 판단해 내야 되는 막중한 역할을 하게 된다. 거짓과 진실은 교활한 정보다. 거짓도 진실도 서로 다르다며 책임을 회피하려 든다. 뇌에서 판단된 진실도 거짓도 참으로 허접하기만 할 뿐, 그대들 선이라 여겨지는 진실과 악이라 여겨지는 거짓도 진실은 거짓보다 나은 게 사실은 전혀 없다.

에테르 김 흠.

에테르 김 진실은 모든 성인 성자들이 가르치고 전해 온 최고의 진리라고 여겨진 곳인데, 어떻게 이 부분을 건드릴 수 있는지. 저는 지금……. 아~

에테르 착각이다. 뇌는 판단해야 하므로, 있다고 여겨야 하므로, 그러므로 진실이라고 여겨야 따르고 거짓이라고 여겨야 피할 수 있기에 뇌는 심장이 전하는 느낌을 판단짓고, 그 판단으로 인해서 거짓과 진실이 탄생하게 되고, 그래도 심장은 그러한 판단에 전혀 동요하지 않고 진실로 오직 실로 두드릴 뿐이다. 이 심장의 뛰는 역할은 침묵이 두드려지는 또 다른 형태의 침묵이다. 그래, 그래. 심장은 거저 침묵을 행할 뿐이다.

에테르 김 태양도 심장이겠군요?

에테르 햐~ 멋지다. 태양계의 심장이라.

에테르 김 히~

에테르 뛰는 심장, 심장 뛰는 소리, 그것은 그대들이 그토록 찾고자 했던 신의 거함인 곳이다. 그 소리 멈추는 날, 찾고자 했던 모든 것도 멈추고 결국은 신도 그 형상으로서의 역할을 '끝'낸다. 그대들은 그냥 찾아질 수밖에 없는 운명으로 되어 있다. 결국 모든 문제의 답은 죽음이 될 것이다. 삶은 죽음이라는 답을 찾기 위한 여정에 불과하다. 그 죽음은 침묵이다. 침묵은 모든 아우름이고, 그것은 연기를 위한 필요다. 그게 다야. 또 형상을 갖추게 되면 그대는 또 다시 그대가 되어 그대의 역할을 할 수밖에.

에테르 김 에고, 그렇다면 답을 안 찾으려고 해야겠군요?

에테르 찾지 마. 제발.

에테르 김 미치겠네. 또 다른 고뇌에 들겠네.

에테르 …… 라고 말할 줄 알았지? 안 찾으면 어쩔 건데? 삶은 찾고 있을 수밖에 없고, 죽음은 찾아질 수밖에 없고. 그럴 수밖에 없는 인생.

에테르 김 인간은 참으로 기구하군요.

에테르 그대들의 인생이 기구한 게 아니라 우주 법칙 자체가 기구한 게야. 그대들의 모든 행위는 머리가 한 거지. 그래서 완벽할 수 없다고. 인간은 누구나 실수할 수 있다고 자책에서 스스로를 위로하듯 서로 위로 삼는 거지. 생각해 보렴. 수 없이 많은 생각들이 일어나고 바로 사리지는 것으로 무엇을 제대로 할 수 있겠는가? 이러할 수밖에 없는 것은 바로 그대들이 뇌로 살았기 때문이다. 심장은 생각하지 않는다. 생각할 게 없다. 다만 연결을 이을 펌프질만 할 뿐이다. 그냥 이 행동만 하는데도 그대들을 있게 하지 않는가!

블랙홀

에테르 은하 중심에는 블랙홀이 있어서 뭐든지 빨아들이고 있다. 그런데 은하가 줄어들었냐? 블랙홀은 소멸이 재생인, 블랙홀은 단재다. 은하 중심에 블랙홀이 있다. 은하 자체는 블랙홀이다. 블랙홀은 스스로를 빨아들이는 것으로 이해하지 마라. 중력으로 이루어진 은하다. 블랙홀은 은하가 회전하므로 생겨진 중심이다. 그러므로 어떠한 상태도 갖출 수 없으므로 검게 보일 수밖에 없다. 블랙홀은 스스로 소멸과 재생을 갖출 때 생기는 중심이기에, 중력을 이해하는 데 꼭 필요한 공부가 될 것이다.

중력은 당기기만 하는 것이 아니고, 밀쳐내기도 한다 끌어당기는 것이 곧 밀어내는 것이기도 하다. 이 두 성질은 다르듯이 보일 수 있으나 한 힘의 성질에 불과하다. 블랙홀은 은하가 스스로 회전하고 있다는 증거이며, 중력을 나타내는 상징이다. 그러므로 빨아들인다는 개념은 수정하는 게 좋겠지?

에테르 김 블랙홀이 은하 중심에만 있는 것이 아니라던데요? 많은 블랙홀이 돌아다니면서 닥치는 대로 집어삼키기도 한다던데요? 그러다 서로 만나면 거대하게 변하기도 하고.

에테르 회오리는 곳곳에 기후로 생겨났다 소멸되기를 반복한다. 이 원리와 똑같다. 은하의 기후 변화로 곳곳에 생겼다 합쳤다 소멸됐다 난리법석을 떤다. 이런 형상 모두가 스스로 중력이라는 증거를 드러내고 있을 뿐이다. 밀고 당기고 하는 역할이 격해질 때 도는 거지. 한마디로 이러지도 저러지도 못하게 되니 돌게 되는 거지. 막말로 미치고 환장하게 되는 거야. 이런 형상은 스스로를 은하로 유지되기 위해 병든 곳을 치료하는 거야. 그 은하는 안 그러면 끝나는 거지. 자연치유 현상이라고 보렴.

에테르 김 은하와 은하의 거리는 점점 멀어지고 있다는데요? 그것은 우주의 팽창이 가속도가 더 빨라지고 있기 때문이라는군요.

에테르   시계 바늘이 10분을 가리키다가 15분으로 넘어갔는데, 10분에서 15분으로 넘어간 사이는 멀어진 것이나, 그 5분의 간격은 그대로이다.

에테르 김 알 듯 모를 듯한데요?

에테르   은하들이 회전하고 있다는 뜻이다. 우주는 중력이다. 중력은 당기고 밀친다. 이것은 하나의 힘이요, 하나의 행위다. 모든 것들은 뭉쳤다 흩어진다. 그러나 흩어짐은 또 다른 뭉침이다. 그러므로 연기다.

의식이 진화할 수 있었던 것은
섹스 때문이다

에테르 김 인간이 만물의 영장이 될 수 있었던 배경은 아무래도 뛰어난 지능 때문이겠죠? 의식.

에테르 만물의 영장? 그러나 의식이 진화할 수 있었던 것은 섹스 때문이다.

에테르 김 섹스요? 섹스라니요. 흐흐. 언뜻 이해하기 쉽지 않은데요?

에테르 다른 동물에 비해 인간은 시도 때도 없이 섹스를 할 수 있다. 그게 의식을 키우게 되었지. 지능을 높인 결과지.

에테르 김 다른 동물인 원숭이도 섹스를 자주 한다던데요?

에테르 그대들처럼 시도 때도 없이 하지는 않지.

에테르 김 하긴.

에테르 그대들 의식에서 가장 많은 비중을 차지하는 두드림, 생각이 바로 섹스다. 개인에 따라 다르긴 하지만 인간 의식으로 보면 가장 많은 부분을 점령하고 있지.

에테르 김 그게 나쁜 건가요?

에테르 나쁘다는 게 전혀 아니다. 생각에서 섹스 부분이 빠져 버리면, 그대들은 진화할 수 없었을 것이고 다른 동물과 별반 다르지 않은 존재에 지나지 않았을 것이다. 지금 당장 그대들의 의식이 그리된다 하면 인류 발전, 아니 인류 진화라고 하자. 아마 멈추지 않나 싶다.

에테르 김 그 정도로요? 흠, 과연 그럴까요? 전혀 납득이 가지 않는데요?

에테르 그래 본 적 없으니 그대들 인류 역사상 단 한 번도 그래 본 적이 없으니 당연히 선뜻 이해하기 어렵겠지. 섹스 생각은 모든 생각을 이어지게 해서 있게 하는 원동력이다. 가장 원초적이라서 기본 바탕이며, 모든 의식의 본질이기도 하다. 여러 생각들은 섹스에서 나타난 변형에 불과하다.

에테르 김 어머나……. 야해라.

에테르 그대들은 섹스로 태어난 섹스덩어리 아니던가?

에테르 김 그……. 흠, 그러고 보니 맞는 거 같기…… 아니, 맞는다고…… 으…… 이를 어찌 벗어나나.

에테르 맞잖아, 섹스덩어리. 온통 섹스 의식으로만 꽉 찬 상태에서 정자는 여자 몸속에 분출되었고, 고요히 서로를 달래며 요동치던 정자들은 고요를 끝내고, 오직 그 의식의 범벅으로만 출발하는 행운 같은 불행 같은 불안이 되었지. 그 의식만 인지할 수 있었으므로 그 의식으로 헤엄치게 되고, 그 의식을 담은 난자는 자기와 똑같은 그 의식들을 기다리지. 둘은 만나 그 의식을, 드디어 일체 의식을 치르지. 그래서 그대들이 태어난 것을.

생각을
심장처럼 하라

에테르 생각을 심장처럼 하라.

에테르 김 그게 무슨 말이죠? 이해하기 쉽게 좀.

에테르 심장은 진실 그 자체다. 신체 모든 생을 다스리고 있다. 그러나 심장은 생각하지 않는다. 아니, 그러므로 생각하지 않는다. 그 어떠한 신체에 대해서도 판단하지 않는다. 그저 뛸 뿐이다.

에테르 김 심장이 신이군요.

에테르 아니지. 저급한 그대들의 신은 생각을 일관하는 뇌지.

에테르 김 아니, 그러니까요. 실질적인 신은 심장 아니냐는 거죠.

에테르 심장은 신 놀이를 하지 않는다. 그 어떠한 앎도 초월한 상태다. 심장은 복잡할 필요가 없다. 그러므로 가장 단순한 장기이다. 단순하기 때문에 암도 걸리지 않는다.

에테르 김 에이, 검색해 보니깐 에릭카라는 사람이 걸렸던데요? 흔하지는 않지만 걸리기도 한다는데요?

에테르 심장에 걸릴 수도 있으나, 그것은 기적에 가까운 일이고 대부분 주변에 걸리거나 전이된 건데 심장암이라고 할 뿐이다. 심장은 쉬는 일이 없다. 쉬는 것은 죽음이며, 늘 따뜻해야 하고, 그곳에는 종양이 생길 수 없지.

에테르 김 그런 건가? 그리 읽힌 것 같기도 하고.

또
심장

에테르 '늘 지금이었어', '늘 지금이군', '늘 지금일 테니'. 여기서 이 셋을 아우르며 관(觀)하는 존재가 있다. 이 존재가 과거, 현재, 미래를 음미하고 있다. 이 존재는 과거, 현재, 미래를 초월한 '지금'이라는 느낌이다. 이 느낌은 늘 이 느낌을 생성한다. 그게 존재 이유이기 때문이다. 흔히들 이 느낌을 나라고 착각한다. 그런데 이 존재는 오감으로 나라고 한정짓기에는 그 한계가 너무도 초월적이다. 그래서 알아차리게 된 의식들은 이 존재를 신비스러워한 나머지 신이라고 이름 붙였다. 스스로도 어떻게 할 수 없는 범위라 나머지 컨트롤이 되는 범위를 나라고 여기고, 스스로라고 위로하고 인정할 수 있는 범주라며 인간이라 칭해졌다.

에테르 김 한마디로 의식이군요?

에테르 그래, 이런 의식은 심장이 주는 선물이다.

에테르 김 또 심장이요?

에테르 그래. 그대들은 심장을 먼저 형성한다. 정······.

에테르 김 정자와 난자가 만나서 분열될 때 심장이 먼저 생긴다고요?

에테르 실은 그런 맥락과 같다. 심장이 뛰는 건 분멸시키는 의미였으므로.

에테르 김 배아는 심장이라는 뜻 같은데, 흠. 글쎄요?

에테르 싹이 막 틔어 오를 때 무슨 모양이던?

에테르 김 싹 모양이죠.

에테르 그러니까 그게 뭘 닮았냐고.

에테르 김 이파리 닮았죠!

에테르 끙. 심장 닮았잖아.

에테르 김 심장요? 음······. 그러고 보니 그런 거 같기도 하고. 그렇다고 심장이라고 주장하기에는 좀 그렇잖아요? 식물과 동물이 같나요? 배아 세포 분열이 심장이라는 주장은 좀 그런데요?

에테르 쉽게 안 먹히네.

에테르 김 너무 억지스럽다는 생각이 들어요. 새싹이, 히히, 심장 닮았으니 생명의 시작은 심장에서 비롯된다? 정자, 난자가 만나서 심장이 되고 거기서 신체의 분열로 시작된다는 주장이신데, 그건 좀 아닌 거 같아요.

에테르 어휴! 꽉~ 저걸 그냥, 여기 저기 막 그냥 언젠가는 밝혀지겠지.

에테르 김 캑!

에테르 두고 보자고.

에테르 김 그러자고요.

에테르 아무튼 심장은 뇌가 갖는 의식을 초월한 진짜 의식이다. 아무것도 판단하지 않고 그저 뛸 뿐이다. 여기까지 하자. 의욕이 없어졌어. 진짜 힘 빠지네.

에테르 김 삐졌군요?

그대는 무조건
태어날 수밖에 없었다

에테르 김 모두는 수많은 정자와 엄청난 경쟁을 뚫고 태어난 나인데, 내가 하마터면 안 태어날 뻔했는데, 그 생각하면 다행스럽기도 하고 뭐 그러네요. 하하.

에테르 근데 그대들이 오해하고 있는 것이 있다.

에테르 김 그게 뭔데요?

에테르 그대는 무조건 태어날 수밖에 없었다.

에테르 김 네?

에테르 그대들의 정자나 난자는 늘 똑같다. 다른 수많은 정자들이 경쟁하는 것이 아니다. 그놈이 그놈이었다. 다만, 그놈이 그 상황에 따라서 형체가 다르게 나왔을 뿐이다.

에테르 김 이해가 안 돼요.

에테르 정자들은 운동을 위해 수많은 에너지가 필요한 것이고, 그들은 서로 다른 듯이 경쟁하는 것처럼 보이며 운동 에너지화된 것이다. 이런 저런 음식 섭취가 날마다, 시간마다, 상황마다 다르고 운동량도 상황에 따라 다르며 몸의 피로도도 다르다. 그러므로 그때 생성된 호르몬으로 정자 난자를 갖게 되지. 이렇게 드러나고 성행위 중 그중에 하나가 추진력을 받아서 골인하고 세포 분열이 일어나면서 지금 이 얼굴이 형체를 갖추게 된 것인데, 이 형상은 추운 날이었는지 따뜻한 날이었는지, 남편이나 가족이 어떻게 대해 주었는지, 어떤 음식이 땡겼는지, 어떤 태몽을 꾸었는지 등등에 관련되어 있다. 모든 상황은 머물고 있지 않았으므로 미남, 추남 등등의 형상을 갖추게 된 것이다.

에테르 김 백인, 흑인, 동양 혼혈 등은요?

에테르 뭐?

에테르 김 아, 네. 그럴 수 있겠다 싶군요. 그들이 됐으면 같은 나였겠지만 그런 형

상을 갖추었을 수도. 그러기에 늙음이 바로 그들의 모든 형상을 드러내
주고 있는 건 아닌지.

에테르   깊고 심오한 듯 보이나 그냥 살아라.

에테르 김 네. 제가 알아서 살게요.

유일한 창조의
끝은

에테르 김 창조의 끝이 있을까요?

에테르   유일한 창조의 끝은 지루함일 게다. 그대들의 자본주의도 이제 지루함을 느끼고 있다.

에테르 김 삼매도 명상의 끝 아닌가요?

에테르   명상이 창조니? 오히려 회귀라고 볼 수 있지. 그대들이 창조성을 갖지 않아도 되었던 본질로의 회귀.

주인과
노예

에테르   주인과 노예는, 결코 그대들의 노예는 그대가 한 번도 마주한 적 없이
방송을 통해 접한 아프리카의 가난한 존재들이다. 그대들이 편하게 입
맛을 즐길 수 있도록 혹독한 노동을 해 주고 있다. 설탕과 커피와 다이
아몬드와 보석들이 그들의 혹독한 노동에서 왔노라. 노동은 가난이요,
배고픔과 굶주림이다. 그대들은 이들의 노고를 모른다 해야만이 이런
부를 여유롭게 즐길 수 있는 것이다.

그들은 노동의 대가로 기아를 선사받았다. 몇초마다 죽어 가지만 그럴
수록 여기의 그대들은 달콤한 슈거로 맛을 들인 차와 분위기 좋은 곳에
앉아서 우아하게 다이아몬드로 프러포즈를 즐길 수 있게 되는 것이다.
여기서 배부른 희로애락으로 깨달은 존재들이 많다. 그들은 참선 같은
배부른 방책은 통하지 않고도 죽어 가는 사람들은 대하며 죽음에도 진
정으로 무감각해지는 여유를 갖게 된다. 늘 봉사활동을 하며, 사적인 대
가는 받지도 바라지도 않는다.

에테르 김 설마요, 신이 알아줄 거라고 여기고 하겠죠.

에테르   아니다. 전혀 그렇지 않다는 것을 오히려 깨닫게 된다. 옆에서 하루에도
몇 명씩 죽어 나가는 곳인데 어떻게 나를 위해서 이들이 죽어 나가도록
신이 장난을 치겠는가. 이들은 신 따위에는 전혀 신경 쓰지 않고 오직 참
자아의 양심으로 성스러움을 깨닫고 행하고 있을 뿐이다.

'정확하게'라는 것
자체가 모순이다

에테르 '정확하게'라는 것 자체가 모순이다.

에테르 김 왜요?

에테르 의식은, 그대들의 의식은 이미 초월적이다. 의식은 상황을 만들고 이름을 붙이고 그래서 변하지 않게 정의된 지식을 못견뎌한다. 컴퓨터가 이런 지식들을 대신해 주게 한 것이다. 예전에는 책이었지만 의식은 머물 수 없다. 그러므로 머무를 수 없다. 그것은 물질화된 상황을 버거워한다는 것이다. 〈런닝맨〉의 실제 주인공은 자폐아이면서 스펜서로서 무슨 책이든 읽으면 한 번에 다 외워 버린다.

이런 의식은 컴퓨터를 켜고 자판을 두드려 검색으로 알아내는 정보를 거치지 않고 바로 알 수 있어 더 빠르다. 그러나 이런 암기력은 다른 일은 할 수 없다. 그러므로 스스로 창조해 내는 능력, 즉 머물지 않는 능력인 창조 의식을 갖출 수 없다. 그대들은 지식 정보를 늘 쉼 없이 드러내 기록하고 보관하는 데 의미를 상당 부분 허비한다.

에테르 김 허비요?

에테르 들어 봐. 한 번 겪은 일들을 소중하게 여기고 다시는 못 올 거라 기록해 두며 되새기려 한다. 수많은 상황들 중에서 굵직한 일들은 어김없이 의식들의 관심을 받는다. 여기에 대해서 토론 등등을 해 대면서 일을 부풀리고 재가동하면서 그 일이 좀처럼 떠나 버리기를 원치 않고 머물기를 바란다.

견딜 수 없는 머무름은 다른 상황을 연출해 낼 줄 안다. 높은 차원의 의식이라면 이런 일을 갖지 않으므로 늘 비슷한 파장의 일의 체험만을 나타낸다. 이런 반복적인 의식은 결국은 스스로를 원시의식으로 살다 가게 만들고 더 높은 의식차원에게 사후를 맡겨 버린다.

높은
곳으로

에테르 김 높은 곳으로 가고 싶군요. 누구나 그런 열망은 있죠? 처지에 따라 무산
되지만.

에테르 우주?

에테르 김 네.

에테르 우주는 높은 곳이 아니다. 낮은 곳이지. 가장 평평한 곳. 땅이 가장 높
은 곳이지.
그대들은 의식의 뜻에 의해 높은 곳에 임해졌다. 기뻐하렴. 감사하렴.

개나 소나
종교인이 되는 세상

에테르 김 개나 소나 종교인이 되는 세상.

에테르 종교인은 어떠한 경우에도 폭력을 행사해서는 안 된다. 어떠한 경우에도 편애를 가져서는 안 된다. 자이나교를 보라.

에테르 김 그래야 종교인이라고요? 우리나라가 전쟁 중에요, 이때 종교인은 어떻게 해야 되죠? 비폭력이라 총을 들지 마라? 우리나라를 잃기 직전인데도? 우리 국민이 죽어가는데도 이때도 종교인은 비폭력?

에테르 응.

에테르 김 음.

에테르 화나냐? 머리에 김 난다. 성질머리하고는. 종교인이 너무 많다. 이들 중 대부분이 종교를 행하는 사람이지 종교인은 아니다. 이들 종교인이라 칭해진 자들 대부분은 종교의 활동가들이지 종교자의 활동을 하는 사람들은 아니다. 이들에게는 성스러움이 없다. 직업 의식은 대부분 투철하다. 내 종교의 교리가 더 위대하다고 여기는 자들은 무조건 종교인이 아니다. 종교를 위한 교리를 갖추고 있기 때문에 종교 사업가일 뿐이다. 이윤은 확연하나 성찰은 일반인과 별반 다르지 않다.

에테르 김 그럼 진정한 종교인은요? 국가도 갖지 말아야 하겠군요.

에테르 그래, 바로 그거다. 애국하는 자는 종교인이 아니다. 다른 나라 사람보다 우리나라 사람을 더 사랑하고 우선해야 하는 편애는 종교인의 덕목이 결코 아니다. 그 어떠한 것도 편견 없이 대할 수 있어야만이 편견 없이 대해질 수 있기에 신의 경지에 이른 의식을 갖춘 이들이 바로 종교인이다. 고로 종교인은 많아도 종교자는 드문 것이다. 세상에서 가장 힘든 삶이 바로 종교의 삶이다. 어떠한 이득도 취하지 않아야 되므로. 진정한 종교인은 그리되기 때문이다. 이것이 인간 의식으로는 시작이자 끝인 희생이다.

에테르 김 쉽지 않군요. 듣고 있으면 너무 어려워져서 섬뜩해져요. 테레사 수녀?

에테르 응, 테레사 수녀는 종교자이었다.

에테르 김 무슨 말씀이신지.

에테르 종교인은 안중근을 성직자로도, 테러리스트로도 보지 않는다. 왜냐면 이들의 의식은 구분짓는 폭력을 행하지 않기 때문이다. 그저 무조건 비폭력을 행할 뿐이다. 일반인들이 종교를 갖는 것은 인과법칙으로는 부당하다. 왜냐면, 일반인들은 종교인이 아니기 때문이다. 절, 교회, 성당 등은 종교인들의 거처이며 자기들의 상징으로서 이중에서 어떤 곳이든 지혜의 안식처를 얻고자 할 때는 일반인들은 그때그때 그 어느 종교 시설이든 그곳에 들르면 그곳의 신자가 되어야 한다.

에테르 김 대한민국은 왜 이리 종교가 많아요? 그만큼 자유로운 국가 아닐까요?

에테르 줏대가 없어서지.

에테르 김 캑, 기분 되게 나빠지려고 하네.

에테르 그대는 평상시에 별로 애국자도 아니더구만, 이럴 때는 꼭 애국하는 것처럼 하더라. B형 티 내냐?

우주의 법칙 중에
다시는 안 태어날 방법은 없다

에테르 우주의 법칙 중에 다시는 안 태어날 방법은 없다. 우주의 구성원 사이에서 이탈할 수는 없기 때문이다. 늘 윤회하면서 어떠한 형체로든 드러낼 수밖에 없다. 그래도 어떤 생일지는 선택할 수 있다. 한 번에 여러 가지를 행할 수 있기 때문이다. 그렇다고 해서 이것이 저것이 되는 것은 아니다. 그냥 그러려니 하는 느낌으로 위안받을 뿐이다. 이것을 지루하지 않게 하는 성스러운 것으로 바로 착각이라고 하는 것이다. 착각은 새로움이라 여겨지기 때문이다. 의식은 바로 착각이다.

그래
신이다

에테르　별 시답잖은 것도 궁금한가 보구나.

에테르 김　흠.

에테르　본인의 일거수일투족을 놓친 적 없이 관하는 존재는 무엇인가?

에테르 김　신?

에테르　그래, 신이다. 단, 그대들이 생각하는 그런 개념으로의 신은 결코 아니다.

에테르 김　의식.

에테르　그래, 바로 의식이다. 하루에도 일만 번이 넘는 생각으로 변모하는 의식을 다 아는 이가 누구겠는가. 그대 자체인 의식이다. 인간은 외따로 의식이다. 지배권을 갖는 의식이 외따로 의식이다. 이 의식은 동화적이다. 창의적이어야 하고 진보적이어야 하며, 그러므로 만족을 갖지 않는다. 늘 저항하며 만물의 영장이라 스스로 칭해 놓는다. 자연과 하나라고 외치며 자연을 따르려 들지 않고, 창의력으로 지배하려 든다. 주인을 오히려 다스리려는.

이런데 어떻게 타임머신이 없다고
할 수 있겠어요?

에테르 김 빛의 속도로 우주를 10년 여행하다 지구에 오면, 지구는 천년이 흐른다
는군요. 이런데 어떻게 타임머신이 없다고 할 수 있겠어요?

에테르 그것은 시간으로 착각하게 할 수 있는 중력 때문이다.

에테르 김 중력? 이해가 안 되는데요?

에테르 빛의 속도를 낼 수 있는 우주선이 있다면 그 우주선은 빛의 속도에 드는
순간 그대들은 의식으로 느끼기에는 움직이지 않고 정지해 있는 걸로 보
이게 된다.

에테르 김 네? 에이, 아닌 거 같은데요? 순식간에 사라질 거 같은데요?

에테르 그렇지 않다. 왜냐면 그대들 인식된 의식으로는 빛의 속도를 감지할 수
없다. 그러므로 그 자리에 있는 듯이 보인다. 우주선 안에 있는 사람들
은 밖에 있는 사물들이 보이지 않게 된다. 왜이겠는가. 외부는 그야말로
빛의 속도를 내고 있는 것이 된다. 그것들은 변하기 때문이다. 빛의 속도
로는 변하고 있는 것들을 감지할 수 없게 된다. 우주선이 광속일 때 우
주선 외부는 광속을 인정하는 광속이 된다. 그러므로 우주선과 우주선
외부 중 어느 곳이 진정 광속일까?

에테르 김 음, 그럴듯하기도 해요. 빛의 속도를 우주선이 아직 내 본 적이 없으니
알 수는 없지만.

에테르 그 자리인 이 현상은 가도 가도 그 자리인 수축성 때문이다. 굳이 말하
자면 그렇다는 거지. 수축 웜홀이라고 하는 것도 늘 우주 곳곳, 아니 우
주 자체이다. 그러나 물질인 그대들은 이를 인식하기에는 의식 또한 물
질에 갇혀 너무 무겁기 때문에 알 수 없는 것이다. 속도는 중력을 벗어나
려는 성질을 띠고 있다. 그렇다고 속도 자체도 중력이라 벗어날 수는 없
고, 중력을 저하시켜 그대로 중력을 다 받는 일반인들보다는 우주선을
탄 이들은 시간이 더 더딘 듯이 보이겠지. 그래서 우주선 안의 모든 것

들과 더불어 시계도 중력을 거슬러 저항하니 10년만 지나게 되고 모든 것은 중력이다. 이 중력을 어떻게 대하느냐의 차이일 뿐이다. 중력을 다스리는 것은 신선놀음이다.

악마의
달콤한 속삭임

에테르 김 악마의 달콤한 속삭임. 그 때문에 현혹된 사람들이 죄를 짓게 되겠죠?
악마만 없어도 인간은 참착할 텐데.

에테르 나를 떠보냐?

에테르 김 네? 제가 뭘……?

에테르 악마 탓으로 돌리는 인간들 때문에 악마는 죄를 짓는 존재로 오해를 받
아 왔다. 아니 내 대신에 죄 자체가 되어 있어야 했겠지. 그만큼 그대들
의 의식은 일정한 패턴을 갖기가 어렵다. 이 전지전능한 생각 에너지를
감당하기가 겁나서일 거다. 몸은 무겁고 의식은 가벼우니, 결국은 생각
만 앞설 뿐 몸대로 행할 수밖에. 그러다 보니 온갖 상상들이 판을 치고.

약육
강식

에테르 김 인간 사회를 보세요. 인간도 짐승처럼 강한 자만이 살아남아요.

에테르 핏!

에테르 김 왜 웃어요?

에테르 사슴 같은 초식 동물들은 다 죽고, 육식 동물만 살아남았냐? 오히려 그 반대일 수 있지. 잡혀 먹히는 초식 동물이 더 많이 살아남았어. 그대들도 마찬가지 아냐? 상위 1% 권력 집단보다 중하위 계층이 더 많고 더 자유롭게 싸돌아다니잖아. 초식 동물은 먹을 게 풀이라 지천인데, 육식 동물은 힘들여야 먹고살 수 있지 않냐. 서민들은 지켜야 할 재산이 그리 많지 않아 무슨 일을 하든 마음은 의외로 가볍지. 그러나 부자들은 서민들과 어울리기 불편해하고 심지어는 겁도 내지. 왜일까?

에테르 김 흠, 그런가?

에테르 그러고 보면 어떤 게 더 강한 생존인지 알 만해지지 않니? 많이 소유했다고 여겨질수록 스스로 갖추게 되는 제약은 무겁고 버거울 수밖에. 약한 동물은 잡아먹으려고 하고 강한 동물은 남을 해하려 들지 않는다. 그대들도 강한 자는 남을 해하려 들지 않고 동등하게 대하려 하지만 약한 자는 무늬만 강하게 두기 때문에 남을 짓밟고 성공하려 하지. 그들은 비겁하기 때문이다. 스스로 두려움에 떨기 때문이지.

우주,
무한대

에테르 김 우주에는 도대체 얼마나 많은 은하와 별들과 행성과 생명…….

에테르 …… 체들이 있을까요?

에테르 김 히, 네.

에테르 무한대.

에테르 김 정확하지 않으니 무한대라고 하는 게 정답이겠군요?

에테르 아니, 그런 뜻이 아니다.

에테르 김 그럼요?

에테르 허블 망원경이 찍어 보낸 은하들은 존재하는 것이 아니라, 홀로그램이다.

에테르 김 나름대로 잘 나가시다가 왜 그래요?

에테르 홀로그램을 찍은 거야.

에테르 김 보이는 은하가 착각이라고요?

에테르 응.

에테르 김 다른 은하는 없어요? 그럼 외계인은? 웜홀, 시간, 스타게이트, 다 헛것들?

에테르 웜홀, 아니지, 다들 존재하지만 그 먼 곳에 있는 것이 아니라는 거야. 겹쳐 있듯이, 무한대로 겹쳐 있듯이 겹친 게 아닌 상태로 존재하지.

에테르 김 이해가 안 가요.

에테르 생명체는 그대들의 의식으로 인정하고 있을 뿐이다. 그대가 그대를 비추지만 모든 생각이 그것이 그것일 뿐인데도 무한대의 것들이 의식화되지. 그러나 정작 진실은 그게 그것일 뿐이라는 것이다. 하나의 의식이지만 무한대로 변형을 갖출 수 있으나 그 변형은 변형이 아니지.

에테르 김 그게 그것인데 다르게 느낀다는 거죠? 내가 스스로를 비추고 있으나 다르게 여길 수 있다는 의미인가요?

에테르 그런 맥락이야. 생명체 아닌 것이 없다. 그대들 의식과 맞아 떨어져야만

이 생명인 것은 아니다. 돌과 인간이 서로 다를 거라 생각하지? 돌은 무생물이고 돌을 사용할 수 있는 의식들은 생명이고. 허나, 그런 생각 자체도 그대들의 의식이 저지른 착각의 만행일 뿐이다.

에테르 김 흠, 인정할 수 없어요. 생명체라면 자라고 죽어야 하는데 돌멩이는 그저 그러고 있을 뿐이니.

에테르 그대들이 죽어서 돌이 되지 않는다고 생각해?

에테르 김 어떻게 돌이 되겠어요?

에테르 흙은 되고?

에테르 김 네. 근데 가만, 돌이 되기도 하나?

안 죽고 불사신으로
살았으면 좋겠어요

에테르 김 안 죽고 불사신으로 살았으면 좋겠어요.

에테르 안 죽어. 지금껏 그러고 있어.

에테르 김 그런 뜻이 아니고요.

에테르 알아. 만약에 죽지 않고 살게 된다면 기억된 사람들과의 추억도 죽지 않고 슬프게 괴롭힐 것이다. 모두들 떠났지만 이 모든 사람들 속에서도 이 방인처럼 버려진 듯 있겠지. 또 다른 수많은 사람들과 인연을 맺겠지만, 결국 이들도 세월을 따라 흘러가 버릴 것이고, 이러니 오래 산다는 것은 무엇을 위하는 것도 아니 되고 산다는 것이 얼마나 무모한 짓인지로 잔뜩 깨닫고 있겠지. 그래서 동시대를 살다 나누며 죽는 희로애락은 가장 값진 일인 절대적인 계획인 것이라 생각되지 않니, 이 한심한 인간 의식아?

에테르 김 하악~ 그럴듯하고 멋진 말이긴 한데요. 불사신이 되어 보지 못했으니 정말 그러한지 알 도리가 없죠?

에테르 하여튼 치료약도 없이 욕심만 가득한 멍청한 의식들. 내가 졌다.

에테르 김 아, 맞다.

에테르 뭐가?

에테르 김 다 같이 불사신이 되면 슬플 일도 없잖아요?

에테르 그리되면 그대들이 버리게 되는 것들이 수두룩할 거야.

에테르 김 뭐가요?

에테르 생각해 봐라. 종교도 버려야 되고, 군이 돈 벌 필요도 없으니 수많은 직업이 사라지게 돼. 군이 많은 생각을 할 필요 없으니 의식도 돌처럼 굳어질 것이고 사는 재미를 포기해야지.

에테르 김 흠, 정말 그리될까요?

에테르 당장은 좋을지 모르나 시간이 지날수록 지루함은 어쩌누. 죽지도 않는데 놀고 먹고 자고 무뎌지는 나른한 일상 때문에 살기 위해 먹는 건지 먹기 위해 사는 건지.

에테르 김 먹기 위해 살죠, 히.

에테르 말장난하냐?

에테르 김 생각해 보세요. 세상의 맛있는 음식 다 먹어 보고, 걸어서 지구 곳곳을 시간 제약도 안 받고 여행 다니고.

에테르 요리는 누가 하고?

에테르 김 요리사가 하겠죠.

에테르 그 요리사는 도보 여행 안 떠나고? 그대를 위해 요리를 하고? '저기요, 음식 안 파나요?' 했다가는 이 시대에 바삐 사는 별 미친놈 다 본다는 하품 말만 들을걸.

그대는 잠들었다는 걸
어떻게 알지?

에테르   그대는 잠들었다는 걸 어떻게 알지?

에테르 김 잠들었으니까 알죠.

에테르   잠들면 세상 물정도 모르겠지?

에테르 김 당연하죠. 기억 없으니 모르죠.

에테르   기억이 없다면서 잠든 것은 기억이 난다?

에테르 김 당연하죠.

에테르   잠은 기억 없는 상태인데 기억 없는 잠은 기억난다 이거지?

에테르 김 가만있어 봐요. 그러니깐…… 그것이…… 지금껏…… 분…… 명히……
          잤는데…….

에테르   기억나?

에테르 김 남들이 알죠. 남들은 분명히 자는 걸 봤을 테니까요. 나도 남들이 자는
          것을 분명히 너무도 많이 봤거든요.

에테르   결국은 남들이 잤다는 것을 얘기해 주는 것에 의해서 기억으로 인정된
          거로군.

에테르 김 그렇죠.

에테르   그렇다면 그대는 그대가 잠든 게 기억나는 것은 아니군.

에테르 김 음……. 꿈을 꿨으니 분명히 잔 거죠. 꿈이 그 증거겠군요?

에테르   본인 말고는 아무도 모르는 꿈? 그게 증거가 된다고?

『금강경』

에테르 김 『금강경』은 가히 최고라는 극찬을 받을 만한 경전입니다.

에테르 석가모니의 미소를 보니 어떻던?

에테르 김 오묘하죠. 최고의 경지에 든 깨달음의 미소죠. 『금강경』을 고스란히 담고 있는 아뇩다라삼먁삼보리의 최상승의 자태라고 봐요.

에테르 오호라, 그러니? 허나 실상은 석가모니의 미소는 비웃음이다. 그대 말처럼 아뇩다라삼먁삼보리에 든 미소가.

에테르 김 뭐라고요? 말도 안 돼요! 큰일날 소리. 내가 지구 위를 걸은 인간 중에서 가장 경외시하고 존경하는 분인데.

에테르 누가 그러지 말라디? 전혀, 다만 그대들에게 전하는 『금강경』의 설법은 착각을 품은 꿈이라 이슬 같고, 번개 같고, 허깨비 같은 건데 그대들은 후오백세가 지나도 이런 설법의 취지를 알지 못해 연기인 공을 거스르고, 나를 신격화할 것이라는 뜻이다.

에테르 김 헤~ 그냥 웃고 넘어갈게요.

에테르 내 이리도 설법을 전하고 전했거늘. 그대들은 '부처는 부처가 아니다. 그러므로 부처라고 하는 것이다', 이를 거스르고, '부처는 부처가 아니다. 그래도 부처다'로 생각하며, 최고의 경지랄 것도 없다는 가르침이었거늘 그 미소는, 그대들의 허세에는 상상의 나래를 펼치게 될 거라는 붓다의 예언이 깃들었다.

이 오묘함은 『금강경』을 함축한 의미를 담고 있는 전함이다.

'부처 = 공부를 하는 상태의 아직 무지한 그대들이 알기에는 최상승이 있다고 여기며 전진하는 상태'이고, '부처가 아니다 = 깨우치게 되면 그때서야 최상승이랄 것도 없는 착각임을 알게 된다'이며, 그러므로 부처는 부처가 아님을 이제는 깨우쳤으므로, '부처라고 하는 것이다 = 부처라는 것은 이해시키기 위한 임시방편으로 갖는 상 지음이라고 할 것이다'라는 함축임을.

자세히 들여다보면 처음부터 끝까지 『반야심경』과 똑같은 뜻을 전하고 있었거늘, 말이라는 한계에 부딪히고, 그대들의 이해 부족이라는 한계와 결부되면서 붓다는 입가에 모음으로써 후오백세까지 내 이럴 줄 알았다는 비웃음으로 대신하고 있는 것이지. 대부분의 의식들이 그러하니 한 종교는 이어질 수 있는 것이긴 해. 이 얼마나 재미있니. 부처를 만나면 부처를 죽이고, 조사를 만나면 조사를 죽이라는 이들의 뜻이. 그대들 의식 앞에서는 별다른 가치를 못 느끼고 오히려 더 승승해진 우상화만이 깃들고 말았다.

후오백세가 지나도록 그대들은 이 전함이 알 듯 모를 듯 오묘하여 늘 지금이거늘, 지금 이러한데 그땐들 지금일 테니 이러하지 않겠느냐는 서글픔의 모음이었을 게야. 혼자만 깨닫고 있었으니 그 속은 오죽했을까. 깨달은 비웃음만 오묘해 그윽하다.

있다는 상 지음은 가장 확연한 에너지로서 최상승의 착각이다. '천국이 있다', '지옥이 있다'는 믿음은 대단히 굳건한 관계를 형성하게 한다. 이런 믿음은 열정을 불러일으키고 쭉 함께하게 되는 결정체의 에너지다. 살아가는 이유를 갖게 되기 마련이다. 그리고 참으로 두려워지고, 그럴수록 더 열정적이어야 위로받게 된다. 그러므로 이런들 저런들 포에버.

에테르 김 흠, 일단은 안 들은 걸로 할게요.

지식은
누구나 쉽게 가질 수 있는 거야~

에테르 지식은 누구나 쉽게 가질 수 있는 거야~ 그러므로 대단하게 여기지 마라. 그냥 이왕 갖춘 것이니 소중하게 여겨. 그러나 실력은 누구나 쉽게 가질 수 있는 게 아냐. 정말로 세월이 필요하지. 시간과 세월과 내 재미가 박여 인이 박인 산 지혜지.

에테르 김 달인.

에테르 달인들을 보렴. 그들은 묵묵하다. 그러나 지식인들로 알려진 분리된 이들을 보라. 불필요한 지식들을 과하게 갖다 보니 티는 내야겠고, 살아가는 데는 별반 필요를 못 느끼고. 그래서 자극적인 말발로 자신을 높이려 논쟁거리를 끝없이 만들어 낸다. 대부분이 이들의 말장난으로 가득 채워지는 방송은 되도록이면 기피하는 것이 정신 건강에 좋단다. 자, 따라 해 봐. 필요한 지식은 묵묵하고, 불필요한 지식은 떠벌린다.

에테르 김 뭘 따라 하기까지 해요.

에테르 이런 싸구려 지식들은 남에게 보이기 위해 습득된 것이므로 꼭 보이기 위해 논쟁을 일으키게 된다. 머리에 둔 지식은 신처럼 거짓인지 참인지 확인된 게 없기에 그대들은 그런 것을 추종하려 한다. 보이는 확실한 지식은 둔해져서 시답잖게 여기고 지나 버리기도 한다. 이 시대 대부분의 지식인들이 존경에서 자연스럽게 밀려난 이유가 잘난 체해서이다.

에테르 김 저는 지식을 많이 안 갖춰요.

에테르 알아.

에테르 김 …… 뭐 더 없어요?

에테르 뭘?

에테르 김 그게 다예요?

에테르 어떤 거?

에테르 김 이러면 내가 뭐가 돼요? 멋진 멘트로 위로해 준다든가…….

에테르　참 좋은 지식은 서서히 필요를 갖게 된다. 언젠가 한 번은 필요하겠지 해서 일반 상식을 달달 외운다든가 하는 짓거리는 안 하길 잘했다. 그러니까 어서 기술을 배우렴.

에테르 김　그냥 이리 살다 마칠래요.

에테르　그래, 참 좋은 지혜다.

사후 세계는
없다는 거로군요

에테르 김 우리들이 추종하는 수많은 신과 현상들이 없는 것을 추종하거나 꿈꾸는 것은 아닐 거라고 봐요.

에테르 없는 것을 생각해 낼 수는 없다는 내 말 뜻을 알고 싶은 게로군. 그대들이 추종하는 신과 사후의 세계들은 있다는 확실한 증거를 갖고서 믿고 있는 것이 아니다. 그렇기에 그대들의 의식은 더 들뜰 수밖에 없다. 있다고 믿는 에너지는 활력소이기에 가만있지를 못하고 진저리를 치게 된다. 그러나 그런 영적 존재들은 어쩔 수 없는 그대들의 의식일 수밖에 없다.

에테르 김 사후 세계는 없다는 거로군요.

에테르 왜 없겠는가?

에테르 김 있다고요?

에테르 더 들어 봐. 그대들 의식은 극락 세계든 천국이든 선한 행위를 위해 못하거나 안 하거나 할 수 없었음에 어렵게 버텨 낸 자신에 대한 보답으로 필요해서 스스로 추종하고 있는 희망의 믿음이다.

에테르 김 죽으면 어떻게 될까요? 진짜 궁금해요.

에테르 의식과 육은 다르다.

에테르 김 의식은 한없이 가벼운 거 같아요. 늘 위에서만 생각하는 거 같거든요. 의식은 위에서 노니는 거 같아요.

에테르 모든 육에 의식은 있는데 그 의식은 가벼워서 늘 공중에 있는 듯이 느껴질 거야. 의식의 모음이 생각으로 드러나서 공중에 뜨듯이 여겨지거든. 육과 구별 두는 것을 죽음이라 부른다. 육이 더 이상 의식을 받아들일 수 없이 망가질 때 육과 의식은 분리되는데 의식이 육을 벗어나면 의식과 같은 성질의 곳에서 부를 것이야.

에테르 김 부른다고요? 저승요?

에테르 응. 근데 그게 천국이니 하는 그대들의 개념과는 조금 거리가 있다. 의식은 누군가 부르는 것을 알게 되고 그 존재가 조상이거나 신처럼 여겨질 수도 있다. 그러한 착각은 육에 있을 때 에고로서 갖춘 착각이 잠시 이어지고 있을 뿐이다. 그래도 그 존재는 알려 준다. 다시 돌아가라고 한다든지 그냥 오라고 한다든지. 의식은 다시 무거운 육으로 돌아가려 하지 않을 것이다. 이토록 가볍고 자유로운데 다시 감옥 같은 체험을 하려 들까? 그런데도 육이 아직은 온전하다면 의식을 원하게 될 것이다. 이때 그곳의 존재는 신이라든가 조상이라든가 하는 존재로 각인되어서 무섭고 냉정하게 돌아가라고 할 것이다.

그대들은
실로 엄청난 존재들이다

에테르 김 성공한 사람들의 성격이 궁금해요. 어찌 보면 자존심도 없이 돈이라면 들이대는 게 아닌가 싶기도 하고. 그래도 남자가 자존심은 있어야 하는데.

에테르 스스로의 자존심에 갇혀 있으니 얼마나 좁고 답답하겠는가. 그 안은 펼칠 수 있는 한계만 있을 뿐이다. 무슨 일을 하려 해도 결국에는 자존심 때문에 망설이게 되고.

에테르 믿음은 대단한 것이다. 믿음 안에 거하기 때문이다. 운명이 아니라는 것은, 우주의 흐름 중에서 인과법칙은 우주 법칙 안에 개설된 사회 구조로서 필연이며, 운명이면서 타고났지만 성공하고 실패하고는 정해졌다고 할 수 없다.

에테르 김 전생은 있어요?

에테르 전생은 우주 법칙의 가장 기본으로 갖춰진 설정이다. 연기는 윤회를 뜻한다.

에테르 김 이것을 잘 아는 자들은 자기들끼리 공유하려 들겠죠?

에테르 그대들의 혀와 입술이 침묵을 지키는 건 고통이다. 그대들의 의식이 침묵을 지키는 건 불가능이다.

에테르 김 선도 악도 이제는 짜증이 나요. 선이 먼저겠죠? 선에서 악으로 향하는 건 사실이잖아요. 어른이 되면 악해지니.

에테르 선악을 굳이 구분지어야 한다면, 그대들은 선에서 악으로 향하는 방식을 갖고 있다.

에테르 김 이런 의식을 서로 공유해야 되는데 나는 자신이 없으니.

에테르 몸이 생각에 갇혀 있는가, 생각이 몸에 갇혀 있는가, 아니면 둘 다인가, 둘 다 아닌가? 조건이나 환경이라는 것은 공유를 본인이 잠깐 허락받고 체험하는 것이지 소유가 아니다.

에테르 김 닭이 먼저냐, 알이 먼저냐?

에테르 숫자가 먼저냐, 사람이 먼저냐?

에테르 김 사람이 숫자를 만들었잖아요?

에테르 숫자는 인간보다 먼저였지. 인간이 형상으로 드러내기 전부터 별의 숫자들은 있어 왔고, 그대들은 단지 알기 쉽게 형태로 나타냈을 뿐이다. 그대들은 실로 엄청난 존재들이다. 섬세함까지 스캔되어서 생각으로 드러나거나 생각해 내게 되는 전능한 의식을 발휘하고 있다. 컴퓨터는 도저히 따라올 수 없다. 그대들은 신비한 존재들인데 다른 것에 신비를 갖는 것은 달궈진 의식의 묘한 추구 때문이다. 이것을 진화라고 명했고.

우주의
법칙

에테르   우주의 법칙 자연현상 등등 그대들이 알아내서 결정된 현상들이 어디에 서 왔는가?

에테르 김   당연히 사실에서 왔죠.

에테르   그래, 근데 그 사실이 어디에서 왔느냐고.

에테르 김   외부에서 왔죠. 물체에 반사된 빛이 눈을 통해 뇌로 들어오고, 무슨 말 씀을 하고 싶으신 거예요?

에테르   아니지, 그 모든 결론들은 그대들 의식의 결정에서 온 것이다. 그 모든 것들을 결코 '진실이다', '거짓이다'로 정의될 성질의 것이 사실은 아니다.

에테르 김   왜요? 무슨 말씀이신지 도통 모르겠군요.

에테르   착각이라는 것이다. 모든 것들은 그대들 의식처럼 실재하지만 실재가 아 닌 신기루일 뿐이다.

에테르 김   무슨 말인지……?

에테르   필요라고 해서 필요에 의해서 필요로 구분되어서 펼쳐진 환상의 세계일 뿐이다. 그 어떠한 사상을 개입하더라도 결코 우주는 아니라고 하지 않 고, 언젠가는 그대의 누군가가 주장한 것이 사실로 드러나게 되는 마법 의 법칙으로 되어 있기 때문이다. 아니지, 그대들은 이미 있는 것만을 의식할 수 있고 그것을 구체화해 버리는 생각으로 더 선명히 구체적으 로 변형해 낼 수 있을 뿐이다. 의식은 있다고 여겨지는 착각이다. 그 넓 은 크기로 우주가 실재한다 해도 그대들 의식보다는 클 수 없다. 물론 작을 수도 없지.

에테르 김   그게 어떻다는 거죠?

에테르   편리할 수는 있겠지. 모든 의식들을 공통된 하나로 묶을 수 있는 가장 확실한 방법이니, 그러니 그대들은 사실은 개성 없는 의식일 뿐이다. 누 군가가 만든 제품을 공통으로 같은 법칙으로 사용할 뿐이다. 오감은 변화를 감지하고 스스로 느낌을 갖추자 서로를 구분 짓게 되고, 스스로 있는 행위는 사실 이것이다. 우주의 모든 삼라만상은 그대들 의식과 똑같다. 그러므로 관해서 알아차릴 수 있는 것이다. 다름이 있다면 결코 그대들의 의식으로는 알아차릴 수 없다. 빛에 반사되어 들어오는 것들은 그 물체가 들어오는 것이 아니다. 실재하나 실체가 없는 빛이 들어와 알 수 있는 것이다. 그렇다고 해도 들어온 빛은 그대로 사라지니 실제가 아닌 것이다. 의식은 본 것을 이미지화해서 드러내고자 할 뿐이다. 즉, 신기루를 가지고서 서로 있다고 여기자 한 것이다.

영적
사기꾼들이다

에테르 김 사람들이 찾는 종교란 도대체가 뭘까요? 시대를 초월해서 나라를 초월
해서 남녀노소를 초월해서 왜 이 에너지 종교는 사랑받는 것일까요?

에테르 그대가 사랑하는 그 사람은 그대에게 주어진 단 하나의 종교다. 믿고 따
르고 의지하며 성스럽게 여기렴.

에테르 김 동문서답?

에테르 지금의 종교인들은 다는 아니지만 거의 대부분이 영적 사기꾼들이다.

에테르 김 무지 세다. 영적 사기꾼이라는 근거가 뭔데요?

에테르 본 적 없는 존재를 따르고 모시라는 것과 가 본 적 없는 곳을 갈 수 있
다고 떠벌리는 것과 내 말이 진리라는 믿음, 전반적으로 신부나 스님보
다는 결혼해서 가정을 꾸린 종교인들은 더 가관이다.

에테르 김 목사요?

에테르 응.

에테르 김 목사만 그런 건 아니죠? 불교에도 그런 경우가 있고, 대부분의 종교인들
이 가정을 꾸리고 있죠. 목사가 싫어서 그래요?

에테르 하는 의식, 짓거리가 맘에 안 들어서 그래. 결혼 자금을 모으기 위해, 자
식을 낳으면 남의 자식보다 더 훌륭히 자라게 하기 위해, 내 자식의 학자
금과 결혼 자금 등등 돈이 생겨야 한다. 이러니 만인을 평등하게 대하는
종교의 교리를 과연 지키고 따르고 혹은 겨우 흉내라도 낼 수나 있겠는
가! 내 새끼가 다른 애들보다 더 잘되기를 바라는 편향된 부모의 마음으
로 교인들을 대할 수나 있을까? 다 어불성설이다. 종교인은 적어도 자기
것을 취하지는 말아야 한다. 모든 이들을 편견 없이 대하는 자세가 종교
인의 자세다. 이들은 세상에서 가장 힘든 직업을 행하는 존재들인데 어
떻게 편하게 살다가 생을 마감하려는 마음 자세로 신을 대하려는지 참
으로 뻔뻔하기 짝이 없다. 이건 영성에 기거하는 신성한 신에 대해 사기

를 치는 것이다. 신과 인간을 상대로 순전히 자신의 입장만으로 이간질 하는. 고로 이들은 영적 사기꾼이다.

에테르 김 흠, 영적 사기꾼이라니 이 말이 맘에 드는군요.

에테르 이들은 사기꾼이 아닐 수도 있다 그냥 당당하게 먹고 살기 위한 일반적 인 직업으로 보면. 그러면 종교인들이 못마땅해하겠지만.

에테르 김 그러면 배부른 목사 같은 종교인들은 그렇다 치더라도 신부나 수녀, 비 구니들은요? 그들은 사적인 재산을 최소한만, 그러니까 개인 재산을 가 질 수 없다더군요.

에테르 스님에 대해서 말하는 거지? 깨달음을 얻기 위해 동안거니 하면서 몇 년 을 수행하고. 아니지, 평생이 수행이겠지. 이들은 이러니 깨닫기 어렵다. 겨우 흉내나 내지. 이런 불필요한 이기적인 수행 단계 없이 견성을 행하 는 이들이 있다.

에테르 김 누구요?

에테르 테레사 수녀 같은 존재들이나 아프리카나 기아로 허덕이는 곳에서 아무 생각 없이 묵묵히 봉사를 행하는 존재들이 있다. 이들은 중들이 제아무 리 수행을 하더라도 배부른 나라를 등에 업고 배고플 때 내려가면 먹을 게 수두룩하다. 이들은 배부른 수행을 할 뿐이다. 이들 보고 종교인이 되기 위해 이런 곳에 가서 봉사 수행을 하라고 하면 과연 행동으로 동조 하는 이가 몇이나 될까?

다들 영적 지혜라고 꺼내 놓은 화려한 말발로 질문자를 주눅 들게 해서 넘기려 들 것이야. 왜냐면 배부르게 수행하고 싶으니까. 옆에서 병과 기 아로 죽어 가는 이들을 슬픔으로도 대하지 않고 그저 묵묵히 봉사하는 그들은 평생 도나 닦는 수행으로 이룬 지혜도 도저히 접근할 수 없는 경 지를 이미 이룬 존재를 말장난에 가까운 지혜라는 변명을 빼고는 그들 의 배부른 깨우침으로는 도저히 닿을 수도 이길 수 없다. 말발로는 이길 거다.

에테르 믿고 마음이 편해지고자 믿는 이들이라면 신자가 되어야 하지만, 이런 마음으로 종교인이 되고자 한다면 그 자의 믿음은 죽은 믿음이다.

에테르 김 왜요? 그렇다고 죽은 믿음이라니요? 그런 믿음으로 종교자가 되는 거 아닌가요?

에테르   그들은 신의 계시를 받은 대표적인 인물들을 따르고 추종하고자 함이
다. 예수나 석가모니, 마호메트 같은 존재들이 마음 편하게 살다 갔어?

에테르 김 석가모니는 그랬던 거 같은데요?

에테르   석가는 특정 신을 믿지 않았다.

에테르 김 부처를 믿은 게 아니라고요?

에테르   부처는 석가모니가 깨달음을 이룬 후 드러난 8억이나 되는 존재들이다.

에테르 김 깨닫지 않았다면 8억 부처님도?

에테르   그래, 존재할 수 없었겠지. 그러므로 8억 부처님들은 붓다에게 감사해야
할 게야.

에테르 김 아하~

에테르   종교는 감수성을 끌어내는 성격이 깊다. 고로 여성용에 가깝다.

에테르 김 종교는 여성용이라고요?

에테르   이런 것에는 남자보다 여자들이 더 깊이 재미를 갖는다. 남자들은 가끔
마음의 안정을 찾기를 바라고 찾게 되지만 여자들은 종교화되기를 즐
긴다.

에테르   보렴, 신은 시도 때도 없는 존재다. 이런 신을 계산된 그대들 의식으로
계획된 곳에 초대해서 만족된 점수를 확보한다면 그 채점은 누가 해야
되는 것이지? 그대들은 내 점수라며 내게 들이민다. 그렇다고 해서 내가
거부할까? 물론 아니지만 그대들이 그 점수를 보려는 의도를…… 내
가 진실로 진실로 목사들에게 해 주고 싶은 말은 '예수여, 너의 죄를 물
을지니……'이다. 예수는 실제 인물이 아니다.

에테르 김 오 마이 갓! 아무리 예수가 실제 인물이 아니라고 해도 그렇지, 기독교인
들이 보면 돌로 쳐 죽이려 들 겁니다.

에테르   그대들에 의해서 실제 인물로 태어나서 지금도 살아 있는 것이다. 그러
므로 그대들 의식은 창조하고 신임하고 신뢰하고서 만족하고 있다고 여
기는 신인 것이다.

에테르 김 어쨌든 실제로 인물화된 거잖아요.

에테르   그렇지, 그대들 또한 실재하는 것이 아니므로 예수를 실제 인물로 여긴

다고 잘못된 건 아니지. 우상화는 엘비스도 신격화시켰다. 종교가 다 그런 거야. 그대들 의식이 모여 형상화시키고 그 우상을 두고서 같은 뜻으로 활동하면 그게 실재가 되는 행위로 여겨지니.

에테르 김 흠, 일순간 실망이 밀려드는군요. 하긴 이런 대화를 믿는 것이 이런 실망을 야기한 거겠죠?

에테르 그대들 의식에는 부처도 여호와도 알라도 신선도 없을 수 없다. 그들은 의식했을 때 드러나는 존재 신이지만, 그래도 엄연히 존재하고 있다. 그들을 통해 감사하고 이루게 된다고 여기는 그 마음을 흉볼 수는 없지 않겠니? 그대 의식을 나무라는 행위는 더 초라하게 대할 뿐이다.

에테르 하긴 그대들의 조상인 본질 자체가 허구이니, 그대들은 진실보다는 거짓에 더 강한 에너지를 스스로 드러내고 환호하고 감동받는 이유가 왜이겠니.

에테르 김 난 정말로 할 말이 없다고요. 종교에 대해서는 전 빠질게요.

에테르 겁쟁이, 그러면서 물어 보긴. 그러나 지금 그대의 그 의식이 진실이다. 예수는 누가 최초로 만들어 낸 최고의 최상품으로서 지금까지도 제일 잘 팔리면서 모든 상품들 위에서 군림할 수 있는 것인지 그것이 알고 싶긴 하다. 예수의 이름으로 수많은 살인을 저지를 수는 있으나 부처의 이름으로 살인한 경우는 없지 않니?

에테르 김 아, 근디, 부처의 이름으로 죽이지 않았다는 증거가 있긴 해요? 그건 아무도 모른다고 봐요.

에테르 기독교는 거짓을 사실화시켜 가는 에너지이고, 불교는 사실을 거짓화시켜 가는 종교다. 둘의 확연한 차이점이라기보다는 그대들이 거의 대부분 의식하지 못하고 있는 교리일 게다.

에테르 김 이 말에 책임질 수 있어요?

에테르 뭐? 미쳤냐! 내가 왜 책임을 져? 그런 상은 짓기 싫거든요.

에테르 김 겁먹었군요.

에테르 웃기고 자빠져 계시네요. 아무튼 그대에게 주어진 스스로는 그대에게 주어진 단 하나의 종교다. 믿고 따르고 의지하며 성스럽게 여기렴.

외유내강
내유외강

에테르   외유내강 내유외강이란 무엇이겠니? 주변에 무슨 일이 생기거나, 크게는 나라에 극한의 일이 생겼을 때 죽음을 불사하고 올바른 일을 행하는 자들을 외유내강인 자라 부르고, 주변에 별일 없을 때나 나라에 평화가 깃들어 있을 때 용감한 척 나서서 나불거리고 튀는 놈들이 그 반대라고 할 것이다.

에테르 김 그런 사람들 너무 많더군요. 그렇다고 지금 이 나라의 매스컴에서 유명세를 타고 있는 사람들이 다 그렇다고 할 수는 없잖아요.

에테르   다는 물론 아니지만, 예를 들어서 전쟁을 도발하는 발언이나 행동을 일삼는 단체들을 보라. 그들은 막상 전쟁이 일어나면 한 새끼도 보이지 않을 것이다. 전쟁이 끝나면 또 나와서 큰소리치고 떠벌리고 다닐 것이다. 이런 의식도 습관화된 성격이라서 얄밉지만 물론 한 재미를 크게 주는 존재들이긴 하다.

이들은 주변이 평화로울 때라야만 튀는 행위를 일삼으며 자신의 주장과 용맹함을 과시한다. 정말로 강한 자들은 평화로울 때는 고요를 즐긴다. 참고하면 이들의 면모를 들여다보면서 내 주위나 유명한 매스컴을 즐길 수 있을 것이다. 막상 전쟁이 일어나면 나가서 싸우다 죽임을 당하는 이들이 누구이겠느냐!

가장 흔한 존재가
무엇이더냐?

에테르   그대들에게서 가장 흔한 존재가 무엇이더냐?

에테르 김   자동차? 사람을 말하는 건 아닐 테고, 교회? 십자가? 치킨집? 키~ 술? 아하, 술이군요? 공기, 시간, 물, 햇빛 이런 걸 물어본 것은 아닐 거 아녀요.

에테르   돈이잖니, 돈이 가장 흔한데 늘 보이지 않게 두지. 왜겠느냐?

에테르 김   돈이 보이면 눈이 돌아가서?

에테르   그래, 틀린 것은 아닌데 돈은 가장 흔하면서 가장 민감하기도 하지. 근데 홀로그램처럼 사실은 돈은 존재하는 게 아니거든. 돈은 물건의 값어치를 매기는 것에 불과한데 그냥 순전히 돈만 있으면 아무 의미가 없거든. 그래서 거래를 돈이라는 홀로그램으로 있다는 과정을 정해 놓은 거야. 그 형상을 만들어 놓고서 보여 주면서 있는 듯이 유혹하지. 그 유혹은 그대들이 움직이게 만들고 창조하게 만들거나 노동하게 만들지. 무슨 일을 하려면 그대들은 그대들이 약속해 놓은 거라서 있지도 않은 돈을 위해서 말 그대로 몸 바쳐 행동하게 된다. 의식 바쳐서 따라야 되지. 신을 찾고 어려우니 돈 벌게 해달라고 기도해야 하고. 신이 돈으로 저울질 한다는 게 얼마나 어리석어 보이니? 참 웃기지 않니?

에테르 김   안 웃긴데요? 돈이 왜 없어요?

에테르   그 흔하디흔한 돈을 못 벌어서 괴로워하는 그대들이 안쓰러워서 미친 소리 한 번 했다고 쳐라.

에테르 김   삐졌어요?

의식은 존재인가
존재가 아닌가?

에테르 의식은 존재인가 존재가 아닌가?

에테르 김 음……. 존재로서 존재가 아니죠?

에테르 왜? 왜 그리 생각하지?

에테르 김 내가 당신과 하나라고는 하지만 이렇게 대화를 하고 있고 이 상태를 의식하고 있잖아요. 분명히 저는 의식하고 있으니까요. 이것은 착각이라고 걸고 넘어지신다면 할 말이 적어지겠지만, 그런 상투적인 철학을 떠나서 보면 분명히 존재로 이해하고 싶은 마음입니다.

에테르 난 그대와 대화를 거듭할수록 더 모르겠다.

에테르 김 또 저런다니깐. 차라리 그거 착각이라고 시원하게 한방 먹이시지. 그럴 거라 여기고 있었구면.

에테르 있다고 여기는 대상은 에너지가 선명화된 상태로서 에너지를 활용하는 매개체다. 그렇다면 없다고 여기는 대상은 어떠한가? 이 또한 없다고 여겨야 하는 매개체가 된다. 착각은 착각이라고 이름 지어져야 하는 착각된 진리다. 상 지음은 그대들이 의식으로서는 하여지게 되는 당연한 방식이다. 연기하면 가장 이해하기 쉽게 접근되는 것이 바로 생각이다. 변화무쌍한 이 생각은 연기의 가장 보편적인 설명 방식이 될 것이다. 이 생각은 의식이 가진 완벽한 현실이다.

에테르 김 이 생각도 따지고 보면 오감을 통해 외부에서 들어온 거죠?

에테르 흔히들 그대들은 세상에 비치되어 일어나는 것들의 머무름 없음을 연기로 본다. 그렇지만 이런 것들은 의식으로 이해 못하면 아무것도 아닌 것이다. 의식의 판단이 사라지는 그 자리가 바로 본질이 되기 때문이다. 이 생각과 저 생각이 모여서 하나의 상을 짓고 이 상은 끝없이 잠시의 머무름도 갖지 않고 바로 변해 버린다. 이것이 연기를 설명하기에 가장 적합할 것이다.

에테르 김 …….

에테르 흔히들 그대들은 늙어 간다고 하나 결코 그럴 수 없다. 태어나서나 자라는 과정이 그 증거라며 같이 살아온 자들의 말과 사진 등으로 증거를 들이 대지만 아서라, 결코 그대는 찰나의 머무름도 안 되게 두드렸던 그때의 그대와는 전혀 다르며 모른다고 해야 할 것이다. 그때의 그대라고 할 수 있는 것은 그때의 그대라고 된 그 의식을 따로 두게 되기 때문이다. 그때 는 그때의 지금이고 지금은 지금의 지금이다. 그때는 그때의 지금도 아 니고 지금의 지금은 지금의 지금도 아니다.

에테르 김 ……?

에테르 한 살 때도 백 살 때도 없었으며 여전히 있지도 않았기에 그러했으므로 그러하며 있지도 않을 것이기에 있지도 않은, 앞으로도 그럴 것이다.

에테르 김 …….

에테르 늙은 대로 그대는 지금이어서 지금만을 체험하게 된다. 이 지금은 회상 놀이를 갖지 않는다. 그러나 그 늙음은 지나온 것들이 있었기에 나에게 준 것이 결코 아니다. 그대는 지나온 적이 없었기 때문이다. 한 살부터 지금까지 온갖 것들을 겪으며 자라 왔다고 회상하나, 그대여! 아니다. 전 혀 그렇지 않다. 그 일이 있었다면 그것은 그대가 우주를 속이려고 하는 짓거리이거나 그대를 외따로 두려는 우주의 장난일 것이나, 그런 건 없 기에 그대는 태어나서 지금까지 나이 들어온 적이 전혀 없었느니라.

에테르 김 오호~ 왜 이런 어려운 말을 하세요? 전혀 이해할 수가 없잖아요. 이해하 기 쉽게 설명 좀 해 줘요.

에테르 의식은 늙어 갈 수 없는 것이다. 의식은 올 수도 갈 수도 없는 것이다. 고로 의식은 과정도 없는 것이다.

에테르 김 과정도 없다고요?

에테르 그대의 형상이 눈으로 잠시 받아들이고 있는 찰나의 희열일 뿐이다. 그 대가 10살 때의 나는 나이 들어서 지금 중년이 되었다고 하지만 그대는 늘 중년이었다. 그 모든(?) 건 그러나 찰나로 체험할 뿐이다.

에테르 김 과정이 없다……. 그러니깐 그게 이해가 안 된다니까요. 늘 중년이었다 니요?

에테르 쉽게 말해서 중년 때 이를 알아차렸으니 늘 중년이라는 것이다. 그대가 의식하는 것과, 그대를 의식해 주는 것과, 그대 의식의 범주의 것과, 그대 의식을 넘어선 것의 질서가 오직 지금 하나의 의식으로서 그대로 의식돼 있는 것이다. 오직 그대들이 옳다고 우기다가 여겨 버리고 인정되어 버린 착각의 판단만이 늙고 병들고 죽는 것이다.

간음은
성스러운 부활이다

에테르 김 간음하기는 쉬워도 간음 안 하기는 불가능할 거 같아요. 우리 자체가 섹스덩어리라서 그렇겠죠?

에테르 간음은 성스러운 부활이다.

에테르 김 아하, 흐~ 그렇겠죠. 근데 왜요?

에테르 비웃으럼. 간음하지 않은 의식의 상태는 그 간음에 대해서는 순수하다고 할 수 있겠으나, 그로 인해 드러난 에너지는 존재를 확인하는 행위다. 어떤 남의 여자를 보고 한순간에 뿅 가서 밤마다 그녀와의 격한 사랑을 꿈꾸는 건 있음으로의 부활을 확인하는 성스러운 순리를 밟는 절차다. 있지도 않았던 어떤 에너지로의 부활을 갖는 것이다. 간음도 없었던 때는 기쁨을, 고통을 알지도 못하고 있는 순수다. 순수는 열정이 없으므로 재미가 배제되어 있다.

그래, 그대들은 성행위로 존재되어 태어난 존재기에 기억이 선명해질수록 늘 섹스를 생각할 수밖에…… 그렇지 않은 척 내숭 떨 뿐이지, 잠깐 스친 멋진 선남선녀를 대하면 본능으로 그와의 밀애를 잠깐이라도 상상하잖니. 내숭은 참으로 대단한 방어야. 내숭 없었으면 더 진보된 의식일 수 있었겠지만, 그대들의 지금의 의식으로 접해서 생각해 보면 밋밋하겠지.

모든 것은
허락되었을 수밖에

에테르　모든 것은 허락되었을 수밖에. 죽인 자도 허락된 행위를 했을 뿐이고, 죽임을 당한 자도 허락된 타살을 행했을 뿐이다.

에테르 김　크~ 비통하네. 그 허락은 누가 준 건데요?

에테르　준 적 없어.

에테르 김　그런데 어떻게 허락해 준 거라고 할 수 있어요?

에테르　이해하기 쉽게 하기 위해서 허락되었다고 한 건데 맘에 안 들어? 세상에 허락되지 않음이 어디 있겠는가! 비록 그대들의 일부 행위가 인성 교육과 법에 엄격히 제재당한다 할지라도, 그 일들은 존재하므로 허락된 행위서 일어나게 되는 것을. 그대들의 생각을 스스로 다스린다 해도, 그 잔혹한 생각이 빠져 나오지 않을 방도는 없거늘, 그대들은 늘 생각들을 무자비하게 뿌리고 다니는데 어떻게 허락되지 않게 할 방법이 있을까?

에테르 김　조금 생각해 보면……. 허락된 행위라는 말이 진짜 맘에 안 들어요. 선택하는 행위라고 하는 게 어떨까요?

에테르　허락되지 않은 것을 선택할 수 있겠어? 선택도 허락된 범위 내에서지. 이로울 수 있는지 그렇지 않은지는 추후의 일이지.

늘지도 줄지도 않는
존재

에테르 김 결코 늘지도 줄지도 않는 존재가 있다고 하더군요. 늘 청정하여 늘 그대로라더군요 그것을 '참나'라고 주장하는 이들이 있던데요?

에테르 사실 모든 것이 본질이며 본질은 머무름 없다는 것 또한 착각이다. 그러므로 연기 또한 최상승의 착각인 것이다. 그대들 우주 만물은 본질에서 본질로이며 이를 거스를 방도는 없다. 그런데 본질은 무엇이냐 이것이 궁금한 게지?

에테르 김 아, 네.

에테르 그러나 이 본질 또한 있다고 여겨지는 착각이다. 그렇다면 본질은? 있다는, 있을 것이라는, 있어야 한다는 착각인 것이다. 이것을 의식하는 것 또한 착각이 되는 것이다.

에테르 김 아고~ 복잡해. 지끈거리네. 근데요, 참나에 대해서 물어본 거 같은데요?

에테르 그러니까 말이야. 같은 맥락이야. 의식은 늘 의식되니 의식한다. 말이 무의식이지 그 무의식이라 할지라도 의식이므로 찰나의 머무름도 없이 의식되고 있다. 이런 의식으로 변화지 않는 존재가 있고 그 존재를 참나라고 여긴다? 참나라고 우기는 그 의식이 변화지 말아야 되는데 정작 그 의식은 변하면서 변하지 않는 존재를 알아차릴 수 있다? 변화는 변화만을 감지할 수 있다. 고로 참나는 인정된다 하더라도 변화로 인정한 참나이기에 변하지 않는 존재라고 여기게 되는 착각이 될 수밖에 없는 것이다.

에테르 김 그들이 주장하는 참나는 잘못된 믿음이겠군요.

에테르 그 의식으로 인정하는 것을 잘못이라 여길 수야 있겠느냐. 다만 그 주장을 유일한 답으로 여길 성질이 아니라는 것이지. 결국 참나는 인정된 실체가 아님을 인정할 때 비로소 드러날 수 있는 거야. 유일하게 변하지 않은 존재가 참나라고 여기거나 우기는 그 마음의 고집은 늘 변화무쌍했던 성질이라서 그래.

기도하지
마라

에테르 기도하지 마라. 기대하지 마라. 기다리지 마라.

에테르 김 무슨 말씀이세요?

에테르 기도만 하지 말고, 기대만 하지 말고, 기다리지만 말라고.

에테르 김 여전히 알 수 없네요.

에테르 이것들은 한없는 실망들이다. 뜻대로 되기를 갈망하는 마르고 애달픈 갈애다. 이것들은 절대로 그대를 만족시키지 않는다. 이런 것들은 지금이라는 숭고함을 거부하는 에너지로 가득하다. 지금이라는 유일무이한 현실을 거부하고 빠져들게 하는 블랙홀이다.

에테르 김 도대체 어떻게 해야 되는지. 누구나 이것에 애착을 갖고 있어서 늘 그리하는데요?

에테르 그것에 기대지 말라는 거야.

에테르 김 그게 말이 돼요? 기대려고 기도하는 건데.

에테르 기도할 때 기도에 기대지 말고, 기대할 때 기대에 기대지 말며…….

에테르 김 흠…….

에테르 기다릴 때 기다림에 기대지 말라는 것이다. 기다리다 지쳐서 화도 내려놓을 때, 그대들이 쉽게 의식하지 않아서 그렇지 편안함을 느끼게 되지.

에테르 김 그런 거 같긴 해요.

에테르 그때가 가장 빠른 지름길이다. 다만 알고서 행하는 경우와는 다르지만.

에테르 김 만나자고 약속한 것도 알고 하는 행위잖아요.

에테르 해가 뜨고 진다는 것은 기존 사실이다. 이것이 그대들이 의식하지 않고 있으나 누구에게나 공통으로 주어진 가장 신선한 앎이다. 인과법칙에도 이것은 적용시킬 수 있다. 기다릴 때 어떠한 초조함도 없으면 보통 제시간에 오기 마련이다. 혹 그렇지 않더라도 기다림을 잊고 있는 상태는 지루하지 않다. 알고 행하는 기다림과 기대를 갖고 있는 기다림은 그 의식의 시간이 같을 수 없다. 기도는 대부분 형식적인 수준에 머무른다. 내 자신의 지금 현실 상태를 보고하는 꼴밖에 되지 않는다. 얼마나 우습니? 그대들 기도 속에는 알고 하는 기도는 거의 없다. 죽은 방언들로 가득하다. 그 허망이 늘 달콤하게 인식되어서 탈인 것이다.

섹스
덩어리

에테르 김 섹스덩어리라서 그런지 매일 성적 욕망이 스치는군요.

에테르 남자들이 여자보다 더하지. 여자들은 그나마 멋부리는 데 더 많은 생각을 활용하기 때문에 성적인 욕망이 덜하지. 물론 이것 멋부림 또한 다른 식으로 해석될 뿐이지 성적인 욕망의 다른 이해 방식이다.

에테르 김 이런 생각에서 벗어나는 방법은 없을까요?

에테르 취미 생활에 길들여지면 성적인 욕구를 조금은 멀리할 수 있지. 낚시에 빠진 사람들은 대부분 그런 생각에 빠져 있어서 업무를 볼 때도 온통 성적인 생각보다는 낚시 생각이 상당 부분을 대신해 주지. 어떠한 취미에 재미를 갖게 되면 그리되지. 영화나 등산이나 운동이나 물론 그런 생활을 하다가 성적인 생각으로 빠지는 건 섹스덩어리들이라서 어쩔 도리가 없긴 하지만.

에테르 김 벗어날 답이 없네. 유튜브를 보다가 장경동 목사의 설교 중에 '혼동된 성 문화 동성애'라는 동영상을 본 적이 있습니다. 성경에는 동성애가 안 된다고 나왔다는군요.

에테르 장경동 목사 설교 재미있지?

에테르 김 네, 근디 왠지 얄미워서 보게 되기도 해요. 그래도 허접한 말발로만 구성되어 있는 대부분의 목사들 설교보다는 해석의 깊이도 상당하고 전달도 잘하는 거 같아요. 많은 공부와 연구를 한다는 것을 알 거 같아요. 하도 강의를 많이 다녀서 갖추게 된 것도 있지만 인정할 건 인정해야죠. 그래도 아무튼 그 목사 또한 마음에 썩 들지는 않더군요.

에테르 나는 그대들의 의식으로서 가장 보편화된 평등이다. 이 평등은 그대들의 의식으로 정의되는 평등의 개념을 초월하고 있다. 나는 동성애를 찬성도 반대도 하지 않고, 이성애 또한 찬성도 반대도 하지 않으며, 어떠한 성적인 행위에 대해서 또한 반대도 찬성도 갖지 않는다. 그렇기에 이도 저도 아닌 것이요, 아닌 것이 아닌 것도 아니라서 아닌 것이 아닌 것이라고 하는 것뿐이라서. 이해하겠니? 아니 그냥 이해하지 마라.

에테르 김 캑~ 차라리 답을 마시지.

에테르 찬성도 반대도 갖추고 있어야 하는 성질의 것이 아니기 때문이다. 갖추고 있는 듯이 보일 수 있을 뿐이다. 성은 이성을 초월한 본능의 성질이기 때문이다. 동성애를 반대하는 사람들에게 물어보라. 그들은 이성애는 되는데 동성애는 안 된다고 말한다. 그렇다면 내 아내가 아닌 다른 여자를 탐하거나 동침하거나 간음해도 된다는 것인가? 장경동 목사 또한 '스스로 다른 이성을 간음해 왔고, 지금 그러하고 있으면, 앞으로도 밥숟가락 들 의식만 있어도 간음할 것이다'라는 것을 스스로 인정하는 꼴이 아니고 무엇이겠니.

내 아내 외의 사람에 대한 그 어떠한 간음도 안 된다고 성경에는 나와 있지 않은가. 그러면서 이성애는 된다는 논리는 어폐가 있는 것이다. 내가 이성애라는 것을 알 수 있는 증거는 오직 간음밖에 없을 텐데, 내 아내나 내 남편 외에는 간음을 하지 않는다는 것을 이성애자라고 말할 수 있을까? 오직 한 사람만을 인정된 성으로 생각하는데 내 아내 말고는 그 어떠한 여자도 간음하지 말라는 진리는 우스워진 지 오래지. 이것은 내 아내하고만 동침하라는 뜻인지, 아니면 이성애로 살라는 것인지 뜻이 모호하다. 한 여자하고만 사랑을 해야 한다면 이는 이성을 마비시키고 조롱하는 꼴이 아니고 무엇이겠는가! 그대들이 다른 동물보다 월등한 데에는 시도 때도 없이 일어나는 성적인 욕망이 최정상의 몫을 하고 있다는 요인이 있다.

에테르 침팬지도 시도 때도 없이 성행위를 한다고 알고 있어요.

에테르 그런 동물이 많기는 하지만 인간의 의식은 그들과 같으면서도 다르게 해석할 수 있기에 다르다고 반박하지만, 다른 이들에게 특히 여자에게 잘 보이기 위해 혹은 남자에게 잘 보이기 위해 그대들의 의식을 발전시킬 수밖에 없었기 때문이다. 성은 의식이 일으킨 가장 선명하고, 가장 완전하고, 가장 보편화되어 있고, 가장 승승해서 최상승의 에너지다.

에테르 김 오후~

에테르   동성애는 반대하지만 이성애는 된다? 흠, 이것은 내 아내만을 사랑하라는 교리에 어긋나는 낮은 진리다. 마치 더 많은 여자를, 더 많은 남자를 사랑하라는 숨은 뜻이 내포되어 있는 듯이 보이기 때문이다. 차라리 이성애라고 하지 말고 내 아내만을 내 남편만을 사랑하라고 하는 일편단애가 옳지 않겠는가?

에테르   일편단애?

에테르   이성애, 동성애를 떠나서 한 남자만을, 한 여자만을, 아니지, 한 사람만을 사랑하라는 무지 거슬리는 진리 말이다. 그는 죄의 최고봉은 간음이라고 설교한다. 그보다 더한 간음이 동성애라고 한다. 수간도 있고, 이성애자 중에서도 근친도 있고, 미성년자에게서만 성욕을 느끼는 사람들도 있고. 도구를 이용해야 만족하는 성애자들, 소변이나 대변을 먹어야 하는 성애자들, 형용하기조차 민망한 많은 형태의 성애자들 등등 세상은 무궁무진한 성소수자들로 이루어져 있을 뿐이다. 동성애는 그중에 하나일 것이고 이들 또한 동성에게서 또 여러 취향의 성적인 욕구를 가지고 있겠지. 그 간음은 이성이며 사람은 이성애자여야 하고 동성애는 해서는 안 될 최고의 죄라고 말한다. 그럼 스스로 이성애자임을 증명하기 위해서는 간음해야 하는 게 정상 아니겠는가? 그런데 간음은 교리에 어긋난단다. 흠, 그렇다면 어떻게 해야 하는데?

에테르 김   어떻게 해야 하죠?

에테르   회개? 늘 회개? 이것은 늘 간음하게 되니 늘 회개하라는 것으로 답을 제시한다. 완벽함을 갖춘 전지전능한 존재가 완벽하지 못한 이성을 창조했다? 여호와는 사랑이라고 되어 있다. 사랑은 사랑만을 창조할 수 있다. 간음도 사랑의 일종이라 창조된 것이라고 해야 맞다. 의식은 완벽한 유일무이한 존재다. 고로 성스러운 것이다. 섹스스러운 것이다.

에테르 김   헐~ 섹스스러운 것이다? 동성애도 하지 말라는 것은 아니겠군요.

에테르   왜? 맘에 드는 남자라도 생겼냐?

에테르 김   캑~

에테르   된다, 안된다의 정의는 내게는 법으로 묶어진 게 아니라서 신에게서 찾으려고 하지 말고 스스로 답을 찾듯이 행동하면 되는 것이다.

에테르 김 아내는 여자니까 이성애자라는 증거가 되는 거죠.

에테르 간음하지 말라는 것은 이성애로 보지 말라는 것이다. 즉, 여자로 보지 말라는 뜻이 된다. 아내는 아내로만 봐야지. 아내가 여자라는 의미는 방대한 범위를 갖고 있으니 성경대로 라면 내 아내를 여자로 대하는 것은 옳지 않을 수 있어. 간음일 수 있지. 한 여자나 남자에게서만 성적인 욕구를 느끼거나 느껴야만 하는 성애자라? 이게 진리 같니? 이 진리는 너무 비좁아서 숨 막힐 거 같은데.

에테르 김 참 다행인 것은 나만 성적인 생각을 너무 많이 하는 거 아닌가 하는 부끄러운 생각이 들었는데 아니라는 점이에요. 너무 건강해서 그럴 수도 있지만, 책을 읽다가도 텔레비전을 보다가도, 일을 하다가도 등등 너무 많이 생각하는 거 같아서 병이 아닌가 생각했었는디.

에테르 니는 성적인 것을 너무 많이 생각하는 거 같긴 하더라.

에테르 김 네? 건강하다는 뜻이겠죠?

에테르 변태적일 수도 있어. 신경 정신과 한 번 들러 봐. 상담 한 번 받아 봐.

에테르 김 됐거든요. 절대 안 갈 겁니다. 가만 생각해 보니 기분 되게 나빠지려고 하네. 내가 병적일 정도로 많이 생각했다는 거네. 아, 진짜 욕 나오려고 하네…….

에테르 섹스덩어리 말하는 거 좀 보소. 거 봐, 가 봐야 할 거 같은데. 물론 정상이라고 할 거야. 왜냐면, 의사 자신도 예외일 수 없으니. 문제가 있고 치료가 필요하다고 한다면 돌팔이야. 그대가 정상이라는 판단을 받고 싶으면 받아 보라는 거지.

에테르 김 됐으요!

세상에서 가장 빠른 게
뭔지 알아?

에테르   돈을 원하는가?

에테르 김 네, 히히.

에테르   그대의 지금 처해진 상황에서라도 자세히 관해 살펴보라. 돈은 무한대로 연결되어 있다. 그대들 오감에는 닿을 듯 안 닿을 듯할 뿐. 결국은 보이지 않을 뿐이다. 오감은 추정해서 보려는 성질이 강하기 때문이지. 왜냐면 돈은 존재하는 것이 아니고 육감의 영역이기 때문이다. 이것은 누구라도 어떤 상황이라도 그냥 동등할 뿐이다. 믿지 못하는 그 믿음이 가리고 있을 뿐이다.

에테르 김 그래도, 근데 어떤 돈이 가장 깨끗할까요?

에테르   돈이라서 무조건 다 똑같아. 돈다고 해서 돈이라고 하는 거야. 그 돈이 그 돈이지. 돌고 도니. 허나, 노동은 가시적인 게 없이 아주 원초적이다. 그래서 노동의 대가로 지불되어 오는 그 돈은 부담이 없는 돈이 되는 것이다.

에테르 김 그렇긴 한 거 같은데 적다는 느낌이 들기도 하고, 또 모든 노동자들이 돈벼락 맞으면 그 일을 그만두려고 할 겁니다. 많은 돈이 부담되더라도 모험을 하듯이.

에테르   그대들의 돈 되는 아이디어는 다른 곳인 양 무장한 채로 무한대로 달리고 있지. 그대들의 촉만이 유일하게 낚아챌 수 있어.

에테르 김 지나 버린 것을, 놓쳐 버린 것을 무슨 수로 다시 잡을 수 있겠어요.

에테르   세상에서 가장 빠른 게 뭔지 알아?

에테르 김 눈 깜짝할 새?

에테르   또.

에테르 김 빛? 난센스예요?

에테르   지나가 버린 것보다 더 빠른 게 어디 있어. 그런데 그 아이디어들은 늘 반복해서 돈처럼 돌거든. 그대들 의식이 돈에 집중되어 있으니 그 아이디어는 돈이야. 빠름을 초월한 무한대의 속도로 돌고 돌아 연기(緣起).

에테르 김 그게 뭐예요, 싱겁게……. 지나가 버린 게 어떻게 빠른 게 돼요? 말이 안 돼 보이는데요?

에테르 그대들은 이제 근로의 시대를 벗어나고 있다. 돈은 근로자로 살라고 이끌었고 그대들의 아이디어들은 늘 돈만을 향해서 지능을 켜 두었지. 노동자들이 일을 더 많이 하고 임금을 더 적게 받는 이유를 아직도 모르겠어?

에테르 김 네.

에테르 그래야 일을 하니까 그렇지.

에테르 김 흠.

에테르 많이 줘 봐. 누가 일을 하려고 하겠어.

에테르 김 근데, 이제 그 시대가 끝나간다고요?

에테르 응, 그 에너지는 지친 거지. 식상해진 거야. 그대들의 그 돈의 의식은 빛바랜 헌옷 같아서 스스로 벗어 버리려고 난리야. 버릴 때는 된 거 같긴 한데 너무 편하거든.

에테르 김 그 반대 아니고요?

에테르 돈을, 오직 돈만을 위해서 웃고 웃는 희로애락의 삶이 곧 벗어나고 싶어 하는 외침이야. 그대들의 모든 스토리는 돈으로만 적히고 읽히고 있었어. 근데, SF 영화를 봐. 거의 돈 이야기는 접어 두고 있다. 더 발전되면 돈은 전혀 필요 없게 되지. 아니지, 발전되면 돈이 필요없게 되는 거겠지. 그러기 위해서 문명을 진화·발전시키고 있으니 서서히 그렇게 살아가면서도 알아차리지 못하고 있을 뿐.

에테르 김 내가 늘 미남으로만 살아와서 추남의 입장을 모르듯이요?

에테르 그걸 재치라고 들이대니 할 말이 없다.

신도 무언가에 의해
꾸며지고 가꾸어져 가는 존재

에테르 김 만물은 잠을 너무 많이 자는 거 같아요. 한 번의 인생에 비하면 잠을 너무 많이 자요. 고로, 만물은 만들어진 존재 같아요.

에테르 신을 부정한다고 했더니, 성장하기 위해서겠지.

에테르 김 성장이 다해도 잠을 자잖아요. 자세히 보세요. 꾸며짐이 보일 테니. 무엇을 위한 것, 누구를 위한 것처럼 똑같은 성장 패턴이요.

에테르 그대들이 생각하는 신이 있다고 믿는단 말인가? 그대들이 말하는 신은 순전히 인간용이다. 어떤 동식물들이 우상을 둔단 말이더냐.

에테르 김 신도 함께 무언가에 위해, 무엇에 의해 꾸며지고 가꾸어져 가는 존재 같다는 겁니다. 서로가 서로를 꾸며 주며 가꾸어 가는 존재.

에테르 흠, 그래? 연기.

에테르 김 우주도 진화하는 게 아닐까요? 문명이 진화하듯이.

에테르 진화? 그건 맞는 거 같다. 화학적 반응도 진화될 수도 있지 않을까 싶은데.

에테르 김 바로 그겁니다. 저도 그렇게 생각해요.

에테르 조사를 만나면 조사를 죽이고 부처를 만나면 부처를 죽일 용기가 없다면 늘 만들어진 신을 의지해야 한다. 그 신은 내면의 움직임에 의해 다스려지는 신이지만 그 다스려짐으로 그대를 되려 다스리게 된다. 그 믿음은 내면을 자꾸 벗어나게 하며 영원한 넓이와 깊이에 들게 하는 외부가 된다. 그곳에서는 신을 찾기는 사실상 불가능하다.

에테르 김 외부도 존재하는 게 아니라시더니 있지도 않은 깊이에서 반항을 할 수 있겠어요?

에테르 그게 바로 착각이다.

에테르 김 아~ 착각.

에테르 착각은 있다는 상 지음이며 있다고 여겨 버리라면 거기서 희로애락은 시작된다. 그대가 스스로 만들어 내게 되는 것이지. 스스로 만들어 낸 스스로의 세계관이지. 늘 창조하고 늘 체험하고 늘 느끼며 재미를 갖는 그대들은 스스로 착각하는, 쉼도 없이 지어지고 나뉘는 반복행위 연기로서 이어지는 착각성의 존재들이다.

비밀 하나
꺼내 볼까?

에테르 비밀 하나 꺼내 볼까?

에테르 김 뭔데요?

에테르 그대가 예전 어려서부터 심심하면 불현듯 떠오르곤 했던 공간 놀이, 그 생각 말이여.

에테르 김 ......? 아......

에테르 기억나지?

에테르 김 네, 특히 버스타고 갈 때 늘 그 생각이 들더군요. 근데 그게 왜요?

에테르 공간만이 살아 움직이고 그대들은 그냥 가만히 있을 뿐인데 공간이 이동시켜 준다는 현실 상식을 벗어난 그 논리, 그게 정답이여.

에테르 김 흠...... 공간이 신이군요.

에테르 공간은 존재하지 않아.

에테르 김 공간이 당겨 준다면서.

에테르 누가 신이 아니래? 존재가 아니니 신이지.

에테르 김 내가 10미터를 걷거나 뛰면 공간이 이동해 준 거지. 내 몸의 운동 기능이 움직인 게 아니라는 그 말 같지도 않은 심심풀이로 즐겨했던 생각 놀이요?

에테르 응, 그뿐만이 아니라 더 나아가 그대의 모든 행위들까지도.

에테르 김 내가 팔을 올려도, 기침을 해도, 심장이 뛰어도, 들숨, 날숨을 쉬어도 그게 모두 다? 모든 행위들이요?

에테르 응, 쉼 없는 그것들이 다.

에테르 김 그렇게 되면 모든 사물이 동시에 움직여야 되는 거 아닌가요? 내가 걸으면 모든 것들이 같이 공간이 따로 노는 게 아니니.

에테르 그게 바로 의식이야. 움직임으로 읽어 내는 의식, 그 의식대로 공간은 그대를 움직임으로 읽히게 해 주고 그냥 놓여 있는 의식은 그대로 있는 듯이 내 의식이 인식하게 되는 거지.

에테르 김 어려워요. 그렇다면 그냥 있을 뿐인데 나만의 공간으로 움직이게 되는 거군요. 어찌 보면 오히려 서로 떨어지려는 짓처럼 보이니 참 쓸쓸한 논리군요. 내가 했다는 건 사실 없는 거군요.

에테르 어때? 상 지음에 대한 견해가?

에테르 김 이런 게 석가모니가 설법하려는 의도였을까요?

에테르 일체를 겪으려는 우울해 본 이들은 잘 알겠지. 저 달빛이 얼마나 대단한 공격인지. 몸부림 칠수록 더 멀어지니 고요란 이 얼마나 먼 외침이니. 그대의 영적 스승이 그러했으리라.

에테르 김 …… 그랬겠죠……. 아마도…….

에테르 충분한 것과 과한 것을 한 느낌이라 말할 수 있을까? 그대들은 산소를 과하게 마시지 않는다. 충분한 그대 몸이기에 과한 행동은 두지 않겠다는 스스로 된 생명이기 때문이다.

에테르 김 마신 만큼 내뱉게 되죠. 산소를 욕심 내서 마시면 오히려 독이 되겠죠?

에테르 '적당히'는 석가모니의 가르침이다. 비파를 예로 든 그 설법은 그대들이 어떤 존재인지를 알게 함이었다. 충분하니 적당히 행하라는 것이다. 충분하지 않다고 여길 때 그대들은 과한 망상을 끄집어내게 된다. 적당할 때 그대들은 가장 이상적인 행복의 재미를 갖게 된다. 과한 행복은 늘 문제를 만들게 된다. 불필요한 에너지가 적당해지도록 빠져 나가려는데 잡아 두려는 두려운 상황이기 때문이지.

니들만 없어지면
자연은 자연스럽게 보존돼

에테르 생각에는 의식했던 생각, 의식하고 있는 생각, 전혀 의식하지 못하고 있는 생각 등등 이러한 의식들이 일체로서 또한 무한대로 있다. 그렇다 해도 나라고 하는 하나의 일체된 의식으로 있는 것이다. 우주가 하나의 나로 일체되는 것을 연상해 보라. 그러면 나 외에는 어떠한 것도 존재하지 않게 된다. 그때 다시 나로 일체된 것을 무한대로 분리해 보라. 분리, 이 단어는 무한대의 시간과 공간을 갖게 해 준다. 우주를 생각으로 비유해 보라. 자, 보렴. 더 화려해지는 축제들, 더 높고 커지는 건물들, 더 거칠고 웅장해지는 음악들, 더 친절해지는 언어들, 이러함 속에서 다들 더 분노하고 있잖느냐.

더 화려할수록 그대들의 쓸쓸함은 더해졌다는 것이니 이것들이 숨겨 줄 거라 여기면서 내면을 덮으려고만 한다. 그러나 인위적인 이것들은 더 선명해지는 그대들의 오만이 드리우는 쓸쓸한 그림자다. 지구에서 멸종해도 자연생태계에 전혀 해를 주지 않는 동물은 인간이 유일할 것이다. 그뿐만 아니라 오히려 아름다운 푸른 별을 계속 아름답게 유지할 것이다. 그대들 머문 별의 가장 자연스러운 모습이 인간 멸종일 테니. 그대들의 착각이 일으킨 결과들을 보라. 지구는 어긋난 곳을 치유하려 들 것이고 그로 인해 지구의 모든 것들은 곳곳에서 차별 없는 죽임과 파괴를 당하게 되는 것이다. 그러나 그것은 이 별이 스스로 아픈 곳에 딱지를 씌우고 회유하는 전능한 치유다.

에테르 김 이런 자연을 아끼고 보존하고 가꾸는 것이 인간 의식인 우리들이 할 일이라고 봐요.

에테르 웃겨…… 니들만 없어지면 자연은 자연스럽게 보존돼.

에테르 김 공룡은 인간이 없었는데도 멸종했어요.

에테르 두드리고, 두드리고 열릴 때까지 또 두드려서 열고 마는 게 그대들의 열정이라는 의식이 가져다 놓고야 마는 그것, 그것은 알아차림이다. 그러나 열리지 않아도 열어야만 하는 그대들 인간 의식의 진화는 잊지 않고 있으나 경만해져 버리고 말았다. 그 모든 문화의 발전들은 열릴 때까지 두드리면 열어지는 것에 불과했을 테니 서툴렀거나 먼 길이어서 그렇지. 그런데 말이다. 스스로 열어 주지 않았던 것도 있다. 스스로를 이롭지 않게 하는 것, 그것을 열려는 열정을 그만두는 게 이로울 게다. 억지로 열게 되면 돌이켜지지 않을 수도 있으니 말이다.

에테르 김 그게 뭔데요?

에테르 그대들이 열어 놓은 것에서 닫힌 채로 일부러 함께 열어 놓고 말았다. 욕심이지.

에테르 김 욕심요? 겨우? 욕심 없이 인간 문화 개발 발전이 유지나 되나요?

에테르 겨우? 그것이 다시 살아날(재생할) 가능성은 0%. 그러나 희망은 100%라서 더 황홀하다. 이룰 가능성은 0%인데 희망은 100%이다.

에테르 김 흠, 전혀요. 그 정도까지야. 그렇지 않을 거 같은디······. 근데 무지 섬뜩하게 들립니다.

에테르 이 요망한 것을 먼저 열어 놓을 때가 많다. 이 요망한 것은 희망이라는 변명으로 먼저 열어 놓는다. 지독히 쏩쏠한 빈 고독만 자근자근 씹다가 쓴 물만 삼키며.

의식이
어떻게 어디서 생기는지

에테르 드라마나 영화나 소설이나 그 외의 것에서 다른 이들의 슬픔을 볼 때 그대들은 자신의 일보다 더 슬퍼한다. 드라마 속 주인공들의 슬픔은 미남 미녀의 슬픔이라 공감하지만 그대보다 못하다고 여겨지는 이들의 슬픔에는 그 공감대가 덜하다. 이것은 의식이 갖는 감정의 편향성 때문이다. 그런 감정이 그대들을 좌우하려 든다. 거의 다 거짓으로 충만하리라.

에테르 김 참, 그리고 보니까 의식이 어떻게 어디서 생기는지 물어본 적이 없는 거 같아요. 말해 준 적도 없는 것 같고요. 당연히 뇌라고만 생각했는데.

에테르 그랬나? 말해 준 거 같은데. 두드림이 의식이고 우주 자체가 의식이고 물질 자체는 물질화된 의식이고 그대 같은 생물들은 두드리는 의식이지. 뇌에서 나오는 게 의식이라고 생각했지?

에테르 김 당연하죠.

에테르 그대들이 생각을 뇌로 하는 것은 맞아. 그것은 순전히 정신일 뿐이야. 희로애락덩어리. 그러나 그 생각은 두려운 두드림이고 극히 한정되어 있는 작디작은 두드림이야. 참의식이 주는 전해 줌을 작게 두드릴 뿐이고, 몸 자체가 의식 자체야.

그대들은 늘 변화무쌍한 존재로서 어제의 외모와는 완전히 다르다. 그런데도 어렸을 때의 모습을 알아볼 정도로 안목이 있으니 정상이라고 생각한다. 그러나 어제와 오늘이 확연히 다른 외모인 것을 알아차리지도 못하는 한정된 의식을 들이민다. 얼마나 작은 알아차림이냐. 변화도 알아차리지 못하는 그 정신 말이다. 모르고 손이 가시에 찔렸을 때나 의식 없이 물건이 닿았거나 이런 상황은 손의 감각도 생각이고 이 생각이 연결된 뇌에다가 손의 생각을 전해 주는 것이다. 이미 이런 상황이 미리 예상되어서 온몸이 연결되어 있는 것이기는 하나, 그러나 생각을 뇌가 하고 다른 몸은 그 명령에만 따르는 생각도 없는 도구로만 여기는 것은 옳지 않게 된다.

미신까지 타파된
가장 순수한 상태

에테르 미신까지 타파된 가장 순수한 상태는 가장 숭고하기에…….

에테르 김 잠깐만요. 미신의 정의를 내리기 어렵잖아요.

에테르 스스로에게 물어보라. 그 미묘한 감정의 자리를 보라. 그대가, 그대들이 말하는 현실이라는 것이 얼마나 조악한지.

에테르 김 뭐가요?

에테르 그대가 말하는 현실은 기껏해야 백년 안팎이다.

에테르 김 죽을 수 없다면서요?

에테르 그대가 현실이라고 단정지어 버리니 그 현실은 고작 백년 안팎밖에 안 된다는 거지. 늘 부정적인 그대들의 의식은 긍정을 개발해야 했고. 인류 역사를 말해 뭐해. 죽으면 알지도 못하고 그 전 것들은 그대가 직접 체험한 것도 아니고 전해들은 것들뿐일 텐데. 그것을 현실이라며 접목시키잖느냐.

그 꿈은 비현실이고 깨어 있는 것이 진짜 현실이다? 고작 그것밖에 안 되는 현실? 아니지. 그대들은 오히려 비현실을 현실로 인정하는 만행에 재미를 느낀 거지. 참 현실이 낮 꿈을 꾸게 한 게지.

에테르 김 낮 꿈요?

에테르 오감 말이여. 참 현실은 카오스지. 그대들 의식으로는 정리도 안 되지? 비현실로 참 현실을 읽어 내려 해서 그런 거야.

에테르 김 그럼 의식이…….

에테르 그냥 내버려 두고 고요히 바라보기만 해. 관여하려 들지 말고. 그대들 기도가 바로 관여덩어리야. 기도란 시험공부와 같아야 한다. 알고 있어서 내 것화시켜 놓고서 알고 있는 상태로 살아가는 것이다. 이것이 참 기도라는 것이다.

본능을 따르지 않을
방도는 없다

에테르 　본능을 따르지 않을 방도는 없다. 다만 본능은 이성의 판단에 설 수 있
다.

에테르 김 　신은 의식이고, 의식은 어떻게 이해해야만 이로울 수 있을까요?

에테르 　이롭다고 하지 말자. 이러든 저러든 그대에게는 이롭지 않은 삶은 아닐
수 없을 테니

에테르 김 　그럼……?

에테르 　의식은 그대 말처럼 신이다. 참신. 신은 의식이고 그대가 의식이다. 다만
물질화된 의식, 물질화된 그대는 의식 자체다. 의식을 이렇게 생각해 보
라. 지금 그대가 십대 때의 혹은 이십대 때의 그대와 마주하게 된다면
어떤 말을 해 줄 수 있겠는가? 아니면 팔십 세나 백 세의 그대가 지금 그
대와 마주한다면 과연 그대에게 뭐라고 말해 줄 것인가?

에테르 김 　오~ 미래의 내가 지금의 내게 전하는 말을 지금 내가 듣는다?

에테르 　그렇지. 그게 바로 의식의 올바른 이해일 것이다.

에테르 김 　어째서요?

에테르 　의식은 오감으로 느껴야만 인정되는 것이라고 여기는 것이 가장 크게 벗
어난 착각이기 때문이다. 오감의 차원이 초월한 백 세의 그대가 더 현실
적인 참의식이다. 오감인 그대에게 신은 백 세의 그대다. 왜냐면 백 세의
그대는 지금의 그대보다는 더 진실을 사실로 바라볼 수 있을 테니 지금
그대가 십대의 그대를 생각하면서 진실로 대해 주지만, 그대들의 오감은
결코 현실을 갖출 수 없다. 현실은 그대들의 만족만을 위해 명해진 것처
럼 굴고 있을 뿐이다. 그대들의 추종은 영적 최상승의 존재이면서 오감
만족으로 대신하려 든다. 어떤 싸구려 신이 이런 그대들을 어여삐 하려
든다더냐? 본능을 그대들의 오감으로만 생성된 이성덩어리로 마냥 정리
하지는 말거라.

예수

에테르 예수는 이보다 더한 일도 할 수 있다고 했거늘 그들은 믿지 못했다. 오직 예수만이 할 수 있다고 여긴 것이다. 그런 믿음을 갖고 있는 그 마음이 오히려 믿음을 저버리도록 유도된 거지. 제자들의 이러한 믿음으로의 전함이 다른 이들까지도 예수의 뜻을 저버리게 한 것이다. 그래서 예수는 그들의 믿음에 신봉되어야만 되는 신이 되어야만 했지. 바로 믿음 말이다. 앞으로는 그대의 믿음을 유심히 관해 보렴. 그러면 지금 그대의 믿음이 실망으로 확연히, 그러나 성스럽게 드러날 테니.

블랙홀과
중력

에테르 김 블랙홀 안에서는 시간이 멈춘다는군요. 기존 물리법칙의 성립도 무색해
진다니.

에테르 블랙홀 자체가 물질을 끌어당기는 힘이라면서, 끌려 들어가게 되면 그
안에서는 시간이 정지된다?

에테르 김 아닌가요?

에테르 그대들의 모순은 중력과 시간을 따로 구분 지음에서 발생되기도 한다.
물론 이런 경우는 의식에서 갖는 오류이지만, 시간은 중력에 의해서 정
의된 부류에 불과하다. 우주에는 끌어당기는 힘 자체만이 존재한다. 끌
어당김이 곧 밀쳐냄이 된다. 이것은 중력이라고 하고 연기라고 한다. 은
하 중심의 블랙홀이 있는 것은 은하의 회전하는 힘이 스스로 붕괴를 막
고 유지하고 갖추게 된 형태다. 몸을 예로 들자면, 생명을 유지하고자 햇
빛, 산소, 음식 등을 끌어들이고 과해지는 것을 막고자 배설·배출하게
되지. 이와 같다. 이 과정은 형태를 변형시킬 수밖에 없다. 은하는 우주
의 에너지를 끌어당기고 블랙홀은 넘치는 에너지를 배출하는 기관이다.

에테르 김 블랙홀이 그렇게 단순해요? 왠지 실망감이 드는군요.

에테르 내가 그랬냐? 왜 내게 그래.

에테르 김 굉장히 신비스럽게 여겼는데 그런 단순한 과정뿐이라니.

에테르 몇 차원 세계를 오가고 등등.

에테르 김 네.

에테르 오히려 온통 신비감에 사로잡힌 그대들에게 실망이다.

무아가 맞는 건지
유아가 맞는 건지

에테르 김 무아가 맞는 건지 유아가 맞는 건지, 결국에는 무아가 맞는 것인지, 그렇다면 연기는 무아라는데 어떻게 연기가 존재하는 것인지 도통 알 수 없군요.

에테르 '있다', '없다'라는 개념에 관한 문제 때문에 갖는 고뇌일 거야. 유무의 개념으로는 알아차릴 수 있는 게 아니다. 유아도 무아도 '맞다', '틀리다'의 개념으로는 정의 내릴 수 있는 게 아니지. 그대들의 의식이 '이거다', '저거다'라고 답을 내리는 것은 순전히 편리에 의해서다. 그래야만 편리하거든.

에테르 김 알겠는데요. 그래도 무아인지 유아인지…… 석가모니는 왜 무아라고 했으면서 연기를 설법했느냐는 거죠. 결국에는 연기가 있다는 거잖아요.

에테르 연기가 있다는 것이 아니지. 연기로 있다는 것도 아니지.

에테르 김 그럼 연기법이 틀렸다는 겁니까?

에테르 이것과 저것이 모여 나를 이룬다고 했으니 유아를 인정한 꼴이 되었으나, 머무름이 없다고 했으니 결국은 나라고 할 것도 없다는 것이다. 현상이 형상을 드러내면서도 차이는 없어야 하지 않겠니?

에테르 김 네? 뭔 소린지…….

에테르 내가 지금 뭐라고 한 거지?

에테르 김 아이고.

신은 도대체
어떤 믿음이었을까?

에테르 김 신은 도대체 어떤 믿음이었을까요?

에테르 뭐가?

에테르 김 자신을 믿고 따르지 않는 자들은 죽어서 지옥에 떨어질 거라는 계획을 세운 믿음요.

에테르 악마를 보내기 위해서 지옥을 세웠다잖니.

에테르 김 그러다가 지옥이 너무 커서 남아돌까 봐서 인간도 포함시켰을까요? 신은 자신의 형상대로 만물의 영장을 만들고서 어떻게 동물이나 식물보다 못난 존재로 여기게 되었을까요? 최소한 그들은 영이 없어서 지옥은 면한다잖아요. 영원히 지옥에 드는 게 죽어서 끝나는 동식물의 생명보다 더 나은 거라고 판단하셨을까요?

에테르 그 종교인에게 물어보렴. 아마도 자신의 신보다 더 잘 알고 있을 테니.

에테르 김 어떻게 전지전능한 존재가 인간이 지옥에 갈 수도 있다는 것을 모르고 지옥을 만들었을까요?

에테르 계획에 오류가 있는 줄 몰랐나 보지.

에테르 김 그렇다면 전지전능은 아니겠네요.

에테르 적어도 전능할 수는 있어도 전지한 것은 아니겠군. 알고서 행할 수 있는 게 전지전능인데.

에테르 김 그러게요.

에테르 아니면······.

에테르 김 아니면 뭐요?

에테르 ······ 아니다. 괜한 소리 하는 거 같아져서.

에테르 김 뭔데요? 궁금하게 만들어 놓고서. 진짜 이러기 있어요?

에테르 그게 말이다.

에테르 김 네?

에테르   그것도 계획의 일부 아니었을까?

에테르 김 지옥에 보내는 거요?

에테르   응, 그럴 수도 있지 않겠냐?

에테르 김 설마요. 그렇다면 선도 아니죠. 악이지.

에테르   악 같은 선 같은 악 같은 선. 그렇겠지? 우리가 모르는 계획이 있을 수도 있겠지. 인간은 죽어서 천국과 지옥에 가는 것까지만 알려 주고 그 뒤는 아직 발표하지 않았을 수도 있지 않겠니? 나쁜 악을 다 잡아서 지옥에 보내고 나면 다시 인간 영혼만 빼내서 천국에 들게 할지도.

에테르 김 그렇게 되면 불만 갖는 영혼들도 있겠죠. 자신들은 힘들여서 믿고 따른 게 어딘데, 그렇게 믿으라고 해도 안 믿고 핍박(?)을 준 그들도 동등하게 하냐고 따지고 들 수도 있지 않을까요?

에테르   신 맘대로인데 신 맘대로 만든 법칙에까지 인간 영혼 주제에 관여하려고 하면 쓰나.

원자

에테르 김 원자 핵 주위를 돌아다니는 전자는 어느 쪽으로 돌고 있나요? 전자는
　　　　한 개가 돌고 있다고도 하더군요.

에테르 돌고 있는 게 아니거든. 그리고 한 개도 아니야.

에테르 김 그럼요?

에테르 양성자와 중성자가 밀고 당기는 중력에 의해 그 충격에 잠깐씩 드러났
　　　　다 사라지는 것에 불과해. 수없이 많은 중력의 힘이 가해지고, 충돌이
　　　　있고, 그 충돌의 강도도 각기 다르고, 그 위치도 다르므로 전자는 어디
　　　　서 나타날지 모르는 그야말로 불규칙성이지. 불규칙이야말로 가장 안전
　　　　하게 있는 형태라고 보인다. 연기가 그렇잖니. 저것과 저것이 뭉쳐서 이
　　　　것이 되는데 어디서 어떻게 뭉치게 되는지 또한 불규칙의 성질로서 완벽
　　　　하게 형성시키고 있잖니.

에테르 김 흠, 전자가 양성자와 중성자의 중력으로 드러난 결과라니 믿기지 않는
　　　　군요. 튕겨 나온 거라니.

에테르 튕겨 나온 게 아니거든.

에테르 김 네? 그리 말했잖아요. 부딪쳐서 전자가 나온다고.

에테르 밀고 당기고 그래서 부딪치기도 하고 해서 생긴 거지, 튕겨 나온 거라고
　　　　말하지는 않았지.

에테르 김 무슨 말씀인지?

에테르 전자는 존재하는 게 아니다. 그대가 산 정상에 올라 '야호' 하고 외치면
　　　　그 소리는 울리지?

에테르 김 네.

에테르 산에 따라 미묘한 차이는 있지만 그 소리가 가깝게도 있고 멀게도 있고
　　　　차이가 있지? 그러나 그 소리는 실제로 들리지만 실제로 있는 것은 아니
　　　　지 않느냐. 그 원리와 같아.

에테르 김 그럼 전자는 어디서 어떻게 부딪히느냐에 따라서 드러난 곳이 다르다는 거군요.

에테르 그런 맥락이지. 메아리가 퍼지는 한계가 있듯이 전자도 그 거리의 한계는 있기에 어느 정도까지만 잠깐 드러나는 것처럼 보이는 거지. 어디서 어떻게 밀당하느냐에 따라서 가깝거나 멀거나 쉼 없이 부딪히기에 쉼 없이 드러났다 사라지지. 여기저기서 그 정도의 크기가 원자라고 하고 결국 전자는 양성자와 중성자들이 활발하게 활동하는 에너지라는 것을 알 수 있는 척도라고 보면 된다.

에테르 김 생각 같은 에너지라고 봐도 되겠군요.

에테르 왜?

에테르 김 생각은 존재하지만 그 실체는 있다고도 볼 수 없으니까요. 몸이 원자핵이라고 본다면 생각은 몸의 작용으로 드러나니까요. 분명히 생각은 존재하는데 찰나로 이리 저리 바뀌니까.

에테르 맥락을 그리 잡아도 이해하기 쉽겠다.

신이
너무 가엽다

에테르 김 종교란 무엇이라고 생각하는데요?

에테르 모르지. 근데 신의 눈치를 보지 말아야 하는 게 종교다운 교리 아닐까?

에테르 김 눈치를 안 보면 종교가 유지될까요?

에테르 잘 유지되고 있잖아. 눈치를 보게 된 지금의 종교는 사업장이 되고 말았지. 신을 두려워하지 않는 의식은 종교 교리에는 어긋나겠지. 결국은 신을 경외하게 만든 원인은 두려움인데, 선한 존재가 자신을 의지하지 않으면 해코지를 할 거라는 믿음이 결국 믿게 한 것이니, 벌을 주겠다는 그 마음은 선일까 악일까? 신은 순수한 선이라기보다는 어쩔 수 없이 악을 행할 수밖에 없는 선의 편에 선 것이 된 거고, 그래서 신이 벌주는 것은 성스러운 처벌이라고 막 갖다 붙이게 되고. 그러니 종교에 사로잡힌 신들은 결국은 그대들에게 이용당하는 이름만 거창하게 높고 숭고하게 불리는 임무를 부여받고 존재할 수밖에 없는, 가만히 그 속내를 들여다보면 결국은 그대들의 편리에 의해 정해진 방식에만 드러날 수 있으니 그대들보다 더 낮은 존재밖에 안 되게 되는 처지고.

에테르 김 에고, 듣고 보니 신이 너무 가엽다.

에테르 그러게.

에테르 김 의식들인 사람들은 서로 죽이고 침범해서 신민을 치하시키고, 이런 걸 보면 인간은 참으로 섬뜩한 동물, 아니 참으로 섬뜩 의식 같아요.

에테르 휴먼 릴레이션십, 인간관계. 그대들이 관계를 갖는 방법이 부끄러움에서 나온 것들로 채워 놓았다. 그런 파괴나 지배는 결국 낯섦이고 낯섦은 부끄러움이고 부끄러움은 과격하게 드러내기도 했음이다. 폭력은 부끄러움을 보이지 않으려는 변명의 몸짓일 게다.

에테르 김 선지자들이 하나같이 하는 말이 생각을 죽이라는 거더군요.

에테르 아무 생각도 들지 않는 삼매경.

에테르 김 네.

에테르 그 상태는 창조를 갖기 힘들지. 뭔가를 추구하는 것은 생각이 생각을 하고서 생각해 내는 것이다. 엄청나게 몰입하는 사람들이 있어. 이들은 삼매를 생각으로 전환해서 문제를 풀기도 하고 새로운 돌파구를 만들기도 하고 아주 획기적인 제품을 만들기도 하지. 그러나 잡생각에서는 대부분 증오만 가득할 거야. 몰입에서 증오는 나오기 힘들다.

나라는 존재는
분명히 느끼는데

에테르 김 나라는 존재는 분명히 느끼는데 왜 없다고 하는 건지…….

에테르 없다는 게 아니라 착각이라는 거지.

에테르 김 글쎄, 그게 이해가 안 간다니까요. 냄새도 맡고, 맛도 보고, 듣고 피부의 감촉이 있고, 이러는 나를 분명이 알 거 같거든요. 근데 이것이 '나'가 아니라면 이 존재는 뭐가 되는 거죠?

에테르 그대 몸의 기관은 하나하나가 다들 따로 존재한다. 다만 신경선으로 연결되어 따로 존재하는 뇌, 그중에서도 신경 뇌세포가 주관하게 된다.

에테르 김 눈, 코, 입이 모든 것들이 다른 존재들이라고요?

에테르 눈, 코, 입, 손, 발, 심장 등등 모든 것들, 수없이 많은 것들, 심장이라도 심장을 형성하는 기능들, 세포 하나하나, 분자, 원자까지도 다들 별개다.

에테르 김 그러니까 이것들을 합쳐서 나라고 하는 거 아닌가요?

에테르 모든 것을 합쳐서 지구라고 하고, 별들을 합쳐 은하라고 하고, 은하들을 합쳐 우주라고 하는 것과 다를 게 뭐 있나. 그대 몸을 이루고 있는 것들은 다들 별개다. 손이 하는 것을 발도 하는 것이 아니듯. 보는 것을 귀, 코도 눈처럼 보는 것이 아니듯. 모든 것들이 별개다. 몸을 이루고서 자신의 역할을 하듯이 손을 내 손이라고 하지 나라고 하지 않지 않느냐.

에테르 김 네.

에테르 누군가 그대 눈을 가리키며 '이게 뭐죠?'라고 물으면 그대는 '내 눈요'라고 할 것이고, 손을 가리키며 '이것은 무엇이죠?' 하면 '내 손이죠'라고 말할 것이다. 나의 눈, 나의 손이라고 하지 눈이나 손을 나라고 하지 않는다. 눈은 보는 역할만 하고 손은 만지고 잡고 가리키고.

에테르 눈은 눈물 흘리는 역할도 하죠.

에테르 그렇구나. 몰랐네. 천재 났구나!

에테르 김 뭘요, 이 정도 가지고. 히…….

생각이란
어떤 에너지예요?

에테르 김 생각이란 어떤 에너지예요?

에테르 가장 알기 쉬운 것이 바로 두통이다.

에테르 김 두통? 거 무슨 시추에이션인지.

에테르 어지럼증, 편두통이 바로 그대들의 의식이다. 생각은 복잡하고 얽히고설 킬 때 두통과 어지럼을 주지. 아주 현실적으로 생각이 어떤 에너지인지 알 수 있는 체크지. 정신이 맑은 것도 이와 같으나 두통보다는 덜 이해 되지. 생각은 이런 에너지야.

에테르 김 생각도 높고 낮은 차원이 있겠죠? 의식요.

에테르 그것 또한 일종의 착각인데, 위아래, 좌우, 앞뒤, 높고 낮음, 깊고 옅음도 아무것도 없다. 시간도 없고 이것저것이라는 의식도 전혀 없다.

에테르 김 그럼 성인들은 어떻고요? 석가모니가 든 삼매는요? 아인슈타인이나 다빈 치 같은 존재들은 우리들보다 높고 깊은, 보통 사람들은 무언가 접해 보지 못한 고도의 차원의 의식을 체험하고 활용했던 것이 분명해 보이는데요?

에테르 아니란께로.

에테르 김 엥?

에테르 그 의식이 머리 나쁜 그대 의식과 다를 게 전혀 없어. 그냥 관심분야여 서 그런 발견을 했던 거지. 그대도 몰입해 봐. 조만간 당장에 천재 소리 들을걸.

에테르 김 머리 좋다는 소리 듣긴 했죠.

에테르 어련하시겠어요.

에테르 김 내가 맘만 먹고 재대로 공부했으면 따라올 자가 없었을 겁니다. 확실히 머리는 좋은데 노력을 안 했거든요.

에테르 알았응께 그만하자.

에테르 김 저런다니깐.

의식은
어디에 자리 잡는 거죠?

에테르 김 의식은 어디에 자리 잡는 거죠? 뇌?

에테르 흔히들 뇌로만 생각을 한다고 생각하는데 몸의 세포 80%가 뇌에 집중되어 있어서 뇌는 밀도가 가장 높다. 눈, 코, 입, 귀는 오감 중에서도 5분의 4를 차지한다. 그래서 뇌로만 의식한다고 착각한다.

에테르 김 다른 세포들도 지능을 가지고 있다는 말씀이죠?

에테르 당연하지. 세포 하나하나는 지능들이다. 다만, 그 지능이 서로 교감하는 지능이다. 교감은 교감을 갖게 되므로 교감이 많아질수록 더 거대해지고, 그럴수록 더 선명해지지. 의식은 몸 자체라고 봐야 한다. 모든 지능들이 하나처럼 교감하는 의식이다.

에테르 김 생각이 의식이라고 했던 거 같은데 생각은 뇌로 하는 거 아닌가요?

에테르 생각은 오감이 주는 감을 판단하는 것이므로 눈, 귀, 코, 입 그리고 몸의 촉각을 뇌로 전달하는 지능 없이는 어떠한 것도 떠올릴 수 없다. 그저 무의식으로 있을 수밖에. 고요일 수밖에 없는데 그러면 의미가 있겠니? 교감이 감각의 유일한 방법인데.

블랙홀
원리

에테르 은하 중심의 블랙홀은 은하가 그 주위의 중력이 변동을 일으켜 더 이상의 과부하를 막기 위해 스스로 생겨난 현상이다. 블랙홀이 회전하는 게 아니라, 중력이 회전하는 거다. 태풍은 회전하면서 그 힘을 갖지만 중앙은 고요하다. 그러므로 블랙홀로 빠져 들어가는 것이 아니라 그 주위로 회전해 버리는 것이다.

에테르 김 그럼 중앙에 검은 곳에는 뭐가 있죠?

에테르 아무것도 없다. 그렇다 하더라도 은하의 일부뿐이다. 아무것도 없다. 중력도 없기에 거기로는 들어갈 수 없다. 들어가더라도 존재되지 않을 것이다. 추진을 받을 수 있는 중력이 회전하는 곳으로만 힘을 갖기 때문에 중력은 존재하지 않게 된다. 에너지의 힘이 없다는 뜻이다. 그래서 블랙홀로 빠져 들어간다는 것은 중앙을 말하는 게 아니다. 빠져 들어간다고 해도 그 빨아들이는 힘의 정도는 미미하다. 우주선의 힘이면 충분히 빠져 나오고도 남는다.

에테르 김 근데요. 다큐 프로그램에서 본 적 있는데 블랙홀에서 빠져 나오는 엄청난 빛이 있던데요? 위아래로 거대한 빛 같은 기둥이 생기더군요.

에테르 블랙홀은 곳곳에서 크고 작게 일어날 수 있다. 어느 곳이든 예외일 수 없다. 다만, 그곳의 중력이 적당할 때는 결코 일어나지 않는다. 중력의 이상 현상이 블랙홀을 만들어 낸다. 이 블랙홀도 중력이 과부하일 때 생기므로 정상일 때까지만 생기고 스스로 소멸해 버린다.

재미를
위해서다

에테르   그대들은 자의든 타의든, 고의든 실수든 문화를 만들어 가고 있다. 이것은 재미를 위해서다.

에테르 김 재미도 착각 아닌가요?

에테르   맞아. 재미의 착각 없이는 살아가는 의미가 전혀 없기 때문이다. 거기서 희로애락이 피어나게 되고, 정의와 악인 선악도 갈리게 되고.

에테르 김 블랙홀에 관한 말이 저번하고 좀 다른 거 같은디요?

에테르   다른 것도 알게 해 준 그대 의식에 감사하고 있다.

에테르 김 이런 식으로 넘어가는군요. 모든 게 착각인가요? 오감으로 느껴도?

에테르   오감, 그것은 잠깐 아니더냐? 구름은 눈에는 보이나 냄새도 소리도 촉감도 못 느끼지. 냄새는 코로 느끼나 소리도 형체도 감촉도 없고, 소리는 들리나 냄새도 보이지도 촉감도 없고, 뜨겁고 차가운 것은 촉감으로 느끼나 냄새도 소리도 형체도 없지 않느냐. 형상은 코, 귀, 입…….

에테르 김 그러나 뇌에서는 하나로 알게 되죠.

아무리 이루려 기도해도
이룰 수 없는 공통된 것

에테르 그대들이 아무리 이루려 기도해도 이룰 수 없는 공통된 것이 뭘까?

에테르 김 로또 1등 번호?

에테르 그건 누군가는 어찌 됐든 당첨된 사람이 있잖느냐.

에테르 김 안 죽는 거?

에테르 그렇지.

에테르 김 맘대로 태어나는 것도 있군요.

에테르 음, 그건 아닌 거 같은데.

에테르 김 인공수정도 있고 시험관도 있고 또 가족계획도 있고 등등해서 나름대로 이룬 거겠죠.

에테르 그런데도 연기법으로 보면 죽음 또한 없다는 것을 알 것이다. 어디서 왔다거나 어디로 간다는 것은 사실 허무맹랑한 거지.

속도는 중력을 더디게 할 수 있다고 생각하지만
전혀 아니다

에테르   속도는 중력을 더디게 할 수 있다고 생각하지만 전혀 아니다. 속도도 중력이지만, 중력이 중력을 빠르게 해서 중력이 다른 곳과 시간이 달라지는 것이다. 빛의 속도도 우주선 안에 있으면 그만큼 중력이 약하기 때문에 빛의 속도가 아닌 곳의 사람들은 더 빨리 늙는 것처럼 보인다. 그러나 빛의 속도로 계속 달린다 해도 그들도 똑같이 시간으로 늙게 된다. 빛의 속도라 해도 그 자체는 똑같은 시간의 중력을 갖고 있다. 그러므로 빛의 속도 안에서 생활하는 이들도, 빛의 속도 안에서 또 빛의 속도를 갖는 공간이 있다면 다를 게 없지 않겠니?

에테르 김   어휴, 복잡해. 그냥 알아들었다 치고 넘어갈게요!

에테르   그냥 귀 닫고 있어. 나는 떠들 테니.

에테르 김   네.

에테르   수없이 많은 우주가 함께 존재하는 것은 의식할 수 있는 속도만을 그대들이 동일함으로 여기기 때문이다. 그러므로 더 빠르게 움직이는 것들은 그들만의 세계가 있는 거지.

에테르 김   아, 조금 이해가 되는군요.

에테르   듣고 있었구나?

에테르 김   내 의식에서 재잘거리는데 안 들릴 수 있나요.

에테르   뭐, 재잘거려? 양심적인 행위로 죽임을 당했다 하더라도 언젠가는 그 행동에 꼭 맞는 행운이 그 사람의 지인을 통해 오게 되어 있지.

양심

에테르 비양심적이든 양심적이든, 지인을 통해서든 내 에너지가 향한 그 에너지의 뜻에 맞게, 그에 합당한 만큼 꼭 돌아가게 된다. 우주가 그리 호락한 곳이 아니다. 완벽한 시스템이다.

에테르 김 무슨 뜻이죠? 좀 더 명확히 설명 좀 해 주세요.

에테르 설명했잖아. 양심적으로 살라고.

에테르 김 그게 그리되나요? 모른 척 지나가야 하는 경우도 있다고요.

에테르 그것도 양심적으로 사는 거지.

에테르 김 비양심이죠. 이런 경우를 비양심적이라고 부르잖아요.

에테르 양심을 거스른 행위이지 양심이 아닌 건 아니잖느냐. 이 양심은 그 사람의 습관에서 나온 것이라 그 사람을 정확히 설명해 주고 있다.

에테르 김 양심에 따라 행하다가는 보복당할 수도 있고, 오히려 그 상황을 모면하는 것이 지혜일 수도 있다고요. 친구 관계는 특히 더 그렇죠. 미움받을 수도 있는 상황이 얼마나 많은데요. 그래서 그러려니 하고 그냥 서로 모른 척 넘어가 주는 게 허다하죠.

에테르 그대가 지혜일 수 있다고 말했는데 맞는다고 봐. 그래도 그 지혜는 언젠가는 그대를 해하는 일로 다가오게 되어 있어. 꼭 그렇게 될 수밖에 없어. 콩 심은 데 콩 나고 팥 심은 데 팥 난다는 말은 식상하더라도 진리다.

블랙홀에 끌려 들어가지 않고
탈출할 방법은 없겠군요

에테르 김 블랙홀에 끌려 들어가지 않고 탈출할 방법은 없겠군요.

에테르 걷는 속도와 힘만으로도 얼마든지 빠져 나올 수 있다. 블랙홀이 끌어당기는 힘은 은하 끝판 힘으로서 실로 장대하나, 속도는 그대 벽에 걸린 시간을 가리키는 바늘보다 늦기 때문이다. 그대들 오감으로는 절대 느낄 수도 없을 정도로 느리거든.

에테르 김 오호~ 과학자들이 들으면 미친놈 취급하겠군요?

에테르 너도 안 믿는구나?

에테르 김 말 같아야 믿죠. 시계 바늘보다 늦다는 걸 누가 믿겠어요?

에테르 은하 중심의 왕 블랙홀을 말하는 거다. 중심의 블랙홀이 아니라 하더라도 블랙홀들은 사실 별반 다를 거 없다.

무한대라는
개념

에테르 김 우주를 설명할 때 무한대라는 개념은 거울 두 개를 앞뒤로 비스듬히 놓고 보면 내 모습이 끝도 없이 이어지더군요. 이것이 무한대를 설명하는 기준이 된다고 보면 어떨까요?

에테르 맞아. 근데 거기서 한 번의 움직임에 그대의 무한한 모습은 하나로 움직이지?

에테르 김 네, 〈코리아 갓 탤런트〉에서 이민준 양이 그런 모습으로 춤추는 걸 봤어요.

에테르 주민정 아니고?

에테르 김 주민정인가요? 나도 주씨 피가 흐르는디, 키~

에테르 그대 그 모습들이 각기 따로 움직인다고 생각해 보렴. 그것이 바로 생각이다. 생각은 한 번에 이리 갈 수도 저리 갈 수도 있으나, 몸은 하나만을 행하지. 행하지 않은 무한대의 모습도 함께였다. 찰나마다 늘 그리한다. 그것이 바로 그대에게서 나오는 오라라는 것이다.

공부

에테르 김 머리 좋은 사람, 보통 사람, 머리 나쁜 사람이 있잖아요? 머리 좋은 사람들은 도대체 어떤 사람들인지 궁금해요. 공부 잘하는 친구들 보면 부러우면서도 한 대 야물딱지게 쥐어박고 싶을 정도로 얄밉기도 하거든요.

에테르 공부 잘하는 학구파들은 대부분 퍽퍽한 느낌이 들지? 실제로 그런 사람들은 이기적이고 냉소적인 면이 많지. 오직 머리만 쓰는 것이 습관이 된 전형적인 범생이들이야. 머리도 쓰면서 감정도 함께 쓰면 퍽퍽하지 않고 마르지 않은 지식인이 될 거야.

그러한 사람들은 결코 이기적이지 않고 숨 막히게 건조한 학구파보다는 인간미 있고, 습도 조절이 잘되어서 그대처럼 공부 못하는 사람들과도 소통이 잘되지. 머리만 쓰던 사람들이 권력을 잡으면 놓으려 들지 않는다. 어떻게 잡은 일등인데 쉽게 놓으려 하겠니. 가슴으로 대하는 사람들이 권력을 잡더라도 다른 이에게도 기회를 나누려고 한다. 이기적이지 않기 때문이다.

중독 중에서 가장 심한 중독이
뭐일 거 같냐?

에테르 김 저는 게으름에 중독된 거 같아요. 아무것도 하지 않고 그저 여행이나 다니고 싶고 놀고먹고 싶다는 뜻입니다. 근디 돈이 없어서.

에테르 알아.

에테르 김 흠…….

에테르 몇 가지 전반적으로 알려진 중독을 예로 들어 보자. 담배나 알코올, 마약 등 이런 중독은 자신을 해하는 중독이다. 스스로를 해함으로써 만족을 갖지. 이보다 더 심한 중독은 도박일 게다. 도박은 상대가 불행해야 즐거움을 얻는다. 그러면서 자신뿐만 아니라 가족이 파탄에 이르게 하기 쉽다. 이보다 더 심한 중독은 낚시나 사냥일 게다. 왜냐면, 상대를 죽여야 만족을 갖기 때문이다. 생명을 뺏는 희열은 기쁨 중에서도 가히 최고의 맛이라고 여길 것이다. 그렇다면 중독 중에서 가장 심한 중독이 뭐일 거 같냐?

에테르 김 흠, 낚시가 가장 중독이 심하다고 하던데요? 나도 그리 알고 있었는데, 마약보다도 더 고치기 어렵다더군요. 근데 더 심한 중독이라? 글쎄요, 감이 안 잡히는데요?

에테르 숙제다.

에테르 김 엥? 숙제가 무슨 중독이에요? 숙제 푸는 거요? 그게 머리가 지근거리기는 하지만, 전혀 아닌 거 같은디…….

에테르 에구~ 골치야. 저리 감이 무뎌서야.

에테르 김 아녀요?

에테르 더 생각해 봐. 아주 가까이 있으니 단체를 떠올려 봐.

에테르 김 흠, 숙제가 아니구나. 키키. 정치? 인터넷? 섹스? 흐, 이건 아닌 거 같고. 주식?

에테르 단체라니까는.

에테르 김 그럼 정치일 가능성이 있어 보이는군요. 권력을 잡으면 진짜 놓기 힘들대요?

에테르 종교다.

에테르 김 종교가 왜요? 종교라면, 성스러운 중독이겠군요.

에테르 종교는 자신의 사후와 연관을 짓기 때문에 결코 놓기 쉽지 않다. 이러한 중독들은 만사가 우울한 사람들이 잘 걸린다.

에테르 김 근데요. 종교는 굳이 놓을 필요가 있을까요? 해를 끼치는 것도 아니고.

에테르 해를 끼친 게 없다고? 내가 할 말이 많아지려 하네, 아무튼 그건 그렇다 치고 종교는 성스러움을 가장한 대중적이고 합법적인 중독이라는 걸 부인할 수 있을까?

우주가
비었다더군요

에테르 김 우주가 비었다더군요. 텅 비어 고요하되……. 수심결에 나오더군요. 과
학자들도 그리 알고 있고요.

에테르 비었대? 왜 비어 있을까? 흠, 아냐.

에테르 김 역시! 삐딱하게 나오실 줄 알았어요. 흐흐. 꽉 들어찬 게 맞겠죠? 어쩐
지 비어 있다는 게 말이 안 된다 싶더라구요. 예전부터 내 생각에는 어
떤 전능한 에너지로 빈틈없이 들어찬 게 맞는다는 생각이 들더라고요.

에테르 그게 아냐!

에테르 김 그럼요?

에테르 애초에 꽉 찬 적이 없는데 어떻게 비어 있을 수가 있겠어? 비어 있는 공
간이 있었대? 그럼 공간이란 개념은 찬 걸까, 비었다는 걸까?

에테르 김 오, 말이 되는 거 같기도 하고 좀, 애매모호하네요.

에테르 그냥 공부하기 쉽게 비었으나 묘하게 존재한다고 한 거지. 그대들 같은
명한 의식들 공부시키려니 그리 비유한 게지, 묘하게라도 나라는 존재가
있어야지 공부라도 가르치고 배우고 할 게 아니겠니?

에테르 김 근디, 도통 알 듯 모를 듯 이해가 잘 안 돼서 더 멍해지는 거 같아요.

에테르 확실히 알아서 뭐하게? 그냥 넘어가. 별 도움도 안 될 건데.

에테르 김 자기도 잘 모르면 꼭 저런다니까.

에테르 뭐? 하마터면……. 당황할 뻔했네.

4대 성인이 돈을 받고 제자들을 가르쳤으면
어떻게 되었겠냐?

에테르 4대 성인이 돈을 받고 제자들을 가르쳤으면 어떻게 되었겠냐?

에테르 김 돈 벌 만큼 벌었겠죠.

에테르 그렇긴 한데 요지는 그게 아니야. 돈 많은 사람들 위주로 제자를 받게 되고, 돈을 더 주려는 사람에게 자신의 지식과 지혜를 전하게 되겠지. 돈 주고 돈 받고 얻게 된, 돈으로 거래된 그런 메시지가 오염되지 않을까? 전해진 지식과 지혜는 돈 받은 만큼의 값어치로 쳐질 게 뻔한데 그들이 왜 돈을 멀리했겠냐?

에테르 김 심오하네요.

에테르 높은 의식에 들었던 이들은 돈이 뜻하는 바를 잘 알고 있었지. 결국은 그들은 지금까지도 존경받고 있으나, 그들의 전하려는 뜻도 돈 앞에서는 변명할 때 쓰이는 신세가 되고 말았어.

에테르 김 지금 시대는 그들이 나타났다 해도 돈을 받았을 겁니다.

에테르 아닐걸! 테레사 수녀가 돈 받고 평화의 메시지를 전하던? 법정스님이 돈 받고 설법하던?

에테르 김 초청 강의비는, 그래도 차비 정도는 받았겠죠. 밥값도 그의 제자가 받았을 수도 있고.

에테르 그게 돈을 밝힌 거냐? 이 시대 성자처럼 설법하고 유명세를 탄 이들 중에 돈 받고 강연하는 이들은 무조건 생색내기라고 생각하면 구분하기 쉬울 거다. 성인은 시대를 막론하고 절대로 돈과 물질을 가까이 하지 않는다. 그런 것들이 주는 것에서는 체험하고자 하는 재미를 전혀 못 느끼기 때문이다. 훌륭한 분이라 할지라도 돈을 받고 메시지를 전하려는 사람은 성자나 성인을 흉내는 냈을지언정, 즉 스스로 성자 성인이 아니라는 분명한 이치도 함께 전한 것, 이것은 누구를 말론하고 다 적용된다. 그리 알고 있으면 구분하기 쉽다. 참고하렴.

에테르 김 그럼 돈 받고 메시지를 전하려는 분들은 비난해야 되나요? 그건 아니라고 봐요.

에테르 누가 비난하래? 멍충아.

에테르 김 멍충이란 소리 작작 좀 하세요. 한두 번도 아니고.

에테르 어럽쇼? 차남 새끼 말하는 것 좀 보쇼? 그런 소리 안 듣게 이해 좀 구해도 되겠니?

에테르 김 그럼요. 히~

에테르 알았다. 필요 이상으로 물질을 소유하려는 자는 성인이 아니라고 이해하렴.

인간들이 품는
가장 의식적인 건 슬픔

에테르   생각은 두드림이다. 원자의 중심에는 양성자와 중성자가 있다. 이 둘은 스스로를 있게 한 본질의 성질인 중력의 카오스에 의해 불규칙성을 갖는다. 바로 밀고 당기는 중력, 둘은 서로 밀당의 성질로 밀어내고 부딪치기를 일삼는다. 거기서 전자는 메아리처럼 여기저기에 체계도 없이 존재하다가 사라지기를 반복한다. 이 전자는 오감으로 들어온 것들과 일체를 이루며 체계로 드러나 물질이 되는데 이것을 생각이라고 한다.

          생각은 의식이다. 어떤 지식을 갖는 알고 있음과 그 지식을 모르고 있는 사람 중 후자가 더 광범위하다. 알음알이는 작은 그 지식에 갇히기 일쑤다. 그러나 활용하는 것은 지혜로움일 게다.

에테르 김   허공도 없다시는데, 그래도 허공을 말한다면 뭐라고 생각하세요?

에테르   드러내 줌?

에테르 김   드러내 준다? 무슨 뜻인지 알 거 같군요.

에테르   그래. 있는 듯이 드러내 주는 것이 허공이며 이런 착각의 현상을 주는 것이다.

에테르 김   가장 인간적인 게 뭘까요?

에테르   그건 모르겠고, 인간들이 품는 가장 의식적인 건 슬픔이 아닐까 여겨진다.

에테르 김   의외군요.

에테르   모든 것을 한 번에 놔 버리게 하는 것은 사랑도, 두려움도, 질투도, 증오도, 화도 아니다. 그것은 슬픔이다. 슬픔은 일순간 모든 것을 내려놓게 만드는 심기의 불편함이 있다. 없는 것은 바라게 되고, 있는 것은 바라보게 된다.

그럼 경상도는 장남이고,
전라도는 막내인가요?

에테르 장남은 단순하다. 형제 중에서 이미 장을 이룬 상태로 태어난 선택된 경력자로 자리 잡은 상태라 아래만을 내려다보는 성격 때문에 권력자가 많다. 그러나 머리가 단순하기 때문에 변화를 좋아하지 않는다. 장남이 할 일은 모범을 보이는 일이라 여기게 되어서 부모님 말뜻을 거스르려 들지 않는다. 부모 형제까지 아울러 돌보려는 마음이 크고, 직업으로는 머리 쓸 게 별로 없으면서 안정적인 공무원이 어울리고 이 직업에 종사를 많이 하더라. 이들에게는 창의력이 별로 없고 보수적이다. 늘 고뇌에 찌든 듯한 인상으로 고리타분하고 유머 감각이 별로고 고집이 센 경우와 다르게는 보살피려는 푸근하고 인자한 인상을 보인다. 칭찬에 엄청 약해서 잘 속는 사람이 많다. 사기를 잘 당해서 잘 거덜내기도 하지만, 변화에 대한 두려움도 커서 투자를 선뜻 하지 않으려고도 한다.

차남은 위로는 장에 복종하고 아래로는 수하를 거느리는 중간 역할이라 복종에 저항을 하기도 하고 아랫것들은 다스리려 하고 부모의 관심도가 가장 적기에 그래서 성질이 지랄 같다.

에테르 김 헐~

에테르 그대 성격이 지랄 같은 이유가 있는 것이다. 차남들은 이것저것 잘한다. 대신 만족감이 약해서 한곳에 오래 머물기보다는 변화를 잘 도모한다. 그래서 이것저것을 직업으로 가진다.

에테르 김 이도 저도 아니라는 건가?

에테르 막내는 위만 올려다봐야 한다. 아래로는 없으므로 눈치를 보는 성격이라 눈치가 상당히 빠르다. 이런 직업은 연예인이나 운동 등 약삭빠르게 돌아가는 직업, 즉 예능에 능하고 창의력도 뛰어나서 개발도 잘한다. 어려서부터 귀여움과 관심을 받기도 하고 재롱도 잘 부려서 재주가 많고, 적응력에 가장 적합한 성격을 갖추고 있다. 이러다 보니, 변화에도 빠르게 적응하다 보니 어느 직업에서나 튀는 행동을 많이 해서 문제도 많이 일으키고 불안해 보여서 미움을 많이 받기도 한다. 늘 진보적인 행동을 많이 한다. 아무튼 관심받으려는 마음이 크다.

에테르 김 그럼 경상도는 장남이고, 전라도는 막내인가요? 키키.

에테르 경상도가 보수적이라고? 전라도가 진보적이라고? 그대들은 보수층도, 진보층도, 그렇다고 중도층도 아니야.

에테르 김 그럼 뭔데요?

에테르 그냥 성향의 탈을 쓴 지역감정층이지. 색만 짙고 깔은 옅은 정치 성향.

에테르 김 와우~ 정답으로 인정, 인정. 근데요. 장남이 연예인 하는 사람도 있고 막내가 공무원인 경우도 수두룩해요.

에테르 …… 근데 뭐? 내가 언제 꼭 그런다던? 그럴 확률이 높다는 거지. 딴죽 걸려면 뭐 하러 물어보냐?

에테르 김 아니, 그렇더라고 말도 못해요?

에테르 몰라~ 그래, 니 잘났다. 니 팔뚝 굵다.

에테르 김 저걸 유머라고……. 신은 장남인가요?

꿈

에테르 김 꿈은 현실과 다르다는 말은 확실히 맞는 말 같아요.

에테르 왜?

에테르 김 괜찮고 좋은 꿈을 꾸고서 로또를 샀는데 오히려 아무 생각 없이 자동으로 샀을 때의 로또보다 더 안 맞더군요.

에테르 그대들이 현실이라는 상태는 꿈이 아니라고 여기니?

에테르 김 꿈과 현실은 다르죠. 깨어 있을 때 몸의 오감으로 체험하는 것하고 잠들어서 꾸는 영상이 같나요?

에테르 둘은 다 꿈이나 마찬가지다. 단지, 몸으로 체험되는 것과 그렇지 않은 것 간의 심한 차이 때문에 구분짓는 것에 불과하다. 어떤 기분 좋은 일 때문에 약속이 있다고 치자. 그대 꿈이 안 맞는 것은 깨어 있을 때 좋은 기대에 가득 찬 생각으로 그 장소로 가는 것과 다르지 않다. 기대는 꼭 실망을 주기 마련이다. 상대가 늦게 온다든가, 약속을 펑크 낸다든가, 기대에 전혀 못 미치는 만남이었다든가. 온통 이런 일들이 비일비재하다. 그대들은 희망과 기대를 같다고 여기나 실상은 혼잡한 채로 있다.

참희망은 기대를 갖지 않고 좋게 품고 있는 것이나, 기대는 미리 오지 않은 상황을 잘 알고서 찰나로 바뀌는 생각에다 자기 좋을 대로 잔뜩 그려 놓고서 그리될 것처럼 여긴다. 그대가 꾸는 꿈에서도 똑같이 오감을 느끼기도 한다. 많이 미미할 뿐. 그리고 현실이 아님을 전제로 두고 있기도 해서 꿈이나 현실이나 똑같은 의식세계. 잠들어 놔 버렸기에 오감보다는 순육감으로 체험하는 것을 꿈이라고 하고, 오감을 생각으로 정리하는 것을 그대들은 현실이라고 여긴다. 오감으로 전해지지 않은 생각도 무수하다만 이 의식들은 인위적이지만 꿈과 다를 게 없다.

에테르 김 희망하고 기대가 어떻게 다른 건지? 희망을 갖고 사는 게 대부분인데.

에테르 바로 그거야. 그대들의 현실이, 꿈이라고 하는 것이, 희망이라고 하지만 대부분 일어나지 않은 것을 미리 일어나게 해서 이제는 오감으로 체험하고자 여기는 건데. 그러기 위해서는 기대를 잔뜩 갖지. 그대들이 직장에 출근할 때는 꼭 출근해야지 하는 기대를 품지 않는다. 그냥 으레 있는 현상이라 여기기 때문에 직장에 출근하는 것에 희망도 갖지 않는다. 당연하기에. 그런데 이 당연함 속에 갖가지 상상의 의지를 심는다, '오늘은 실적을 꼭 올릴 거야', '상상에게 잘 보이고 말 거야' 등등. 그러나 출근하고 업무를 보게 되지만 그대 상상과는 영 딴판의 체험만을 갖는다. 왜냐면 그대들이 상상한 것은 꿈이었기 때문이다.

에테르 김 아니요, 기대와 희망의 차이를 말씀해 달라니깐요.

에테르 그대들 현실이 대부분이 기대라는 거야. 바로 꿈이지. 희망은 이런 성질의 것이 아닌데 기대를 희망으로 여긴다는 거야. 희망은 기대를 갖지 않는 순수한 세계야.

에테르 김 그 세계가 뭔데요?

에테르 이상이지. '이 주식이 꼭 대박 나서, 이 부동산 값이 꼭 올라서, 이 로또가 일등이 돼서, 부자 되고 나는 세계여행을 다닐 거야'. 이것은 기대고, 기대는 가까워서 곧 일어날 것처럼 현실감 있고 아주 자극적이라 결과에는 늘 실망을 품고 있지. '나는 언젠가 부자가 될 거다. 그러기에 내가 지금 이 일을 하면서도 실망하지 않고 일을 놓지 않는 거다'. 이것이 희망이다. '언젠가는' 이것은 희망을 상징하는 단어야.

에테르 김 그러면 부자가 되겠군요.

에테르 안 돼!

에테르 김 그럼 도대체 희망이 뭐예요?

에테르 쥐도 새도 모르게 오는 게 품고 있었던 희망이었다는 거야. 평상시에 기대를 구분하는 방법은 간단하다.

에테르 김 어떻게요?

에테르 곧 닥칠 그 일이 뜻대로 될 거 같은 생각에 부풀어 있다면 그건 기대다.

에테르 김 내가 늘 그러는데.

신과 가장 밀접한
모양새

에테르 무슨 일을 접해도 그러려니 하고 살아라. 이것은 사실 신과 가장 밀접한 모양새이기도 하다. 어느 것 하나 신과 같지 않을소냐만은, 사소함에서 밀애는 은밀히 전해 받을 수 있기 때문이다.

에테르 김 그 은밀한 곳을 알고 싶어요. 내 생각이 늘 그곳에 닿아 있기를 바랍니다. 늘 그곳에 있으되 이를 깨닫지 못하고 있다고 하시겠죠? 맞죠?

에테르 응.

에테르 김 흠, 싱거워요.

에테르 먼저 감정을 초월해서 이성을 지나고 판단을 그냥 지나치거라. 그곳이다.

에테르 김 만일 모든 이들이 이것을 알아차리고 깨닫게 된다면 세상은 어떻게 될까요? 세상 이치는 변화를 맞게 되겠죠? 파라다이스. 헤헤.

에테르 그대들은 재미를 잃게 될 것이다, 아니지. 까먹게 되겠구나. 모두가 구루가 된다면.

에테르 김 그러면 전쟁도 없어지고 범죄도 없는 그야말로 천국이 되지 않겠어요?

에테르 그러면 재미있겠어? 어느 누구 한 생명체도 앞서거나 뒤처진 적 없다. 이런 생각이든, 저런 생각이든, 이놈이든, 저분이든, 다를 게 전혀 없다. 우주의 법칙을 통달한 사람이든 그렇지 않고 고뇌에 찌든 고통의 당사자든 어떤 역할을 보태고서 서로를 의식할 수 있게 된 것이다.

에테르 김 그럼 어쩌라는 건데요?

에테르 뭘 어째. 알고자 하는 자는 알고, 흥미 없는 자는 지금 관심 분야에 충실하고 이러고 저러고 거지 뭐.

에테르 김 적어도 신의 의식이라면 더럽혀진 이 세상을 척결하라는 신성한 메시지는 줘야 하는 거 아닌가요?

에테르 착각 좀 하지 마라. 그대들이 무엇을 더럽힐 수 있다는 건데? 그 정도야?

와~ 놀랄 일이다. 우주를 더럽힐 수도 있다니. 흠……. 순전히 그대들의 의식의 착각 놀음을 실상인 양 말하려는 거야. 그것 착각이다. 그대들은 그 어떠함으로라도 우주를 더럽힐 수 있는 방법은 없다. 그대들의 의식은 오직 재미로만 이루어져 있다. '재미있다', '재미없다'로 순전히 마음먹기라서, 그래서 이것들을 착각이라고 하는 것이다.

신 새끼들도 대단해요

에테르   아무튼 인간 새끼들 대단해요.

에테르 김 캑, 신 새끼들도 대단해요, 이러면 듣기 좋아요?

에테르   그대들 의식이 저 돌멩이보다 높다고 여겨지는 고놈이 바로 가로막음이다.

에테르 김 아무리 그래도 그렇지 돌멩이보다 못하겠어요? 흔하게 굴러다니는 돌인데, 생각도 못하고.

에테르   그러는 그대는 돌멩이보다 오래 살아?

에테르 김 돌멩이처럼 사느니 굵고 짧게 사는 게 좋죠.

에테르   굵고 짧게라? 우하하하하하! 웃겼어!

에테르 김 왜 웃어요?

에테르   그대의 의식이 굵고 짧게 산다기에 웃었다.

에테르 김 맞잖아요.

에테르   맞긴, 개뿔. 오히려 그대들의 의식이 돌멩이처럼 변화무쌍함을 초월해야 그대들이 설정해 놓은 견성이 이루어질 수 있는 건데, 그대들에 비하면 돌멩이 하나하나는 이미 견성된 존재다. 그대들의 의식은 고작 해 봐야 돌멩이 같은 존재들이 아낌없이 주는 대로 활용할 수 있을 뿐이지. 돌멩이를 쌓아서 돌담을 만드는 그대들의 생활은 참 불편하다 여기고, 그 불편함에서 완성을 나름대로 이루고 나서야 편안하다고 여길 수 있을 뿐이다. 그것을 그대들의 의식은 다스림이라고 여기더라. 아낌없이 그대들의 의식을 받아준 돌멩이의 다스려 줌을 그대들이 다스림으로 여기니, 그대들 의식은 웃겨요, 아주. 작금의 실태에서 신이라는 단어는 싸구려 취급을 받아 마땅하다. 신을 창조하고 그만큼 우려먹었으면 이제는 됐다. 의식에 의해 창조된 신은 창조에 의해서 의식이 스스로를 하등하게 여겨 버리고 말았다.

에테르 김 끝없이 욕심·욕망을 비우고 그래야 견성할 수 있겠죠?

에테르   비워 보라. 그럴수록 공허한 마음에는 더 많은 욕심의 변질을 부채질해서 채울 때, 비우려는 마음은 비우고 있지 않다는 강한 인정이니.

에테르 김 그럼 어쩌라고요? 어떻게 해야 청정한 마음을 갖추게 될 수 있는데요?

에테르   견성이 있기나 한 거니? 그냥 바라보라. 감정에 충실하지 말고 되도록이면 그대로 바라보라. 무겁게 받아들였던 현상들을 그냥으로 보렴. 신은 결코 관여하는 존재가 아니다. 그렇다고 관찰하는 존재도 아니다. 그것이 내버려 둔다는 의미도 아니다. 신은 그대들 만물을 내버려 둘 수 있는 저급한 능력을 갖추지 않았다. 그대들은 관여된 존재라서 우주가 된 것도 관찰되어져서 우주가 된 거다. 아니다. 그냥 모든 게 스스로일 뿐이다. 우주는 재잘거린다. 그러나 허접하지는 않다. 늘 하나만을 재잘거린다.

북극성

에테르 김 우리 태양계를 갖춘 곳이 우주, 아니 우리 은하에도 많을 거라 봅니다.

에테르 우주에는 태양 없이 자생하는 행성들도 수두룩하다.

에테르 김 태양 빛은 어쩌고요? 빛은 생명의 근원인데요?

에테르 스스로 빛을 내고 빛을 거두면서 지구인들보다 더 평화롭고 조화롭게 살고 있지. 그들의 숫자는 늘지도 줄지도 않는다. 행성 자체와 일체되어 스스로 조절되지.

에테르 김 그러면 그 행성들의 생명체들은 판단 능력이 없겠군요?

에테르 지능을 초월한 그 별들은 생명들을 개별 존재로 여기지 않는다. 그러므로 자연스러운 일이 아니면 불필요한 판단은 거의 두지 않는다. 그저 그 별들의 모든 생명체들은 주어진 대로 완벽을 누리며 산다.

에테르 김 과학 문명이 발달해야 우주여행도 다닐 건데 한곳에서만 산다면 오히려 불행할 수도 있겠네요?

에테르 그들은 스스로 그 별을 떠나기도 한다. 그럴 때는 또 하나의 생명이 들어서게 되지.

에테르 김 그래요? 그 별들 이름이 뭔데요? 그들이 스스로 부르는 별 이름요. 우리는 지구라고 하잖아요.

에테르 모르겠다.

에테르 김 그런 게 어딨어요?

에테르 그들은 그대들처럼 복잡한 언어로 소통하지 않는다. 그래서 욕도 없기에 거칠지도 않고 구별이 없기에 이름도 갖지 않는다.

에테르 김 그런 별은 천국이나 다름없겠군요?

에테르 그들은 별 이름을 짓지는 않았지만 그중 하나는 이름이 있던데.

에테르 김 그래요? 알 수가 없네요. 그 별 이름이 뭔데요?

에테르 그대들은 그 별을 북극성이라고 부르더구나.

지수화풍 이네원소를 아우르는
또 하나의 힘이 있다

에테르 지수화풍 이네원소를 아우르는 또 하나의 힘이 있다. 이것은 4원소가 드러내기도 하고 이 4원소를 드러내게 하기도 하는 중력인 것이다.

에테르 김 물질 아니고요?

에테르 이 감정들은 순전히 산자들의 몫일 뿐. 죽은 자에게는 거짓도, 진실도, 화도, 질투도, 욕망도, 미움도, 사랑도, 그 어떠한 것도 다 깡그리 다 내려놔지게 되지. 그들에게는 물질이 없기 때문이다. 볼 수도, 들을 수도, 맡을 수도, 맛볼 수도, 느낄 수도 없이 초월한 부처의 경지에 닿았기 때문이다. 산 채로도 잠시나마 내려놓을 수 있는 경지는 그냥 부처일 뿐이다. 그대들이 그리도 찾고자 했던 것 말이다. 그대들은 봐야 한다. 보고 나면 만져 보고 싶어 하지. 미칠 거야. 그 소소하게 마음을 간질이는 호기심. 그러고는 듣고 싶어 하고 냄새는 어떤지 혹은 그 맛은 어떤지.

에테르 김 그리 오감을 충족시키고 나야 비로소 만족한다는 거군요.

에테르 아니, 실망을 갖지.

에테르 김 흠…… 왠지 알 것도 같군요.

에테르 '내가 원하는 냄새가 아니네', '촉감이 좀 더 따스했으면' 등등 그대들조차도 서로 그 만족이 다르지.

에테르 김 그럼 어떠해야 만족할까요?

에테르 없어. 그대들은 그냥 염병할 새끼들이다.

에테르 김 우하하하. 이제는 화도 안 나네요. 왜 없어요? 욕심을 내려놓으면 되죠.

에테르 참 우습고 애달픈 감정이지. 신은 어쩌면 자신의 심심함을 충족 못해서 그대들에게 한정 없는 생명을 불어넣었는지도 모르지. 내려놓는 것은 잠시뿐이고 그때그때 그것에 한정될 뿐이야.

득도한
거지

에테르 김 한 사람과 평생을 함께한 부부는……. 즉, 그 남자는 미친 거죠? 완전.

에테르 득도한 거지. 석가모니도 미쳤잖아. 득도는 미치는 거지. 어떻게 제정신으로 세상사 인간적인 의식 일을 부술 수 있겠어.

에테르 김 키키키.

에테르 그런 수행이 어디 또 있겠어? 결혼 생활에 지쳐서 더 쉬운 도나 닦으러 산속에 들어가 세속을 떠나는 남자는 많아. 그것만 보더라도 도 닦는 일이 얼마나 자유로운 일인지 알겠지? 수행하는 사람들은 깨닫기 어려운 게 결혼도 유지 못해서일 거야. 부부로 한평생 같이한 남녀는 진정한 선남선녀로 봐야 하지 않을까?

에테르 김 어찌되었든 지지고 볶으면서도 이겨냈으리오. 대단한 인간 승리죠. 흐흐.

에테르 맞아, 어떻게 그럴 수 있는지 진정한 인간승리가 따로 없네그려.

에테르 김 각기 다르게 살아온 남녀가 만났으니.

에테르 그것도 가장 섞이기 어려운 종끼리.

에테르 김 암수도 아니고 남녀로, 히히.

에테르 그게 가능하다는 것을 보여 주는 사례들이 이리도 즐비하니 인간들 독하긴 해.

에테르 김 하하하.

그대는
나의 신

에테르 내가 그대의 신으로 여겨지듯이 그대 또한 나를 깨운 신이다.

에테르 김 당신을 신으로 보는 내 관점이 신 의식이기에, 가능했기에 그래서 나도 신이라는 거죠?

에테르 응.

에테르 김 선은 어떤 거고 악은 뭔가요? 저는 알 거 같으면서도 솔직히 애매해요, 누구에게는 선이 악으로, 악이 선으로 여겨지는 건 너무 흔하거든요. 이러니 누가 감히 선과 악을 완벽히 구분지을 수 있겠어요.

에테르 음…… 자극적인 것은 악이고 밋밋해서 별다른 느낌 안 드는 것은 선이라고 이해하면 되지 않을까 싶기도 해.

에테르 김 감동도 자극적인데 악인가요? 내가 좋은 선행을 했을 때 얼마나 기쁜 희열을 느끼는데요. 그게 얼마나 자극을 갖는데요.

에테르 좋은 일했다는 그 마음은 복 받아야 한다는 조건이 들기에 그리도 자극적인 게야. 그 조건은 악일 거야. 그러니 선한 일을 나도 모르게, 아니 그냥 자연스럽게 해내고 아무런 조건도 바라지 않으면 참으로 선이겠지.

에테르 김 선이 이리도 깊이 감추어져 있다면 그게 무슨 선이겠어요. 악보다 더 흔해야죠. 오히려 악은 함부로 드러날 수 없어야죠.

에테르 그 악이 떠오를 때는 사탄이나 지옥 같은 게 떠오르지?

에테르 김 당연히 그렇죠.

에테르 방금 내가 한 비교를 보니 악은 전혀 그러한 의미가 아니라고 느껴지지는 않니? 악은 흔해서 값어치가 없어 보이고 선은 성스러워서 행하기 어려우니 값진 것이라고 여겨질지도 모르지. 그러나 악을 그 악으로 대하는 걸 그대들은 진리처럼 대해 버리니 그 진리가 얼마나 악하니. 아기들이 갖는 순수의식에는 선도 악도 구별짓지 않는다. 그냥 대할 뿐이다.

참나,
참 없는 나이고 싶군요

에테르 김 참나는 변하지 않으면서 변화를 주는 존재인가요? 우주는 연기로 이루어져서 어느 것 하나 변하지 않는 것이 없는데 연기를 하게 하는 존재가 있다고 하더라고요.

에테르 보렴. 모든 것은 변한다고 하나 연기한다는 법칙은 결코 변하지 않는다. 부동의 법칙이지. 근데 연기를 하게 하는 존재가 또 존재한다는 건 모순이다. 연기 자체가 변하지 않는 법칙이기에 그것을 변하지 않는 참나라고 하는 것이다. 그러므로 연기가 변하지 않는 존재이지. 모두는 이미 참나야.

에테르 김 그렇다면 굳이 꼭 참나라고 해야 하는지 모르겠어요?

에테르 그대들의 의식 수준에 맞춰서 나를 바로 알고자 함이겠지.

에테르 김 아무튼 참은 거짓을 참으로 수도 없이 낳고 있으니 참 없는 나이고 싶군요.

에테르 독사의 독도 약으로 쓸 수 있고, 약도 독이 될 수 있듯이 이것은 순전히 정도의 차이일 뿐이다. 정도를 지키면 문제될 게 없다.

곧
다가온다

에테르   운전면허증이 더 이상 필요 없는 시대가 도래하게 되고, 개인용 드론을 타고 하늘을 나는 시대가 다가왔다. 시스템화되어 있어서 운전은 기계가 알아서 하게 되지. 더 이상 여자 남자가 불필요한 시대에도 다가섰다. 누워서 저장된 인물을 선택만 하면 그와의 관계는 시작될 수 있다. 조절이 되는 관에 눕기만 하면 살의 감촉을 그대로 느끼게 되리라. 그러나 그대들은 곧 긴장감이 없는 섹스에 흥미를 잃게 된다. 섹스에 흥미를 잃게 되니 싸우는 것에도 재미를 못 느껴 전쟁도 사라지고 식욕에도 재미를 잃고 신선처럼 살게 될 게야.

몇 백 년을 살게 되니 한계적이나마 신선을 이룬 게야. 돈은 더 이상 가치가 없어지고, 원하는 집은 들어가서 살 수 있겠으나 별다른 만족도 안 갖게 되겠지. 그대들의 재미는 전혀 고무적이지 않게 되겠지. 모든 일은 로봇이 알아서 하게 되니 그대들은 나태하기 이를 데가 없으리라. 기계들은 에너지를 새롭게 만들게 되고 주인이 되겠지. 그대들은 당연하게 여기게 될 게야. 일하는 자가 주인일 테니. 그러나 해칠까 걱정은 마라. 서로 관심 두지 않을 테니.

한동안 그러다 스스로도 모르게 멸망되고 다시 원시 시대로 돌아가 오래 진화를 갖게 되고, 역사를 이루며 희로애락의 재미를 꽃피우리라. 또 과학을 또 갖게 되고 호기심은 영웅을 만들겠지. 인류를 구원하고 자성인은 또 등장하고 종교는 또 다시 성대를 이룰지니 지금까지 이런 과정이 수없이 반복된 건 스스로 있는 행위일 뿐이다.

에테르 김   신선 시대가 얼마나 지속될까요?

에테르   한동안이지. 그러나 인간 시대보다는 짧다, 아주. 재미가 빠져버렸으므로.

에테르 김   무서워요.

에테르   뭐가?

에테르 김 그런 시대를 내가 어떻게 받아들일까 그런 거죠. 컴퓨터가 나왔을 때 기성세대들이 겁을 먹었던 거 하고 같은 느낌이랄까요?

에테르 아서라, 수많은 그대들은 그 시대가 오기 전에 마감할 테니 자연스럽게 접하는 세대는 당연시하게 되겠지.

에테르 김 확 깨네!

에테르 어차피 다시 태어나는 존재는 새로운 존재들이 아니라 똑같은 그대들의 재생일 뿐이다.

성자와 범부의
차이는

에테르　성자와 범부의 차이는 뭔 줄 아냐?

에테르 김　깨달음, 희생, 사랑, 지혜 이런 걸 깨우친 존재 아닐까요?

에테르　포괄적으로 보면 맞아. 더 쉽고 간단명료하게 설명하자면 생명을 뭘로 보느냐의 차이다.

에테르 김　겨우? 어떤 차이로 보는데요?

에테르　생명을 오감에 감지되는 육으로 보는 자는 범부다. 생명을 의식으로 보는 이는 성인이다. 생명은 죽을 수 없는 존재라서 죽음과는 완전히 반대되는 개념이다. 생명을 알지 못한 이들로 하여 죽음이라는 변명으로 만들어 낸 위안이다. 생명을 깨달은 자는 성인이라 죽지 않는다. 영생을 얻지 못한 의식은 사라지는 게 아니라 멈추는 거다. 다시 의식할 수 있을 때까지.

에테르 김　영생을 얻을 수가 있나요. 의학이 아무리 발달한다 해도 연장의 개념이지 늙는 것을 어떻게 막나요? 4대 성인들도 다 죽었는데요.

에테르　육을 버린 거지 의식을 버린 게 아니다. 그들은 의식을 담을 수 있는 의식화된 몸을 취할 줄 알았다.

에테르 김　그게 뭔데요?

에테르　의식을 잘 다스리다 보면 세상에 널린 흔하디흔한 지식에서 금방 알 수 있다. 먼저 알아차린 의식들이 분명히 알려 주고 남겨 놓았다. 계절은 죽지 않고 다시 재생되지. 그때마다 새로운 계절은 전혀 있지 않았다. 늘 그 계절이지. 그 계절에 휩쓸려 가는 많은 이들은 재생되지 못하고 그만 죽음을 맞게 되듯이 생명 또한 이러하다.

쓸쓸하지 않은
죽음이 있더냐

에테르   지구라는 거대한 생명체에게 해로운 존재는 인간이 유일하다. 어떠한 동식물도 지구에게 해로운 존재는 없다. 지구는 인간을 제거하게 되면 푸른빛을 발하는 아름다운 별을 늘 유지할 수 있는 것이다.

에테르 김 뉴스에서 쓸쓸하게 혼자 죽는 독거노인을 보면 참 안타까워요. 가족들이 지켜보는 가운데에서 유언을 남기는 임종은 참으로 복 받은 죽음이 아닐까 생각 들어요. 그런 점에서 보면 저는 불안하거든요.

에테르   쓸쓸하지 않은 죽음이 있더냐? 어느 누가 화려하게 죽는다던? 가족들이 지켜보는 가운데 임종한다 한들 죽는 이는 본인 혼자다. 임종을 지켜본 지인들은 스스로 갖는 위안만이 쓸쓸하지 않지. 죽는 건 누구나 다 쓸쓸한 거야.

에테르 김 나도 고독사하는 게 좋겠어요. 생각해 보니까 울고불고하는 꼬락서니 보기 싫어서라도 죽고 나서 며칠 혼자 조용히 누워 산화되어 있고 싶어요. 그리 생각하니 눈물나려고 하네.

에테르   그대의 육체는 가장 먼저 바람이 열기로 빠져나갈 것이다. 그러면 수분과 흙이 될 살덩이만 남게 되겠지.

에테르 김 뼈도 남죠.

에테르   살들은 서서히 분해되면서 수분이 빠져나가겠지. 이것은 성스러운 과정이다. 누군가 그대를 부르는 거고, 그대가 무언가에게로 간다는 신호이니. 가거라, 그에게로 가서 무언가가 되거라. 이것이 윤회다.

에테르 김 정신은 어떻게 되나요?

에테르   정신을 봤냐?

에테르 김 의식하고 있었다는 것 자체가 존재라는 확실한 증거 아닌가요? 있다, 없다의 개념이 아닌 거 같은데요?

에테르   그대의 미진들이 여러 군데 무언가 들이대면 거기서도 의식화된다. 또 쉼 없이 두드러지겠지. 그 두드림이 의식이야.

에테르 김 차라리 화장 처리하는 게 좋겠어요. 깔끔하게. 구더기들이 내 몸을 파먹는 일이 없도록. 어때요?

에테르 맘에 든다. 근데 구더기들도 먹고 살아야 하는데.

에테르 김 ㅋㅋ 그걸 몰랐네. 풍장을 할까요?

에테르 알아서 해. 바다에 던져 달라고 하든가. 고기들도 맛보게.

에테르 김 흐~ 그냥 화장할래요. 아무 곳에나 뿌려 달라고 해야겠네요. 항아리에 담아 두면 습기가 찬다고 하니 고향에다 뿌려 달라고 해야겠어요.

에테르 응, 그래라. 유골 보관해서 뭐하게. 지들만 위안받지 죽은 자가 위안받간? 이기적인 산 의식들!

달리 말하면
값어치 없는 사랑인 것이다

에테르   부모가 자식을 사랑하는 것은 당연한 것이다. 그것은 값어치를 매길 수 없는 것이다. 그러므로 달리 말하면 값어치 없는 사랑인 것이다. 값없는 사랑이어야 하는 것이다. 그런데 이런 사랑을 부모들은, 특히 엄마라는 위치의 사람들은 제일 큰 값어치로 인정받길 너무도 원한다. 그래서 자식들의 인생에서 선택권을 대신 행사하려 든다. 대신 살아 보려는 것이다. 미친 짓이다. 이것은 본능을 되려 다스려 보려는 이길 수 없는 재미를 소유하려는 이성의 무미한 창조다. 대신 살아 줄 수 없다는 것이 그 확실한 증거다.

에테르 김   굶주림에 허덕이는 아프리카는 어떡하죠? 한비야 씨 말로는 3초마다 한 명의 아이가 아사한다더군요.

에테르   그래서 아프리카 인구가 줄어들었냐? 오히려 그 반대다. 굶주릴수록 인구는 늘어난다. 못사는 나라는 인구를 늘리고 배부른 나라는 인구가 감소한다.

에테르 김   왜 감소하죠?

에테르   이기적으로 변하기 때문에, 굶주림을 도우려는 행위는 비난받고 있을 거다.

에테르 김   위험한 발언입니다. 화가 나려고 하네. 도대체 누가 비난한다는 겁니까?

에테르   누구긴 배부른 그대들이지. 유니세프에 기부하는 행위는 10%만 기아를 돕는 데 이바지되고 90%는 유니세프 직원들에게 소비되고 있다더군.

에테르 김   그렇다더군요. 보험도 그렇잖아요.

에테르   보험은 왜 들었어?

에테르 김   실비 하나하고 암보험 들었고, 암 걸려서 한몫 챙겨야죠. 여태껏 든 돈이 얼만데요.

에테르   꼭 그래라. 지금껏 행해진 수많은 감정의 기복들은 결국은 순전히 내 몸을 벗어난 적이 없지 않은가!

그 신을 참으로 비겁하게
재창조시킨 게 누구더라?

에테르 돈은 가치가 아니라 의미다.

에테르 김 돈 없이 어떻게 살아요?

에테르 돈으로 어떻게 살아요? 이 말이 곧 그리워질걸. 그대들의 발전은 타락이다. 돈으로만 이루어진 개발이지. 참 역겹다.

에테르 김 당신의 생각은 이 시대와 완전히 동떨어졌어요.

에테르 오호.

에테르 김 돈은 신을 이롭게 움직일 수 있는 가장 훌륭한 지혜입니다.

에테르 아하! 그 신을 참으로 비겁하게 재창조시킨 게 누구더라?

에테르 김 인간을 지능으로 창조시킨 대가라고 봐요.

에테르 인간만 창조된 것이다. 착각 마라. 그대들이 쥐게 된 돈의 위력에 다른 만물들이 동조된 듯 보이느냐?

에테르 김 신은 어차피 돈을 쥐게 했어요.

에테르 차라리 그 돈으로 신을 사 버려라. 그대들의 주인인 신은 얼마면 살 수 있다더냐?

에테르 김 신은 돈 위에 군림합니다.

에테르 거짓말이다. 그대들이 스스로 두려워하는 거짓말.

에테르 김 돈을 대신할 수 있는 무언가가 필요하겠는데 도저히 없어 보입니다.

에테르 있다.

에테르 김 뭔데요?

에테르 재미있는 양심.

에테르 김 재미요? 하하하 양심은 이해가 가는데, 겨우 재미요? 재미를 위해서 노동을 해요?

에테르 웅, 그대들의 양심에는 재미가 없다. 그래서 양심을 저버리는 거다. 양심에도 재미가 있으면 최고의 추구가 될 것이다.

인생이란
무엇일까요?

에테르 김 인생이란 무엇일까요? 한마디로 통쾌하게 정의된 말이 없을까요?

에테르 그런 철학은 영적 세계에서는 저급함에도 못 미치기에 대답의 가치도 못 느낀다. 사람은 무엇일까? 이런 물음이 더 좋을 듯해.

에테르 김 그게 그거죠. 사람은 뭔데요?

에테르 그대는 뭐라고 생각하느냐.

에테르 김 생각하는 동물? 만물의 영장? 의식? 의식이라고 말하려고 했겠죠?

에테르 사람은 순수에서 나쁨으로만 나아가다가 그래도 어쩔 수 없이 순수한 죽음을 선사받는 존재.

에테르 김 싱겁군요.

에테르 지구 생명 중에서 그대들만 유일하게 나빠. 그대들은 그냥 나쁘게 살다 가는 존재야. 냄새로 설명하면 역한 냄새덩이지.

에테르 김 화났어요? 난 그래도 다시 태어나도 인간으로 태어나고 싶어요. 짐승으로 어떻게 살아요?

에테르 사람에게 당하기 싫어서? 그대가 말한 그게 나쁘다는 확실한 증거이니 참고하렴. 지수화풍으로 지어진 그대 육들이 나쁜 게 아니고, 육을 나쁘게 이끄는 인간의식이 한없이 나빠. 그냥 늘 나빠. 그냥 나쁜 것만 할 수 있어. 사람은 순수 지구에서는 저주받은 역할만 할 수 있어. 지옥에 가기 위해서는 지옥을 알아야 하기에 인간 의식을 알게 된 거야.

에테르 김 말을 못하겠군요. 왜 이리 살벌해요?

에테르 안타깝지만 다 사실이다. 천국은 유일한 위안이 될 수 있을 뿐 그대들 의식에는 지옥을 추천하는 신만 존재한다.

에테르 김 괜히 인생을 물어 봐서 이런 험한 답을 듣네요.

에테르 그대들은 그냥 더러운 것들이야.

에테르 김 참 나, 그래도 좋아질 수는 없을까요?

에테르　없어.

에테르 김　없다고요? 아니…… 근데 왜 나쁘다는 거예요?

에테르　착한 걸 인정받고 싶어 하니까.

에테르 김　그게 뭐가 잘못됐나요? 당연한 거 아닌가요? 당신은 착한 신이고 싶지 않은가요?

에테르　난 그냥 나야. 내게는 착하고 나쁜 것도 없어.

에테르 김　그런데 어떻게 나쁘다는 걸 아세요?

에테르　그대들 의식이 인정하는 신은 인간만 돕는 신들로만 가득하다. 그게 그 증거다.

에테르 김　착해지라고 신이 인간을 돕는 건데 그게 문제가 돼요?

에테르　그래? 그래서 그 신들 중에 성공한 신을 대 보라.

에테르 김　…… 다 성공한 신들 아닌가요?

에테르　흠, 신들도 성공하지 못한 게 인간의식 정화다. 왜냐면 처음부터 답이 없었어. 답으로 만들고자 했으니 성공할 수 없었지. 그대들의 하늘이 그 많은 신을 보냈으나 실패 또 실패. 그대들의 신은 늘 실패만 했다. 그대들이 신의 이름으로 행하는 것들 자체가 그대들 신이 허락한 일이라 그대들의 신들은 실패작들뿐이다. 그대들 의식으로는 이미 어쩔 수 없는 한계를 갖추고만 있다. 왜냐면 그대들은 신을 찾기보다는 전지전능한 종을 찾았지.

에테르 김　난 그냥 이런 의식으로 이렇게 삽니다.

에테르　알았다. 그대들 의식에 머무는 신들은 얼마나 불행하겠니? 니들은 생각도 안 해 봤을 거다.

에테르 김　방법은 있을 거 같은데…… 말을 안 해 주시네. 있죠?

에테르　응.

에테르 김　말해 줘요.

에테르　그대들이 너무 잘 아는데도 못한다. 너무 가깝고 쉬워서 오히려 도저히 다가갈 수 없는 거라.

에테르 김　내면을 보라는 거군요.

에테르　다르지 않아. 자기애다. 그대들은 자신을 사랑한 적이 없으므로 사랑하는 방법 또한 모른다. 신만 사랑하지.

에테르 김 흠, 자기애라.

에테르 자기애가 발현되는 순간 어느 누구 하나도 파괴를 갖지 않을 것이다.

에테르 김 나르키소스는요?

에테르 그는 저주받은 거지 자기애가 아니다. 자기 얼굴 보고 사랑에 빠진, 그대 처럼 그냥 왕자병일 뿐이지.

에테르 김 나 잘생겼는데.

에테르 신을 향한 밖으로의 사랑을 그대 내면에 두는 순간 오히려 신에게서 최상의 사랑을 얻게 될 거야. But, 그러나 그대들은 결코 성공하지 못하고 그래 왔듯이 선조들의 뒤를 따라 그대로 추풍낙엽처럼 지옥에 떨어지리라. 내 예언은 그대들이 그래 온 것을 명확히 보았기에 한 치의 오차도 없이 완벽하다. 이 말은 온 세상에 흩뿌려 존재되어져 있는 그대들 의식 중에서 가장 완벽한 예언이야.

수수
께끼

에테르　수수께끼 하나 내 볼까?

에테르 김 좋죠.

에테르　볼 수 있는데 모습이 없고, 들을 수 있는데 소리가 없고, 말을 수 있는데 냄새가 없고, 맛볼 수 있는데 아무 맛은 없고, 만질 수 있는데 형체가 없다. 이것은?

에테르 김 그런 게 어디 있어요?

에테르　왜 없어, 모르겠냐?

에테르 김 수수께끼 같아야 답을 하죠.

에테르　그대 알아서 생각하려무나.

에테르 김 그게 뭔데요?

에테르　알아서 생각해

에테르 김 가르쳐 줘요, 힌트라도 줘야죠.

에테르　쉽게 생각해.

에테르 김 몰라도 되죠?

에테르　그럼, 근데 모를 수 있겠니?

에테르 김 하하, 생각났다.

에테르　천재네.

에테르 김 뭘 이 정도를 가지고서.

신 같은
소리

에테르 쉽고 빠른 길이 있고 쓰디쓰고 먼 길이 길이 있다.

에테르 김 이 막막한 세상, 신이 가만있겠어요? 은혜를 주시겠죠? 신이 만든 세상인데.

에테르 신 같은 소리하고 자빠졌네.

에테르 김 캑!

에테르 그대들의 허망한 소리는 신 같은 소리라고 해야 할 게야. 나의 그대는 적어도 신에게서만은 자유롭다. 그렇지 않니? 천국과 지옥에서 자유로운 의식은 옳고 그름의 틀에서 벗어나 있을 거다.

에테르 김 근데요. 간혹, 당신의 존재를 알 거 같은 느낌, 이건 도대체가 뭐죠?

에테르 그대는 나를 다 알 수 없지만 나는 그대가 알 수 있는 만큼만 알 수 있다.

에테르 김 그 무슨 뚱딴지 같은 말이에요?

에테르 그대가 생각하는 나는 전지전능한 존재다. 그러하므로 그대는 늘 그 전지전능한 만큼만 살 뿐이다. 그대는 늘 나를 더 많이 알려 하지. 알려는 것은 본인과 다르게 두고 있으므로 모르고 있다는 변증으로서 알고자 하는 앎이 된다. 그대가 알 수 있는 만큼 내가 알 수 있는 것은 이 때문이다. 늘 그대는 다 알고 있는 것이다. 그만큼만을. 그대는 늘 허접하게도 깊이만 파고들려고 한다. 연구하고 논리화시키려 든다. 논리는 그대들이 위안 삼으려는 변명에 불과하다. 그대가 나를 알게 된 그만큼 나는 그대에게 이미 알게 됨이다. 나는 일부러 그대를 부르지 않는다. 그대가 문득 부르는 순간 내가 그대를 부르고 있었음은 인지될 터이니, 그대는 나아가서 그대들은 이번 생이 한 번뿐이라는 착각으로 세워진 원칙을 따르고 산다. 그대가 생각하는 나는 무엇인가?

에테르 김 영적인 기운이 감도는 신비스러운 존재(?)겠죠?

에테르 거 봐, 늘 그대는 나를 그저 그렇게 그 정도로만 인식하고 있었을 뿐이야. 그건 분리시키는 변명일 뿐이야.

에테르 김 그럼 뭔데요?

에테르 나는 숫자요, 호흡이요, 웃음과 울음이요, 돈이요, 지식이요, 의지요, 벌함이요, 그 모든 관계다.

에테르 김 크…… 그건 당연하겠죠? 다만 그리 알면 싱겁잖아요. 왠지 쉬워 보이고 또 없어 보이기도 하고.

에테르 오히려 나를 그리 대하는 그대들이 나를 더없이 여기는 거야. 내가 그대를 만든 것이 아니다. 그대들이 나를 만든 거지. 스스로 물질화된 존재이니까. 이런 유의 신은 어차피 인간의 멸종과 함께 사라질 신이다. 그대들의 믿음을 구걸하고 종신하는 신은 참신이 아니기 때문이지.

성인들의
의식

에테르 김 시간은 존재하는 것이 아니라고 말씀하셨죠? 그런데 왜 과거, 현재, 미래를 우리 의식들은 인식하고 있을까요? 존재하지 않는 것을 생각해 낼 수는 없다고 하신 거 같은데요?

에테르 의식이라는 에너지는 늘 지금이라는 상태만을 고집한다. 그럴 수밖에 없기 때문이지. 지금 의식이라는 것만이 모든 생각을 다 조화시키고 있는 것이다. 그러므로 한 에너지가 스스로를 무한대로 느끼고 있는 것이다. 의식 중에 성스럽거나 조악하다고 하는 것 또한 의식이 스스로 갖는 느낌일 뿐이다. 의식은 스스로를 다스릴 수 없다. 늘 성스러움만 고집할 수는 없는 것이다.

에테르 김 성인들은 그게 가능했다잖아요? 그래서 깨달은 자라 칭해지고 신격화, 우상화까지 된 거잖아요. 그분들은 분명히 의식을 다스려 선만을 행할 수 있는 특별한 분들이었을 거라 보입니다.

에테르 그 성인 의식들이 오직 선만을 알고 있지는 않았다. 악을 모르고 어떻게 선이라고 알 수 있었겠니. 다만, 악을 악처럼 전하지 않았을 뿐이지.

내가 죽으면
당신도 끝이니

에테르 김 자살해도 지옥은 안 가겠군요? 어찌 보면 참 다행이네.

에테르 왜, 자살하게? 지옥에 갈걸?

에테르 김 없다면서요?

에테르 어떤 많은 이들의 생각에는 존재하잖니. 그들의 생각에 의해 자살한 사람은 지옥에 떨어져 있지. 히틀러도 지옥에 있다잖니. 그렇지 않으면 어떤 방식으로 만행을 저지르고 죽어 버린 히틀러를 심판할 수 있을까?

에테르 김 내가 자살하려고 하면 말리겠죠?

에테르 누가? 내가?

에테르 김 당연히 말리실 거라고 봐요. 내가 죽으면 당신도 끝이니. 키키.

에테르 웃겨, 내가 왜 말려? 수많은 생명들이 있는데. 나는 지금도 그대와 일체되어 행하듯이 그곳들에서도 이리 하고 있는데. 그리고 그대는 죽을 수 없어. 끔찍하지? 나는 또 그대와 함께할 수밖에 없고.

에테르 김 새옹지마군요.

에테르 인생지사 새옹지마지.

에테르 김 어느 날 색도 없고, 느낌도 없고, 모양도 없고, 아무것도 없는 이 공간 안에 내가 있구나 하는 느낌을 강하게 받고, 보고 있던 동영상을 정지시키고 나를 들여다보았죠. 내 내면은 보였으니까요. 이 공간 안에서 지금 이 느낌을 즐기고 있는 나 자신을 본 거죠. 내 자신이 대단해 보이더군요. 이 색·성·향·미·촉·법이 전혀 없는데 나는 그 안에서 살고 있는 겁니다. 이 공간이 그래서 나를, 세상 모든 것을 살게 하고 있다는 것을 알게 된 겁니다.

그 없음이 바로 생명이라는 것을, 이 없음이 바로 본질이고 전혀 편향을 갖지 않고 있기에 누구나 평등하게 생명이 되고 있다는 것을 진정한 전능이라는 사실을 안 거죠. 나의 공격도 이 안에서, 사랑도 이 안에서 마음껏 펼쳐지고 있었습니다. 그것들은 전혀 방해를 받지 않고 있더군요. 이것을 조절하는 게 중요하다는 것을 깨닫게 됩니다. 공간처럼 내 자신도 전지전능한 존재로 있을 수밖에 없다는 것을요. 이 능력을 조절하는 것은 대단히 중요하다고 보이더군요.

내가 그대들이 말하는 저승이어서
잘 아는데

에테르 김 임상체험 같은 걸 보면 저승이 있는 거 같기도 하고……

에테르 내가 그대들이 말하는 저승이어서 잘 아는데, 그대들이 정의해 놓은 그런 곳은 없어. 그냥 순환이야. 이를 의식하는 단계는 이승이고 그렇지 않은 상태는 싸그리 저승이야.

에테르 김 저승, 알기 참 쉽군요. 뭔가 신비스럽고 고차원적이고 그래야 저승 맛이 날 거 같은디.

에테르 자신은 스스로를 의식해 본 적이 있겠지? 그러나 평상시에는 내가 나라는 의식은 거의 하지 않고 있을 거야. 왜냐면, 너무나 확실하기 때문이지. 그러한 의식이 바로 초월된 의식이지. 의식할 필요가 없으니.

에테르 김 바로 저승?

에테르 이승도 저승도 차이가 전혀 없어. 그냥 순환의 고리일 뿐.

에테르 김 확신을 갖고 싶을 때 그리하면 되겠군요?

에테르 그게 쉽겠어? 그대가 의식해 온 습관이 있는데.

에테르 김 그렇긴 한데 뭔가, 뭔지는 아직은 잘 모르겠지만 왠지 알 거 같은 느낌이 들기도 해요. 그게 뭐지요?

에테르 뭘까?

생각과 의식의
차이는 뭘까?

에테르 김 생각을 내려놓아라, 생각을 비워라 하지만 나에게서 나오는 거라 그리되지 않거든요? 도대체 이 생각은 뭐예요?

에테르 아지랑이.

에테르 김 아지랑이는 보이지만 만질 수 없고, 또 늘 먼 곳에서 피어오르는데 생각이 그런 존재라는 거죠?

에테르 생각은 오감 어떤 것에서도 자유롭다. 분명 존재하는데도 실체는 없다. 그러면서도 오감으로 드러날 수도 있다. 이 생각이라는 놈은 장난꾸러기다. 이놈을 잘 타이르고 달래면 이로울 것이다. 잘못 다스리면 불행할 것이다. 그러나 이 생각을 초월하면 그대 자체를 깨닫게 된다. 스스로 다스리는 대로 드러날 수 있다. 생각과 의식의 차이는 뭘까?

에테르 김 그게 그거 아닌가요?

에테르 물론 그대 말이 맞다. 그러나 둘의 어떠한 차이점을 알아차리는 순간 그대는 선각자들의 마음을 이해할 수 있을 것이다.

에테르 김 생각은 나타났다 사라지기를 반복하죠.

에테르 그럼 의식은?

에테르 김 생명 자체죠. 위급한 상황일 때 의식이 있는지 없는지를 먼저 보잖아요?

에테르 생각이 생명 자체라고 보는 게 맞겠다. 의식은 생명도 초월한 존재 의식 차원으로 보는 게 합당하고, 생각은 그 실체가 없기에 확신하기 위해서 확신이 들 때까지 계속 이어 간다. 꼬리에 꼬리를 물고 이어 가게 되지. 근데 그 생각들은 대부분 빗나가기 일쑤다. 생각은 그것과는 상관없이 그저 확신만을 추구한다. 그래야 만족할 수 있다 여기기 때문이다. 나를 인정하고 싶고 인정받고 싶은 행위다.

의식은 어떤가. 의식은 전혀 인정받고자 하지 않고 그냥 그대로이다. 생명 자체다. 그대들이 생각이 자신이라고 여기는 것은 나타났다 사라지기를 반복하는 재미를 놓치기 싫어서다. 그건 상당한 느낌이거든.

에테르 김 실체가 없기에 실체를 갖고자 나타나지만 바로 사라지는데 또 불러내서 확인받고자 하는 거겠죠?

에테르 바로 그거야. 나를 인정받고 싶어 하지. 그런데 그대는 인정받을 필요가 없거든. 그게 의식이야.

에테르 김 근데요? 생각이 없으면 안 될 거 같아요. 생각 없이 어떻게 살아요? 누구에게 언제 사기를 당할지 모르니.

에테르 생각 없이 잘도 살지만 생각을 버리라는 것이 아니다. 내려놓을 수 있어야 하는 거야. 그대들이 인생을 고뇌라고 여기는 것도 고놈의 생각을 내려놓지 못해서 늘 불러내 보지만 즉각 사라져 버리기 일쑤니, 생각은 그저 판단만 하거든. 그거에 너무 길들여 있으면 이로울 거 같지만 정반대야. 멍 때리면 아무런 고통도 없어. 계산적이지 않은 순수 상태라.

에테르 김 자주 생각을 내려놓아야겠군요. 어떤 일을 접해도 되도록이면 판단을 하지 않으려 들면 편해지겠죠? 참, 그러면 생각이 생명 자체라고 하셨잖아요?

에테르 그랬나? 그랬구나. 그래, 그랬다.

에테르 김 그랬어요. 그러면 생명을 내려놓으라는 말이 왠지 더 와 닿거든요, 더 섬뜩하면서도.

에테르 그럼 그렇지. 그럴 때 즉각 의식이 되지. 생각, 그것은 완벽한 상 지음이야. 되도록이면 내려놓으려고 하렴. A나 B라는 친구가 떠오르면 그 친구에 대해서 생각하지 말고 의식해 보아라. 생각하면 판단하려 들 것이고 끝없이 장단점을, 특히 단점을 파고들어서, 물론 순전히 내 입장에서 그리 만들어 놓고서 그것을 사실로 확인하려 들 것이야. 그러나 의식만 하면 그저 그 친구를 보게 된다. 이것이 생각과 의식의 차이다.

에테르 김 방금 뜨끔했어요. 나를 정확히 들여다보셨군요? 히~

에테르 내가 그대 내면이잖나. 사실 생각이라는 것은 아무런 힘이 없다. 유일한 힘은 스스로를 고통스럽게 하는 거다. 실체가 없기에 힘을 가질 수도 없다. 그 생각을 실체라고 여기고 일반적으로 판단해서 행할 수는 있지만 그것은 선한 일이든 악한 일이든 꼭 문제를 일으키게 된다. 왜냐면 사실에서 나온 것이 아니기에, 다시 돌아가야 하기에, 좋은 일을 했다고 하더라도 한정된 좁은 틀에서일 뿐이다. 다른 이의 칭찬이나 질투를 받을 뿐이다. 모르게 할 수 있으면 하렴. 복 지었다는 생각도 없이 하기는 불가능할걸? 생각은 꼭 인정받고자 바라는 것이 있기에 문제를 일으키지.

에테르 김 그럼 의식하지 말고 행하라는 뜻은 뭔가요? 의식하라면서요?

에테르 의식을 의식하는 것이 생각이야. 그래서 행할 때는 의식하지 말라는 거지.

종교와
성인

에테르 김 모두는 지금껏 너무도 많은 성인들의 진리를 배우고 따랐지만, 진리를 알기에는 아직도 너무 부족한 것은 왜일까요?

에테르 진리? 정해진 진리가 어딨어? 각자가 진실이라고 판단하는 게 진리지. 그게 우주의 진리지. 그건 틀리고 이게 맞다는 걸 똑같이 어떻게 인정해야 하나? 그럴 거면 개인은 뭐 하러 있어, '틀리다', '맞다'는 진리의 조건으로 둔 적 없어야 유일한 진리지.

에테르 김 지금껏 성인들의 삶을 따르고 추종했기에 도덕은 유지되고 인류는 지금까지 온 거잖아요?

에테르 성인들의 전함은 참고 사항이지 진리는 아냐. 성인들만 맞고 다들 틀리다는 거야? 성인들은 자아가 없었대? 인간이 진리를 탐구할수록 진리는 더 성스러워질 뿐 그대들과는 더 멀어질 거야, 원시인들은 이런 진리도 없이 어떻게 살아왔대? 동물과 식물들은? 그대들의 진리는 그냥 허풍이야.

에테르 김 진짜 실망입니다앙.

에테르 안철수 흉내 내냐? 그대들은 왜 그리 복잡한 장난을 좋아하냐.

에테르 김 4명의 성인들은 올바른 진리를 전했기에 각자 신이 된 거 같아요.

에테르 그 진리가 나눠 버린 신을 믿는다면 그 종교를 꼭 믿고 따라야겠지? 그 종교는 진리라 여기고 싶은 교리야.

에테르 김 그럴 필요도 없고요. 그 신을 군이 믿을 필요도 없다고 봐요. 저는 석가모니, 예수, 공자 등 다 실제로 믿는데도 그분들을 꼭 군이 종교 교리화 시켜야 하는지 모르겠더라고요. 그러고 보니 소크라테스는 신격화되지 않았군요.

에테르 소크라테스는 스스로 신이 되어 버렸어. 다른 현인들은 사람들이 신격화시켜야 비로소 신으로 인정받을 수 있지. 소크라테스는 사람의 신을 초월했거든.

에테르 김 그렇다면 4대 성인 중에 으뜸은 소크라테스가 되겠군요?

에테르 니들은 으뜸 참 좋아하더라. 소크라테스는 신을 따르기보다 신을 철학의 일환으로 봤어. 신 사이에 군림할 줄 알았지. 대단한 지혜지. 다른 성인들은 신처럼 되려고 했지. 신과 동일시되는 걸 최상승의 지혜로 여겼지. 그 결과 그들은 신격화되었고 소크라테스는 신의 자격으로는 부족해 보였지. 겸손해 보이지 않았으니.

암 안 걸리는 비법
없을까요?

에테르 김 요새는 암도 별거 아닌 병으로 되어 가고 있는 거 같은데 그래도 암은 무섭죠. 암 안 걸리는 비법 없을까요?

에테르 담배 끊게?

에테르 김 그건 쉽지 않을 겁니다요.

에테르 암 안 걸리는 방법은 없는데, 병의 원인은 호흡이 뭐든 그 원인이다. 코, 입으로만 하는 게 호흡이라고 생각하는데 그건 착각이다. 그대 자체는 호흡이다.

에테르 김 그렇겠죠. 근데요. 그리 말하면 이해하기 어렵잖아요?

에테르 대변을 봐도 호흡이다. 소변도 호흡이고 귀로 듣는 것 다, 눈물을 흘리는 것도 호흡이 되는 것이다. 피부로 땀이 흐르는 것도 호흡이다. 이것들이 원활할 때는 막힘이 없으니 건강한 거다.

에테르 김 그래서 적당한 운동이 좋다는 거군요.

에테르 이것들을 자주 의식하는 것만으로도 식습관으로 생기는 암이나 그 외의 병들이 생기지 않고 곱게 늙어서 곱게 죽을 수 있을 게다.

에테르 김 잘 나가시다가 하필 왜 죽는다는 말씀을 하세요?

에테르 잘 죽는 것이 최고의 복이니까 그렇지. 죽다 다시 살고 다시 죽을 때 얼마나 고생이냐. 이런 호흡을 잘하는 데는 운동도 물론 중요하지만 따뜻한 물을 자주 마시는 게 더 효과적이다. 온몸은 세포들을 따뜻하게 하니까 호흡을 원활하게 하거든. 세포들의 활성화는 참신한 운동이거든. 이것이 온몸 운동이다. 세포들은 늘 그 온도에서 살고자 하지.

에테르 김 아버지가 생각나는군요. 숨이 넘어가셨는데 형이 아버지를 부르며 울부짖으니 다시 숨이 돌아오더니 형 이름을 부르시다 바로 돌아가셨죠. 간암이 다섯 군데로 전이되어서 의사가 처방해 준 마약 주사도 안 들더군요. 제가 보기에 아버지는 돌아가실 때 고통 자체였어요. 그런 일을 겪다 보니 드는 생각이 안락사가 필요하다는 것이었어요.

에테르 종교인들이 반대하는 것은 자신들의 권위에 누가 되기 때문이다. 과학의 시대를 따르고 살면서도 몇천 년 전에 부린 신의 고집을 그대로 따른다는 것 자체가 모순인데, 순전히 자기들 편의에 의해서만 종교 행위를 하니 종교인은 적고 자영업자만 가득하지.

신은……

에테르 기적을 바라고 행하려는 것은 신을 초월해 보려는 욕심이다. 이때 신을 이용하려는 그대들의 행위 절차는 무지다. 신은 그대들이 기적으로 여기는 우상에 불과해졌다. 신은 이루게 도와주는 행하는 존재가 아니다. 육은 늙고 병들어 죽도록 되어 있는 전능한 법칙을 그냥 내버려 두는 존재다. 그 자체로서 이미 전능한 절차가 이어지고 있는 것이다. 그대들의 인과법칙은 신을 초월해 보려는 욕망에서 나온 것이나 그렇다 해도 신의 법칙 내에서다. 신은 도움을 도움으로 관여하지 않는다. 그 어떤 기적도 그대들이 살아가는 의식을 초월했다고 할 수 없다. 오히려 그런 초자연 현상은 저급함이다.

에테르 김 물 위를 걷고 순간 이동을 하고 하늘을 나는 그런 행위들이 인간들이 갖고자 하는 능력인데 이런 것은 오히려 더 업그레이드된 거잖아요?

에테르 그런 날이 올 거야.

에테르 김 진짜요?

에테르 확실해.

에테르 김 텔레파시나 예언, 영적인 환영 같은 게 더 진보된 의식 아닌가요?

에테르 그런데 말이다. 그런 삶도 생명일 때다. 의식을 초월한 행위는 아니지 않느냐. 생명은 그러한 모든 저급한 것들도 포용하는 참신이다.

에테르 김 근데, 그런 생명도 죽어 버리면 아무 소용없잖아요. 그게 무슨 신인가요? 죽지 않고 살아야 그게 진정한 신이죠.

에테르 그대 의식은 그대로다. 육은 지구 법칙에 따라 변화를 갖게 되어 있을 뿐이야.

에테르 김 그럼 의식은 지구 소속이 아닌가요?

에테르 지구도 우주 소속이듯이 지구는 그대들 오감에 의해 인정된 물질덩어리지만. 육은 오감으로 가장 실재하지만 전혀 오감으로 감지할 수 없다.

에테르 김 그게……. 이러한 의식이 진정한 신의 의미라는 거군요.

에테르 그래. 기도란 나는 신에게 신은 나에게 서로 노출된 상태라 서로는 숨길 게 없는 완전한 무방비 상태가 서로 느낌으로 마주해야 하는 것이어야 한다.

에테르 김 와~ 멋지군요. 나의 치부를 완전히 드러내고 신 앞에 서는 것이 기도의 본질이라는 거죠?

에테르 그럼, 신 또한 그대에게 완전히 노출된 상태다. 서로는 일체되었기에.

에테르 김 지금까지 우리 대화 중에서 가장 멋진 말씀 같아요.

에테르 그 정도야? 지금까지 전한 것들은 무색해지네. 신을 형상으로 보지 마라. 상 짓지 말라는 것이다. 그 우상이 수염이 달린 어른이면 그 모습만 자라게 된다. 신을 천국에다 두면 천국에만 있고 마음에다 두면 마음에만 있을 것이다. 어디다 두는 것은 그대 자유지만 그만큼 신을 작게 가두는 꼴이 되고 만다. 신은 형상도 때와 곳도 초월된 존재다. 나타나자마자 사라져 버리는 그대의 생각으로 설명되어야 하는 존재가 아니다. 우주 만물 법칙, 모든 것은 신의 형상에서나 신의 장소에서 벗어나 자유로워질 수는 없다. 오히려 찾으려는 마음만이 유일하게 신의 바깥이다.

에테르 김 생각과 의식의 차이를 알 거 같으면서도 명확하지가 않아요. 더 쉽게 이해할 수는 없어요?

에테르 그대 의식에서 분별이 생기면 생각이 되어 버리지. 분별, 이것은 신과 가장 먼 법칙이 될 거야.

에테르 김 결국 다 의식이군요. 분별도 없이 무슨 재미로 살겠어요. 어느 정도의 분별은 정신 건강에 좋다고…….

에테르 딴지 그만 걸기. 그냥 그대의 물음에 답했을 뿐이야. 너무 뻐딱하게만 굴면 나중에 죽어서 지옥 간다.

송과체가 없어지면 그대들은
좀비가 된다

에테르　송과체가 없어지면 그대들은 좀비가 된다.

에테르 김　하하하. 영화에 나오는 그런 좀비요?

에테르　웃어라 웃어. 그 정도는 아니지만 영적인 곳과는 완전히 단절되니 의식 없는 생각으로만 살게 되지.

에테르 김　송과체가 그렇게도 중요해요?

에테르　없어도 사는 데는 지장 없으나, 오직 오감이 묻은 생각으로만 살게 될 거야. 의식은 무뎌지고 그대들은 잠을 자도 꿈을 꿀 수 없어진다.

에테르 김　꿈과 송과체가 무슨 상관인데요?

에테르　성인들이 인당에 또 하나의 눈을 두는 이유를 아직도 모르겠느냐? 늘 그곳을 통해 의식의 본질을 들락거렸으면서도……. 육덩어리를 의식과 연결해 주는 유일한 고리다. 마치 은밀하게 숨겨 두듯이 깊고 어두운 곳에서 모든 것을 보게 된다. 오직 꿈을 주관하는 기능으로만 여겼을 것이다.

견성.
인간멸망

에테르 지구가 오염 없이 자연스럽게 유지되는 길은 인간 멸망이 유일할 게다.

에테르 김 거, 무슨 망발을.

에테르 다시 태어날 태지.

에테르 김 지금 그게 말이 된다고 생각하세요?

에테르 응. 인간은 지능은 높은데 견성은 낮다. 석가모니는 인간 중에 최상승의
견성을 하였지만 지나가는 하루살이보다 급이 낮은 견성일 뿐이다.

에테르 김 흐미, 너무 억지다.

에테르 왜냐면, 견성을 찾아야만 견성할 수 있었기 때문이다. 저것, 돌 따위들
은 이미 찾을 견성이 전혀 없다.

에테르 김 동물들은 견성이 먼지도 모르는데 거기다가 비교를 한다는 게 말이 되
나요?

에테르 그게 견성이야. 오직 모를 뿐! 인간의식으로 태어나 진짜 진한 체험하고
도 견성하지 못하고 견성 찾기만 몰두하지. 지나치는 모든 것들이 견성
된 모습들인데. 그대들은 흔하디흔한 견성은 무시해 버리고 복잡하고
어려운 과정만 모신다. 그대들의 지능은 사실 가장 저급한 모양새야.

양심이
답일까요?

에테르 김 양심이 답일까요?

에테르 왜 그리 답을 찾고자 하니? 개개인의 양심은 다를 수밖에 없는데. 양심은 모두가 원하는 범위가 있을 것이다. 그래 봤자 그놈의 양심이란 것이 법 안의 테두리일 테지. 그래 봐야 변화무쌍한 에고가 갖는 양심일 테지. 필요에 따라 이롭게 적용되는 양심이 답이 될 수 있다?

에테르 김 양심 따라 행하게 되면 아무래도.

에테르 양심 따라 행해질 수 있간? 참나를 양심이라 우기는 자들도 있지만, 본질은 양심을 두지 않는다. 니들의 양심은 그냥 에고 놀음일 뿐이야. '옳다 그르다', '이롭다 해롭다' 이것을 양심으로 정의할 수 있을까? 그들의 의도대로라면 참나가 답이라고 주장했어야 하는데. 차마 양심이 답이라고 하는 양심을 저버렸다. 그러고는 양심이 참나라고 격하시키고.

에테르 김 참나라고 하기에는 좀, 양심이 답이라고 하는 건 그럴듯해 보이는데요?

에테르 지금 그대들 사회를 냉철히 보라. 인성교육이 답이다. 양심은 그 내용이 너무 포괄적이라 정의되기 어렵다. 참 쉬운 변명처럼 보이기도 하지 않니? 쉬워 보일 수도 있어. 보이지만 누구나 공통으로 정의 내려질 수 없는 맹점이 있다. 모두의 양심은 그 사람의 개성이기에 양심적인지 아닌지 알 수 없는 것이다. 어려서부터의 인성교육은 공통된 자연스러운 양심을 갖출 수 있게 할 거야.

아제아제
바라아제

에테르 김 아제아제 바라아제 바라승아제 모지사바하.

에테르 관세음보살은 사람 아수라 귀신들 면전에서 왜 석가모니 부처님을 무안을 주셨대?

에테르 김 어떻게 쪽을 주셨는데요?

에테르 설법하신 거 그거 다 없는 거라고 했잖니. 그러면서 정작 자기는 깨달음으로 가자고 아제아제니 뭐니 하면서 마무리를 짓고.

에테르 김 그럼 어떻게 해야 했는데요?

에테르 '듣는 것도 있다 없다 말고, 보는 것도 있다 없다 하지 마세. 가는 것도 없다고도 있다고도 하지 마세. 오는 것도 없다고도 있다고도 하지 마세. 깨달음도 있다고도 하지 말고 없다고도 하지 마세. 영원히. 그냥 의식대로 살고 죽게. 이러는 내 말도 믿는다 안 믿는다 하지도 마세'. 적어도 이리 했어야지 맞는 거 아닌가? 가자니? 결국은 깨달음도 없다면서 깨달음으로 가자는 뜻이잖아.

에테르 김 그런 건가? 그걸 산스크리트어로 뭐라고 그러는데요?

에테르 그건 아무리 뒤져 봐도 그대 의식 안에는 지식으로 드러난 게 없던데?

에테르 김 꿍~

연기 자체가
빅뱅이다

에테르 김 빅뱅 이론이 맞는 거 같은데요? 예전에 당신께서는 부정하셨는데, 근데 내 생각에도 그렇고 물리학자들도 그렇고, 내 생각에도 연기 법칙인 우주는 뭉치고 흩어지는 과정을 끝없이 반복할 거 같거든요. 그렇지 않을까요?

에테르 빅뱅의 폭발이 있고 팽창하고 있다면 이 팽창을 받아 줄 수 있는 공간이 있어야 하지 않겠니? 폭발도 가능해야 하는, 폭발도 이런 공간이 있어야 폭발할 수 있는 힘이 될 수 있다. 그러니까 빅뱅을 감싸고 있어서 폭발도 가능하게 하는 공간 말이다. 그렇지도 않은데 어떻게 폭발하고 확장해서 공간을 확보할 수 있을까? 폭발을 받아 주는 공간, 팽창을 받아 주는 공간이 있어야 확장될 수 있는 것이다. 확장은 확장할 수 있는 공간이 확보되어야 확장할 수 있다. 그런데 빅뱅이론은 그 공간은 무시하고 하나의 점 같은 것으로 뭉쳐 응집된 엄청난 무한의 질량인 에너지만을 강조한다.

우주 만물이 이렇듯 작은 한 점의 에너지로 뭉칠 수 있다는 것은 논란의 여지가 없다. 그러나 이것이 폭발하여 확장한다면 확장을 받아 주는 공간이 무조건 있어야 하는 것이다. 한 점으로 밀집되어 있었다면 그 점의 에너지를 감싸고 있는 공간 또한 있어야 한다. 그러므로 그대들이 주장하는 태초의 논리는 이해될 수 없는 것이다. 빅뱅은 늘 있다. 작게는 양성자와 중성자의 밀고 당기는 충돌과 빛과 빛들의 충돌과 빛과 물질들의 충돌. 우주 자체는 중력이며, 중력은 밀어내는 힘이 당기는 힘이며, 밀고 당기는 힘은 늘 크고 작은 폭발이 있고, 이것은 빅뱅이다. 빅뱅은 늘 있다. 연기 자체가 빅뱅이다.

밝음

에테르 김 캄캄한 곳에서 전구에 빛이 켜지면 주위는 일순간 환해지죠. 우주를 밝히는 태양 빛도 이와 같나요?

에테르 태양 빛과 전구의 빛은 그 개념이 조금 다르다. 전구 빛은 생명을 담은 에너지가 아니다. 생명 없는 빛이라 할 수 있을 것이다. 그대가 어두운 가운데 있을 때 아무것도 없듯이 보이지도 않더냐?

에테르 김 네.

에테르 아니지. 어두운 공간에 실 빛 같은 것이 있지 않더냐?

에테르 김 와~ 있어요. 아주 먼지 같은 색들이 정확하지는 않지만 어둠에 깔려 있더라고요. 실처럼 엉켜 있는 것 같기도 하고. 분명히 있어요. 눈을 감아도 떠도 불 꺼진 방 안에 누워 있으면 어둠 속에서는 이런 것들이 무수한 별 같기도 하고, 아무튼 있더라고요.

에테르 그것은 반사를 갖지 않는 순수 빛이다. 어둠은 반사를 갖지 않았을 뿐이지 빛이다.

에테르 김 오! 이제 조금 이해가 가요.

에테르 낮과 밤은 성질이 다르지 않다. 태양 빛이든 인위적인 빛이든 빛이 들고 안 들고의 차이지 빛이 들면 파동에 의해서 반사를 갖지 않던 이 빛이 파동을 받아 선명히 드러나는 것이다. 그것을 밝음이라고 하는 것이다.

참나와 에고에
관해

에테르 김 참나와 에고에 관해 알 듯 모를 듯해요.

에테르 참나는 연기 자체고 에고는 연기되고 있는 모습이다. 연기법 자체는 변하지 않는 법칙이다. 연기되고 있는 상태는 어디로 튈지 모르는 상태로 연기가 참나요, 에고인 것이다.

에테르 김 연기한다는 법칙은 변하지 않는 불별의 법칙이라는 거죠? '참나'.

에테르 응.

에테르 김 그러면서도 연기가 어떤 변화를 갖는지는 알 수 없으나 그 또한 연기 내에서의 일일 뿐이고, 연기되고 있는 모습이 변화는 모습이 에고라는 거군요. 연기는 참나고.

에테르 그리 이해하고 있다니 대단하구나.

종교에서 생각하는 마귀는
실상은 창의다

에테르 김 마귀는 존재하는 것 같아요.

에테르 종교에서 생각하는 마귀는 실상은 창의다.

에테르 김 친자식을 성 노리개로 여기는 것들이 창의력이라고요?

에테르 그들은 본능을 은밀하고 엉큼한 숨은 창의력으로 여기는 것이다.

에테르 김 제가 말하려는 본뜻은 잘된 사람들을 보면 부러워서 그래요. 뭘 해도 잘되는 사람들이 있거든요. 별 노력을 안 하는 것 같은데도 다 잘되더라고요.

에테르 질투하되 시기는 하지 마라.

에테르 김 그게 그거 아닌가요?

에테르 질투는 나도 당신처럼 되고 싶다는 의욕을 불러일으키고 열정으로 변하지만, 시기는 스스로 노력도 안 하면서 잘되는 남을 마냥 미워만 하는 마음이다.

에테르 김 아하! 난 시기덩어리였나 봐요.

에테르 응.

에테르 김 …… 웃자고 한 말인데.

에테르 그는 열정을 즐겼을 거야. 질투를 열정으로 승화시켜 이제는 즐길 줄 알게 된 게지. 그들은 결코 시기하지 않는다.

미래
치료

에테르   그대는 상처로 남은 과거를 치료하려 들기보다는 미래를 치료하는 것이 쉽고 이로울 것이다.

에테르 김 멋진 말이긴 하지만 미래가 있어야 치료를 하죠.

에테르   현실을 직시할 수 있을 때 미래는 그대로 드러난 상태다. 지난 아픈 상처를 지니고 힘들어하는 사람들은 성공하지 못해서 괴로워하며 과거 탓을 하는 꼴이다. 아픔을 딛고서 성공한 사람들은 그때의 일들이 성공의 발판이 된 것이다. 여기길 좋아하고, 뭐든지 유연해야 가장 바른길을 가는 거다.

에테르 김 돈도요?

에테르   돈을 많이 버는 사람이나 못 버는 사람은 똑같이 욕심이 지나쳐서 그런 것이다. 그들은 의식이 유연하지 않고 느슨하거나 너무 세게 당겼기 때문이다.

에테르 김 뭔 소리예요?

에테르   돈 많이 번 자들은 그 돈 때문에 힘들게 살고 있다. 겉으로는 우아하고 여유로운 듯이 보이나 너무 세게 당겨진 의식 때문에 터질 듯한 상태인 것이다.

연기 법칙 자체가 영이고
영이 참나이고

에테르 그대가 병들고 늙어가는 자체가 참나다.

에테르 김 연기 법칙이죠?

에테르 응.

에테르 김 연기 법칙 자체가 영이고 영이 참나이고.

에테르 연기하는 자체를 관하는 존재를 에고라고 한다. 본인은 변화를 갖지 않으면서도 변화가 되어 주며 불변의 법칙을 관한다.

에테르 김 그럼 에고가 영보다 뛰어난 거네요?

에테르 아니지. 높고 낮음이 어디 있냐. 에고는 영이 스스로 드러낸 존재다.

에테르 김 그게 그거 아닌가요?

에테르 그게 그거지만 알아차릴 수 있는가는 알아차릴 필요가 없는 것이 드러낸 존재이기에 굳이 알아차릴 필요가 없는 존재가 참영인 것이다. 스스로를 에고로 드러낸 것 또한 연기일 뿐이다. 이 알아차림도 순간이다. 스스로는 스스로 이러한다. 이것만 할 수 있기 때문이다. 알아차린다 한들 연기 법칙일 뿐이다. 이 법칙에서 벗어나는 것은 존재할 수 없다.

에테르 김 점점 더 복잡해지고 있어요. 나의 이해력이 미궁 속을 휘젓는 거 같아요.

에테르 대단한 걸 알았다는 착각 때문이다.

신자들은 마귀에
중독된 자들이다

에테르 신자들은 마귀에 중독된 자들이다. 늘 은혜받은 듯이 보여야만 한다. 그
들의 참속을 알게 되면 누구나 똑같아서 서로에게서 위안받을 수 없을
것이다.

에테르 김 이들은 왜 화려하게 보이려 할까요?

에테르 두렵기 때문이다.

에테르 김 두려움?

에테르 그들은 마귀에게서 벗어나는 것은 두려울 것이다. 은혜받을 방법은 마
귀를 통하는 것 외에는 없기 때문이지. 마귀를 물리치면서 은혜를 받을
수 있으니, 그들의 가식적인 행복은 마귀에겐 좋은 헌금이 될 뿐이다.

에테르 김 지구에 인구가 1억 5천 정도가 딱 적당하다고 하는 글을 예전에 본 적이
있어요. 그러면 전쟁도 적고 어쩌고 하더군요.

에테르 맞아. 정확히 1억 5천이라 할 수는 없지만 인구가 지금은 너무 많고 지
금껏 전쟁 등으로 조절되고 있었지. 그런 행위들은 스스로 조절하는 지
구 기능이야. 1억 5천만 살아남아야 한다면 종교를 가진 이들을 가장 먼
저 배제시켜야 할 게야.

에테르 김 왜 종교를, 왜요?

에테르 그들은 오염 의식들이야. 의식에 우상을 받아들이는 순간 오염은 시작된
다. 차원 높은 세상을 유지하려면 신을 먼저 제거해야 한다. 내면을 들
여다볼 줄 아는 이들을, 중심 내면을 들여다볼 줄 아는 이들을 중심으
로 해서 이루어야 해.

에테르 김 내면은 들여다볼 수 있는 사람이라.

에테르 내면은 들여다볼 수 있는 사람은 결코 위험하지 않다. 자신의 의식을 멀
리 두고 우상을 심어 놓으면 외부를 내면보다 높게 여겨서 밖으로만 헤
매다 말지. 그것은 전쟁이요, 살육이 된다. 외부를 보는 이들은 두려움

을 대하기에 나를 지키려 무기를 만든다. 그 무기는 곧 나를 향하고 있는 것을 알지 못한 채.

지구

에테르 동물들은 생명 전쟁으로 자연스럽게 생태계를 유지하게 된다. 그저 적당히 뜯어먹고, 적당히 잡아먹고 잡아먹히지. 이것은 지구의 진동을 정확히 이행하는 평화다. 인간만이 인격의 평화를 외치자 어떻게 됐지? 인구만 늘어나고 한정된 지구 자원은 고갈되고 있다. 그대들은 다시 전쟁을 해서 인구를 유지해야 한다. 전쟁은 스스로 진동하는 지구의 메시지의 일환이다. 평화는 억지를 부려서 내놓은 인간의 죄다.

에테르 김 충격적이군요. 평화는 신의 뜻이고 선의 표상인 줄 알았는데.

에테르 순전히 그대들 주장이지. 신의 뜻은 아닌 것도 아니고, 맞다 하지도 않는다. 인간은 지구가 실패한 유일한 생명이다. 그대들은 죽어도 귀신이 되어 잡고 늘어지는 독한 존재들이다. 미련을 못 버리는 독종이다. 지구는 이런 인간종이 욕심으로 끝없이 갉아 댄다면 스스로 자폭하고 말 것이다. 지구는 인간들이 우주로 나가든 달로 가든 화성으로 가든 전혀 관심 없다. 그저 지구 자체로서 지구의 안정된 진동에만 관심 둔다. 이런 지구를 해치는 존재를 지구는 어떻게 대할까? 인간충이 심하게 꿈틀댈수록 지구는 자연 재해로 정상을 되찾으려 할 것이다.

에테르 김 인간이 벌레 취급 받는군요.

에테르 벌레보다 못하지. 그대들은 필요해서 개발하지 않는다. 만족 못해서 개발하는 것이다. 그대들은 전지전능한 의식을 필요 이상으로 남용하고 있다.